# La nuit était chez elle

## DU MÊME AUTEUR

*Comme un automate dément reprogrammé à la mi-temps*, Actusf, 2012
*Allison*, Les Moutons électriques, 2016
*Phil, une vie de Philip K. Dick*, Dessin : Mauro Marchesi, 21 g, 2018
*Correspondant local*, Filature(s), 2021

Laurent Queyssi

# La nuit était chez elle

ALIBI

Un département des Éditions Dargaud
57, rue Gaston-Tessier
75019 Paris

Photo de couverture : © Liia Galimzianova/iStock
Conception graphique : Paolo Bevilacqua

ISBN 978-24915-0655-1

# 1

Les oracles antiques, qui lisaient les augures dans le vol des oiseaux ou les viscères, auraient sans doute pressenti la tournure qu'allait prendre mon avenir proche, alors que moi, banal fruit d'une civilisation prétendument plus avancée, je n'avais rien vu venir.

Il y avait pourtant eu des présages : l'eau montait et Pascal était revenu.

Il a débarqué un lundi de début février, en fin de matinée, et, avant même que je lui propose l'hospitalité, m'a tout de suite mis à l'aise : « T'inquiète, je ne resterai pas longtemps. »

J'étais sorti nourrir Monk, mon labrador, lorsque j'ai remarqué son fourgon, un Renault vieux d'au moins quinze ans, qui s'engageait dans l'allée de la maison. Il en est descendu en sautant à pieds joints dans la gadoue accumulée aux abords de la galerie, a contourné le véhicule puis a écarté les bras, souriant, en me découvrant devant la porte.

Passée la surprise, le revoir m'a procuré un bref pincement au cœur, menaçant de faire rejaillir tout un tas de souvenirs enfouis. Son visage d'éternel adolescent s'était légèrement creusé avec l'âge et les excès, mais il m'évoquait encore notre enfance et des sensations perdues. Il avait coupé ses dreadlocks, portait un jean un peu trop large et un pull informe aux motifs chamarrés peut-être à la mode en 1997. Ses cheveux auburn et courts étaient dressés vers le ciel et l'arrière comme s'il venait de conduire cent kilomètres face au vent, la tête dépassant par la vitre ouverte de sa portière. Il ressemblait vaguement à ce chanteur français oublié, Sinclair, avec tout de même l'air moins ahuri, pour tout dire moins con.

Ce n'est que lorsqu'il s'est approché de moi que j'ai enfin percuté.

Pascal était revenu. Une appréhension contenue, crainte encore fantôme, a remplacé l'étonnement et la brusque exultation.

Puis il m'a pris dans ses bras en lançant :

« T'as vu, mon petit Alex ? Je t'ai apporté une éclaircie. »

J'ai levé les yeux vers le ciel d'un gris uniforme et je n'ai pu m'empêcher de sourire.

Pascal avait deux ans de plus que moi, et donc légèrement dépassé la quarantaine ; je le connaissais depuis toujours. Nos mères étaient sœurs, proches, et nous passions beaucoup de temps ensemble jusqu'à ce que je quitte Castelnau et que nos chemins se séparent. Lui avait pris son envol juste après, initialement pour un an de service militaire. La Marine avait dû lui donner le goût des voyages parce qu'il avait ensuite beaucoup déménagé – Quimper, Berlin, Strasbourg… J'avais perdu le compte. Certains auraient postulé qu'il avait la bougeotte, d'autres qu'il n'était qu'un inadapté. Je n'avais jamais vraiment compris ce qu'il foutait, mais il pouvait sans doute en dire autant à mon sujet. Mon départ en Australie l'avait probablement laissé perplexe. Ou peut-être qu'il était l'un des rares à l'avoir parfaitement saisi, au contraire.

Il s'est accroupi pour saluer Monk et le caresser un instant. Le labrador et mon cousin, qui ne s'étaient pourtant pas vus depuis trois ou quatre ans, semblaient ravis de se retrouver. Je lui ai proposé d'entrer avant qu'il ne se remette à pleuvoir.

« Si t'as du café, je ne cracherais pas dessus, a-t-il dit en se redressant et en me suivant à l'intérieur. Je me suis levé à trois heures ce matin, pour ne pas arriver ici trop tard. »

J'ai traversé le grand salon-salle à manger de la vieille longère pour pénétrer dans la cuisine où je lui ai versé ce qu'il restait dans la cafetière avant de mettre la tasse à chauffer une minute au micro-ondes.

« Tu étais où ? lui ai-je demandé en tournant la tête.

— À Aix-en-Provence, a-t-il répondu depuis le salon. Quand je peux, j'essaie de passer l'hiver dans le sud.

— Parce que c'est quoi, ici ? Le nord ?

— Non, mais je veux dire le Sud-Est, quoi. Avec le temps qu'il fait ici, tu vois ce que je veux dire. »

Je voyais parfaitement. Il pleuvait sans discontinuer depuis une semaine. Jour et nuit. La Garonne sortirait bientôt de son lit. Ce n'était plus qu'une question d'heures.

« Dis donc, poursuivit-il en entrant dans la cuisine, c'est moi où tu as bien arrangé la baraque depuis ma dernière visite ?

— Je n'ai pas fait grand-chose. Simplement rénové l'arrière et les chambres. Du parquet, un coup de peinture. Au salon, j'ai juste modifié la déco. Les livres et les disques habillent bien une pièce. »

Le micro-ondes a carillonné. Je suis allé y pêcher la tasse que je lui ai tendue.

« Merci. Tu as l'air en forme. Ça fait plaisir.

— Et toi… tu ne changes pas. Enfin, pas trop. Assieds-toi, ai-je proposé en lui montrant une chaise près de la table.

— Non, c'est bon, merci. Je suis resté le cul posé dans mon camion pendant des heures. Et il ne faut pas que je traîne.

— Tu repars déjà ?

— Oui… enfin, je vais vite me repointer. C'est à dire, si tu veux bien m'héberger. Mais t'inquiète, je ne resterai pas longtemps. »

J'avais l'habitude, avec Pascal. Il débarquait et s'installait quelques jours ou quelques semaines avant de remettre les voiles. Il l'avait déjà fait une fois depuis que j'étais revenu vivre ici et, d'après ce que m'avait raconté ma mère, à de nombreuses reprises auparavant. Ses parents habitant définitivement dans leur appartement de Cannes et sa sœur mariée à un Espagnol de la région de Valence, cette maison demeurait ce qu'il avait de plus proche d'un foyer dans la région de Castelnau.

« En fait, a-t-il poursuivi entre deux gorgées de café fumant, j'ai un plan boulot, assez pressé, et je voulais voir avec toi si je pouvais laisser quelques affaires ici pour faire du vide dans le camion. T'as de la place dans la remise ? »

J'ai hoché la tête.

« Il faudrait juste que je sorte mon matelas et la structure en bois qui le soutient. Ce n'est pas hyper gros. Ça me permettrait de caser ce que je dois récupérer. Le temps de trier puis de le mettre en stockage dans un box.

— Pas de problème », lui ai-je dit. Puis, après une seconde de non-réflexion, j'ai ajouté : « Ton plan boulot, c'est réglo ? »

J'ai aussitôt regretté d'avoir posé la question. Pascal avait passé sa vie d'adulte à la marge ; il avait flirté d'un peu trop près avec la came, vécu un temps dans des squats, mais il n'avait jamais fait de taule et, à ma connaissance, pas enfreint plus de lois que moi. Il n'avait pas toujours de chance et se retrouvait parfois, par naïveté, ignorance ou pure gentillesse, dans des situations délicates dont il avait du mal à s'extraire. Mais il n'était certainement pas du genre à venir me mettre dans ses emmerdes en connaissance de cause. Pascal n'avait pas mauvais fond. Loin de là. Il n'a d'ailleurs pas paru vexé par ma question et a répondu simplement :

« Bien sûr que c'est réglo. Je bourlingue, mais je n'entube personne.

— Je sais. Évidemment. Et bien sûr que tu peux dormir ici. Tu n'as qu'à t'installer dans la chambre du fond.

— Celle de tes parents ?

— Ouais, je l'ai refaite. Et elle est plus grande que l'autre chambre vide.

— Merci, mon petit Alex, a-t-il dit en terminant son café et en posant la tasse dans l'évier. Je vais aller débarrasser tout ça, du coup. »

Il est reparti jusqu'à son camion et je l'ai suivi. Il pleuvait de nouveau. À grosses gouttes.

« Je vais ouvrir la remise, lui ai-je lancé, et je reviens t'aider. On ira plus vite à deux. »

Il ne nous a pas fallu plus de dix minutes pour vider le fourgon de sa partie « nuit ». Lorsqu'il dormait dans son camion, Pascal utilisait un matelas posé sur une armature en bois qui laissait, en dessous, la place pour ranger diverses bricoles : boites de conserve et autre nourriture, un réchaud à gaz, des couvertures, un sac de vêtements…

Pendant que nous démontions la structure pour la rentrer dans la remise, il m'a expliqué la teneur du travail qui l'attendait.

« J'ai un pote de l'époque de Strasbourg qui habite en Suisse maintenant. Il bosse pour l'OMS, un sacré chercheur apparemment.

— Tu fréquentes du beau monde, dis donc, ai-je ironisé.

— Oh, tu parles ! On jouait au baby-foot ensemble dans le café où je traînais pendant que lui faisait ses études. Bref, on s'est toujours bien entendu et on ne s'est jamais perdus de vue. Je suis déjà allé lui rendre visite à Genève, il m'a fait découvrir la cuisine éthiopienne. Un bon pote, quoi. Il m'avait dit que son père vivait dans le coin, on en avait discuté. Le vieux avait acheté une grosse baraque bourgeoise y'a sept ou huit ans à Malvirade. »

Pascal n'a pas donné davantage de précisions. Il savait qu'en ma qualité de correspondant local du grand quotidien de la région je connaissais forcément ce village, situé à une dizaine de kilomètres de chez moi.

J'ai achevé de retirer une moitié de l'armature en bois, après l'avoir dévissée de ses supports. Pascal avait conçu un système qui permettait de moduler l'arrière de son fourgon de façon rapide et pratique. Du bel ouvrage.

« Malheureusement, son père est mort y'a six mois. Lorsqu'il m'en a parlé, Bertrand m'a demandé si je connaissais quelqu'un par ici qui pourrait débarrasser la baraque, la vider de ses meubles et des affaires de son père. Lui n'a pas le temps. Et comme je fais quelques brocantes, en ce moment…

— Comment ça, tu fais quelques brocantes ? Tu te balades et tu achètes des trucs ?

— Non, je vends des objets dans des brocantes. Je nettoie des maisons, à l'occase. Ou j'achète des lots de disques ou de livres que je revends.

— Ah, bonne idée, ai-je dit, sincère. Et tu t'en sors ?

— Tu veux dire au niveau financier ? »

J'ai hoché la tête.

« Je vends les choses un peu plus cher que je les achète, en général, donc on peut dire ça. Mais je ne gagne pas un rond, au final.

— Bienvenue au club.

— Ça me permet de vivre comme je l'entends, en tout cas. Pas de patron pour m'emmerder, je bosse quand je veux et il m'arrive de rencontrer des gens sympas.

— Amen. Tu viens de résumer pourquoi je travaille pour le journal. »

Il a retiré son côté de la structure et nous sommes partis la ranger avec le matelas et le reste de ses affaires dans la remise. Monk, demeuré à l'abri sous la galerie, nous regardait passer, trempés de la tête aux pieds.

« La brocante, donc, ai-je relancé en longeant le flanc de la maison héritée de mes parents.

— Ouais, et quand Bertrand m'a demandé si je connaissais quelqu'un dans le coin, je lui ai répondu que oui : moi. Comme il n'était pas pressé, je lui ai dit que je m'en chargerai dès que je pourrais, la prochaine fois que je m'arrêterai dans les parages. Sauf que les choses se sont accélérées ces jours derniers.

— Elle est où, exactement, la baraque du père de ton pote ? Dans la plaine ?

— Oui. Quand j'ai vu que la Garonne montait à ce point et aussi vite, j'ai pressé le mouvement. C'est pour ça que je débarque à l'improviste. Il fallait que je vienne avant que la maison ne soit inondée.

— Ouais, mieux vaudrait ne pas traîner. »

Nous avons rangé les deux moitiés de la structure en bois, à la verticale, contre le matelas adossé au mur de la petite cabane construite par mon père. Je n'ai pas laissé mon regard s'attarder sur le reste du fourbi entassé là ; il y avait encore trop d'affaires ayant appartenu à mes parents.

« Le deal, c'est que je fais ça gratos pour Bertrand et qu'en échange je récupère tout ce qui m'intéresse et que je peux revendre. Je me paierai comme ça.

— C'est risqué, s'il n'y a que trois meubles pourris, non ?

— Bah, on trouve toujours des trucs. Et puis, la famille de Bertrand ne crevait pas la dalle, je suis sûr que je ne repartirai pas bredouille.

— Et ton copain ne veut rien récupérer ?

— Si, les souvenirs personnels, les photos, les papiers administratifs, tout ça. J'ai dit que je les lui mettrai de côté. »

Nous sommes retournés au fourgon dont l'arrière était désormais bien plus spacieux.

« Tu y vas tout de suite, alors, j'imagine, avant que l'eau n'arrive, ai-je dit.

— Ouais. Les meubles trop gros, j'essaierai de les monter à l'étage si c'est possible. Je ne sais pas du tout à quoi ressemble la maison.

— Et comment tu comptes porter des commodes tout seul ? »

Pour toute réponse, Pascal a haussé les épaules. J'ai regardé ma montre. Je n'avais rien de prévu dans les heures à venir.

« Allez, ai-je dit avant de vraiment y réfléchir. Je t'accompagne.

— Tu veux conduire ? » m'a proposé Pascal en me lançant les clés.

Nous avons passé l'après-midi dans la maison du père de Bertrand Grandpierre, une demeure bourgeoise d'un étage, rectangle beige aux pierres apparentes posé près d'une route départementale, avec vue sur un champ de terre labourée déjà parsemé d'immenses mares créées par la pluie. L'intérieur, qui devait totaliser deux cents mètres carrés, était resté visiblement intact depuis la mort de son ancien propriétaire. L'on avait recouvert de draps quelques fauteuils et la télévision, mais certains vaisseliers, non protégés, avaient accumulé six mois de poussière. La décoration surchargée - moquettes, tapisseries, têtes d'animaux empaillés, masques africains, tableaux, lampes et bibelots - aurait filé des cauchemars à Marie Kondo. J'avais l'impression de débarquer chez un brocanteur. Je n'y connaissais pas grand-chose, mais j'imaginais que Pascal n'aurait aucun mal à vendre certaines de ces vieilleries. Si nous réussissions à les sauver avant l'arrivée de l'eau.

Nous avons commencé par monter dans les chambres à l'étage les meubles que Pascal jugeait intéressants, près des commodes qui s'y trouvaient déjà. À moins d'une crue cataclysmique, il y seraient épargnés. Comme Pascal n'estimait pas pouvoir en tirer un bon prix, une immense table, restée dans la salle à manger du rez-de-chaussée, se retrouverait sans doute sous l'eau dans quelques heures. Et nous avions une priorité : nous occuper de la bibliothèque au rez-de-chaussée. Deux pans de mur de rayonnages accueillaient de belles éditions plus ou moins anciennes et même quelques livres de poche. Une collection de gros lecteur, au premier coup d'œil, pas l'assemblage vaniteux d'un pseudo-intellectuel désireux d'étaler sa culture, et dans laquelle on trouvait beaucoup de littératures du XXe siècle et de nombreux ouvrages grand format sur la peinture. Du pain béni pour Pascal.

Nous avons récupéré les cartons vides qu'il avait emportés et tous les sacs plastiques que contenait la maison pour remplir le camion de livres, des quelques bibelots et lampes que mon cousin estimait les plus intéressants, ainsi que des papiers trouvés dans le bureau à l'étage. Je n'ai pas pris le temps d'examiner en détail ce que nous enlevions ou ce que nous montions dans la maison et que Pascal viendrait chercher plus tard. Il m'indiquait où poser ce que je portais et j'obéissais. Simple manutentionnaire.

Nous n'avons pas beaucoup parlé cet après-midi-là, concentrés sur notre ouvrage et la montre. Pendant une pause, j'ai regardé le site du journal sur mon téléphone : un article rédigé par Claire, ma collègue, annonçait que la Garonne était sortie de son lit à vingt kilomètres au sud. Le temps pressait. Nous nous sommes aussitôt remis au travail.

Des heures plus tard, notre tâche achevée, contemplant l'arrière de son fourgon rempli, mon cousin a commenté :

« Ça aurait été dommage que tout ça se perde, non ? »

Il n'imaginait pas encore à quel point il avait vu juste.

Pascal, trempé jusqu'aux os, a refermé les portières arrière de son fourgon. Puis il s'est tourné vers moi :

« Putain, j'ai la dalle, pas toi ? »

Malgré mon habitude des travaux manuels – je complète parfois mes revenus de correspondant local en suant chez des agriculteurs du coin –, l'après-midi m'avait malmené. Je me sentais vidé. Nous étions partis de chez moi en vitesse, sans prendre le temps de déjeuner ni même d'emporter des en-cas. J'avais moi aussi un sacré creux dans l'estomac.

Sans attendre de réponse, Pascal est allé se mettre à l'abri sur le siège du conducteur. Dès que je l'ai rejoint sur le fauteuil passager, le manteau dégoulinant, il a poursuivi :

« Allez, mon petit Alex, je t'emmène au restau. Faut fêter ça !

— Fêter quoi ?

— On a bien bossé. Cette journée va me rapporter de quoi vivre peinard quelque temps. Et tout seul, je n'aurais jamais réussi à bouger tous ces livres. Merci.

— De rien », ai-je répondu avec sincérité.

Au lieu de passer l'après-midi à lire en buvant du café, à me balader avec Monk entre deux averses, ou pire, à écumer discogs.com et les catalogues de disquaires à la recherche de vieux trente-trois tours de hard bop, j'avais l'impression d'avoir accompli quelque chose d'utile. Pascal était un des rares membres survivant de ma famille proche, sans doute la personne qui ressemblait le plus, pour moi, à un frère, et je le voyais assez peu souvent pour le supporter plusieurs heures d'affilée. L'aider m'avait semblé tout naturel. Il en aurait fait autant pour moi.

« Tu es sûr que tu ne veux pas qu'on aille manger un bout chez moi, plutôt ? J'ai de la viande au congélo et je peux te préparer un…

— Tatata. Je t'ai assez fait bosser pour aujourd'hui. On va se faire un petit resto tranquille et rattraper le temps perdu. »

J'ai regardé ma montre. Il n'était que 18 h 15, mais la nuit était tombée.

« Y'a une brasserie en face de la gare qui fait des steaks corrects, et j'ai très envie de barbaque, là, ai-je expliqué. Mais ils ne doivent pas encore servir.

— Alors, on patientera en buvant l'apéro. »

Pascal s'est frotté la tête pour redresser des mèches collées à son crâne. Puis il a démarré le fourgon, pris la départementale et s'est mis à fredonner sur une vieille cassette de Bob Marley qui tournait dans l'autoradio.

« Y'a pas un truc qui t'a paru bizarre, dans cette maison ? lui ai-je demandé.

— Non, quoi ?

— Y'avait une télé…

— Ouais, pas de pitié, t'as vu, on l'a laissée en bas, s'est-il réjoui. Direct pour la déchetterie quand j'y retournerai.

— Une télé, donc, comme partout, quoi. Ou presque. Mais pas de radio, pas le moindre appareil pour écouter de la musique. Et pas de disques.

— Le vieux préférait visiblement les bouquins, analysa Pascal.

— Mais comment peut-on vivre sans écouter de musique ?

— Alors, ça, mon petit Alex, ça me dépasse autant que toi. »

Il a tourné le grand volant à deux mains, vers la droite, en direction de Castelnau et a entonné un nouveau refrain.

« *Now you get what you want, do you want more ?* »

Nous nous sommes installés dans une brasserie en face de la gare, dernière survivante d'une rangée de restaurants qui avaient nourri plusieurs générations de voyageurs de commerce ; un établissement à la mode anglaise, banquettes de cuir et décoration façon pub dans une demi-pénombre savamment entretenue. Je n'avais pas eu d'autres idées, et je n'avais pas vraiment cherché. Trop fatigué pour cela. Il s'agissait de se sustenter au chaud. Le Royal conviendrait parfaitement.

Nous avons commencé par un de ces apéros à effet retard, qui requinquent une heure ou deux avant de rameuter l'épuisement avec une action démultipliée. Deux pastis pour Pascal et deux bières pour moi. Quand nos steaks frites sont arrivés, je n'ai pas attendu que mon cousin cesse de flirter - pour la forme ou sérieusement ? - avec la trentenaire replète et souriante qui nous servait et j'ai attaqué mon plat afin d'éviter de baver comme Monk devant sa gamelle.

Dans l'atmosphère de tanière de hobbit franchisée, tandis que mon pantalon séchait peu à peu, Pascal m'a raconté ce qu'il avait fait ces dernières années. J'ai découvert qu'il n'avait pas de véritable domicile fixe, mais une boîte postale qu'il relevait parfois du côté de Montpellier et qu'il partageait son temps, depuis deux ans, entre le Sud-Est et la Bretagne, chez une « amie » dans le Finistère. Toujours discret sur ses relations amoureuses, il ne m'avais jamais paru du genre à être l'homme d'une seule femme. Il dormait parfois dans son camion et prétendait avoir trouvé un équilibre, un compromis entre la vie de liberté sur la route et un côté plus casanier auquel il s'habituait peu à peu. Ses anecdotes lui ressemblaient – rencontres avec des personnages hors du commun, galères impensables dans lesquelles il plongeait tête baissée par gentillesse et crédulité – et elles me rappelaient les péripéties qu'il vivait vingt ans plus tôt, lorsqu'il traînait, jeune adulte, dans les milieux interlopes de Castelnau. Il dealait à son petit niveau, à l'époque, et j'imaginais qu'il avait continué longtemps, pour survivre, avant de consommer un peu trop et de devoir passer par la case méthadone. Malgré une vie « instable » en comparaison du Français moyen, il semblait s'être trouvé. Je l'enviais presque.

J'avais beaucoup moins de choses à lui raconter. Depuis les décès consécutifs de mon épouse, de mes parents et mon départ d'Australie pour revenir vivre dans la maison où j'avais grandi, mon existence était l'antithèse de celle de Pascal. Je ne voyageais pas, passais le plus clair de mon temps chez moi ou dans les bureaux du journal, et mon univers ne s'étendait pas au-delà de Castelnau et de ses habitants. Mon boulot de correspondant local me permettait de gagner de quoi subsister et je complétais de temps en temps mes salaires avec quelques travaux agricoles.

Je ne cherchais pas plus loin, me contentais de ça. J'évitais l'aventure autant que possible.

Le problème, c'est qu'elle venait parfois jusqu'à moi.

J'ai ainsi raconté à Pascal ce qui m'était arrivé, quelques mois plus tôt, lorsque le fils de ma défunte voisine s'était révélé un tueur de jeunes femmes et qu'il avait blessé et manqué d'envoyer mon meilleur ami Vincent *ad patres*. Quand il avait eu vent des drames par l'intermédiaire des journaux, mon cousin m'avait appelé pour prendre des nouvelles, mais, à l'époque, je n'étais pas entré dans les détails. Je lui ai confirmé que Vincent, après des mois de convalescence, allait bien mieux. C'était tout ce qui comptait. Il n'a pas cherché à savoir ce qu'il était advenu du tueur, si son cadavre avait été retrouvé ou non. Je ne lui ai rien dit. J'imagine qu'à ses yeux son cas était réglé : le criminel avait dû se noyer.

Mon portable a tinté pour m'indiquer un SMS au moment où la serveuse revenait prendre nos commandes pour les desserts. J'ai laissé Pascal poursuivre son pseudo-numéro de charme et j'ai sorti mon téléphone de ma poche. Vincent m'invitait à dîner le surlendemain, mercredi. J'ai répondu d'un laconique OK, avant de me ressaisir et d'ajouter « j'apporte quoi ? »

Vincent, qui est prof de maths et pas de littérature, s'est contenté de répondre : « ton cul. »

Lorsque j'ai relevé le nez de mon écran, Pascal avait demandé des profiteroles, une de ces pâtisseries surgelées vendues chez Métro et que la quasi-totalité des établissements du même genre proposent à la carte. Ces brasseries auraient toutes pu se rassembler pour monter une chaîne de restaurants baptisée *Partout Pareil* sans manquer pour autant de clients.

J'ai commandé un café et nous sommes restés quelques instants comme ça, sans rien dire, le regard dans le vague, repus, à recevoir les divers signaux envoyés par notre corps pour nous prévenir que la journée était presque finie.

Pascal, comme il l'avait promis, a tenu à payer, et en a profité pour demander à la serveuse ses horaires, car il aimerait bien revenir, « uniquement pour revoir votre beau sourire, mademoiselle ». Elle a plissé les yeux, avec une gêne amusée, et n'a pas répondu. Il ne mentait pas, pour le sourire.

Nous avons quitté la brasserie légèrement ivres, tant d'alcool que de fatigue, et traversé le boulevard pour rejoindre le fourgon que mon cousin avait garé sur une des places de stationnement face à la gare. Il ne pleuvait plus, mais la moindre source lumineuse renvoyait un éclat pastel sur le bitume du parking.

« Tu vas vraiment revenir ? lui ai-je dit.

— Y'a de fortes chances. Tu sais que si je lui avais demandé son numéro de téléphone, elle me l'aurait donné, hein ?

— Ah ouais, t'es sûr de ça ?

— Tu n'as pas bien regardé, mon petit Alex, mais c'est évident. Comme le nez au milieu de la figure. Cette nana est prête pour une aventure, un truc qui la fasse quitter un peu son quotidien. Et un mec de passage, dans mon genre, c'est parfait pour ça. Si on était dans un film, ce serait le personnage de la divorcée, avec peut-être un gamin, dont l'existence n'est pas tout rose et qui aimerait bien goûter, au moins une fois, au 'tourbillon de la vie'.

— Mais la vie n'est pas un film, ai-je rétorqué.

— C'est là où tu te trompes. Elle peut le devenir, il suffit de la prendre sous cet angle. Et si l'on considère que la vie est un film hollywoodien, je pars du principe que mon personnage est joué par Brad Pitt. Ça rend tout plus sympa. »

Je m'apprêtais à lui répondre que le seul passage de la carrière de Brad Pitt auquel je puisse comparer ma vie était la fin de *Seven*, lorsqu'il s'est mis à gueuler :

« Hé ! Qu'est-ce que vous foutez ? »

J'ai tourné la tête pour suivre son regard et j'ai rapidement évalué la situation, aussi claire et annonciatrice de bons moments qu'un rapport du GIEC.

Une des deux portières arrière du fourgon de Pascal était ouverte. Un homme se trouvait à l'intérieur, devant les objets entassés. Un deuxième, sur le bitume du parking, s'apprêtait à l'accompagner et à monter dans le camion avant que le cri de mon cousin ne l'interrompe. Il a pivoté vers nous et la lumière du projecteur a fait apparaître le reflet métallique du pied-de-biche qu'il tenait dans une main.

L'incongruité de la situation ne m'a pas frappé immédiatement. J'aurais pourtant dû m'étonner d'une telle effraction, à 21 heures, sur un des parkings les plus fréquentés de la ville, sous les feux de l'éclairage public. Je n'ai pas non plus tout de suite réfléchi au fait qu'il ne s'agissait pas de deux gamins qui profitaient d'une occasion ni, visiblement, de deux camés aux abois, mais - comme nous nous en sommes aperçus en pressant le pas pour nous approcher - de deux trentenaires vêtus de sombre, jean et blouson de cuir noir pour l'un, survêtement bleu foncé pour l'autre, et aux visages aussi avenants que celui d'un All Black en plein haka.

L'homme dans le fourgon a sauté par terre, les mains vides. Ses cheveux bruns tirés vers l'arrière et retenus en un chignon haut faisaient ressortir à la fois son nez proéminent et tordu, et son menton en galoche. Il a regardé son acolyte comme pour lui demander la marche à suivre. L'autre portait une moustache en fer à cheval et donnait l'impression de sortir tout droit d'un film de Sergio Leone : la peau mate, cheveux noirs très courts, les yeux naturellement plissés, avec une forme du visage similaire à celle de son binôme. Il n'a pas bougé, n'a pas esquissé le moindre geste vers son compère et a examiné Pascal, qui les avait interpellés.

« C'est mon camion, là. Dégagez », a lancé mon cousin d'une voix un peu moins assurée que trois secondes plus tôt.

Cette fois, les deux hommes ont échangé un coup d'œil avant de revenir vers nous. Nous n'étions plus qu'à quatre ou cinq mètres du duo qui n'avait visiblement pas l'intention de mettre les voiles.

« Allez, tirez-vous », ai-je ordonné en tentant de paraître sûr de moi.

Pour toute réponse, le moustachu a écarté les bras avec un air de défi, le pied-de-biche à la main.

« Remonte », a-t-il dit à l'autre en lui désignant, du pouce, l'intérieur du fourgon.

« Non, mais ça va pas ? s'est exclamé Pascal.

— On n'a pas fini », lui a rétorqué l'autre avec un accent indéfinissable.

Espagnol ? Italien ? Roumain ?

« Qu'est-ce que tu veux que ça me foute que t'aies pas fini ? a lancé mon cousin, outré et en colère. C'est mon camion, alors vous dégagez maintenant !

— On n'a pas fini », a répété l'autre avec un calme dérangeant.

J'ai senti un creux dans mon estomac. Ils ne rigolaient pas.

« C'est toi qu'as la lumière ? » a demandé l'homme au chignon, avec un accent du Sud, en remontant dans les ténèbres du fourgon, comme si nous n'existions pas.

« Non, a répondu l'autre. T'as pas pris la torche ? »

Il s'est retourné un instant, sans doute étonné par la bêtise de son acolyte, et j'ai alors entrevu une occasion. Il me fallait profiter de cet instant de distraction pour lui sauter dessus. L'alternative consistait à les regarder voler ce qui les intéressait dans le camion ou, pire, si on ne les prenait pas par surprise, de se faire braquer et de récolter quelques coups de pied-de-biche en plus.

Un bruit de course dans mon dos a attiré mon attention. Je me suis retourné vers la serveuse de la brasserie qui fonçait vers nous, essoufflée, en agitant les bras et en criant :

« Arrêtez ! J'ai appelé les flics, ils arrivent... »

J'avais manqué ma chance.

« Fouille dans le noir. Ou sors ton portable », a ordonné le moustachu à l'homme dans le fourgon.

Je n'en revenais pas. Ces deux-là me faisaient peur, inutile de le nier, mais leur impassibilité, leur flegme apparent alors qu'ils venaient d'être pris sur le fait, me sidérait. Quelque chose en eux heurtait mes convictions profondes, mes idées sur la vie, la justice et tout ce qui n'est sans doute que conneries d'intello lorsqu'il s'agit d'affronter la nature dans ce qu'elle a de plus féroce.

Sauf qu'il n'y avait rien de naturel chez ces hommes. Contrairement à des fauves mus par la faim ou le désir de protéger leur progéniture, ils se comportaient comme des machines programmées dans un but précis et dépourvues du moindre sentiment. Leurs actions, leur façon d'être contredisaient le sens commun. On ne pourrait jamais les raisonner.

Ils me mettaient dans une colère noire.

La serveuse s'est arrêtée un peu en retrait de Pascal. Son bluff à propos des flics était malin, et il aurait pu marcher sur des voleurs plus conventionnels. Mais nous étions apparemment tombés sur des anomalies statistiques.

Pascal l'a regardée un instant, peut-être pour la rassurer, et quand il a tourné le visage dans ma direction, j'ai vu qu'il était tout aussi enragé que moi. Une fureur soutenue par l'effroi et l'incompréhension, en ce qui me concernait.

Je ne saurais dire comment le déclic a eu lieu en Pascal, mais ce fut comme si l'on avait appuyé sur un interrupteur. Que l'on avait démarré un appareil. Off/On. Ses traits se sont fermés et il a paru s'isoler de son environnement pour se concentrer sur un unique objectif – virer le type qui commençait à fouiller dans sa camionnette.

Il s'est alors élancé vers le fourgon et, dans le même mouvement, a attrapé les jambes de l'intrus qui, debout, de dos, sur un petit espace laissé libre par le bazar que nous avions récolté dans l'après-midi, n'avait rien vu venir. Pascal a tiré et ramené les pieds de l'homme vers lui. J'ai cru un instant que le visage du voleur allait heurter le sol du camion et qu'il se casserait le nez, voire quelques dents. Mais il a réussi à pivoter au dernier moment et son épaule a amorti le choc.

Devant ce spectacle, le moustachu a paru hésiter à s'attaquer à mon cousin, mais, peut-être parce qu'il savait que son acolyte pouvait se débrouiller seul, il s'est finalement tourné vers moi et a fait deux pas dans ma direction en levant le pied-de-biche.

Je n'ai pas eu à réfléchir. Mon corps s'est emparé des commandes. Les centaines d'heures à répéter les mêmes enchaînements au dojo ont permis aux gestes réflexes de prendre le relais. Sans avoir à y penser, je savais qu'essayer d'éviter un coup donné avec son arme improvisée pourrait réussir une fois, mais guère plus. Il finirait par me toucher. Je savais aussi que le meilleur moyen de le contrer était d'avancer vers lui, de bloquer son assaut au niveau de l'épaule en venant poser mes deux avant-bras près de son cou et sur sa clavicule.

Je me suis précipité sur lui tandis que son pied-de-biche se trouvait encore bien au-dessus de sa tête. Grâce à l'effet de surprise, j'ai réussi à enrayer son geste, mais je n'ai pas poursuivi de façon très propre. Claude, mon *sensei*, m'avait appris à enchaîner ce genre de parades avec une prise au corps. J'aurais pu, en effet, l'immobiliser en lui saisissant le poignet et, une fois passé derrière lui, en le bloquant, de l'autre bras, au niveau de l'épaule. J'avais répété cet exercice des dizaines et des dizaines de fois. L'adversaire se pliait en deux et l'on pouvait, si l'on n'y faisait pas attention, briser le membre au niveau du coude.

J'ai pourtant renoncé à cette technique. Peut-être que le contact avec la masse de cet inconnu malodorant – relents de sueur froide sur effluves de cuir – a suffisamment perturbé mes sens pour que je perde pied et que je néglige tout ce que j'avais appris dans cette situation.

Dans le feu de l'action, je n'ai pas exécuté la prise attendue. Je me suis contenté, tant que je l'avais sous la main, de lui balancer un grand coup de genou dans les couilles.

Il s'est courbé de douleur et a lâché son arme. L'efficacité avait primé sur la voie martiale. Ça me convenait.

Pendant que le moustachu, recroquevillé au sol, se tenait les parties en grognant, j'ai tourné la tête vers Pascal. L'intrus dans le camion en était sorti je ne sais comment et faisait désormais face à mon cousin. Il paraissait énervé.

J'ai vaguement entendu la serveuse, quelques mètres derrière moi, qui criait « Arrêtez ! » d'une voix paniquée. J'ignorais à qui elle s'adressait.

Le voleur au chignon a déclenché son coup de poing à une vitesse folle et Pascal n'a eu que le temps de rejeter sa tête en arrière sans parvenir à totalement l'esquiver. L'impact a résonné comme si un cuisinier coléreux avait jeté un steak par terre, mais étonnamment, mon cousin est resté debout.

Je m'apprêtai à aller lui prêter main forte lorsque j'ai remarqué, du coin de l'œil, que mon moustachu avait posé une paume à plat sur le sol et qu'il commençait à se relever. Terminator ringard.

« Les voilà ! Ils sont là ! » s'est remise à hurler la serveuse derrière moi.

J'ai tourné la tête vers le boulevard. Des gyrophares bleus clignotaient, de plus en plus proches.

Le tueur cyborg à la manque a fini de se redresser et, encore un peu courbé, a fait un pas vers moi. Je me suis contenté d'avancer ma jambe et de poser le pied sur la tige de métal avec laquelle il avait tenté de me frapper. Je l'attendais.

C'est sans doute à ce moment-là qu'il a repéré la voiture de gendarmerie qui s'engageait sur la voie menant à la gare. Il a attrapé le bras de son compère et l'a entraîné à l'écart. Après quelques mètres chancelants, ils se sont tous les deux mis à courir et ont disparu dans le hall de la gare qui, à cette heure-ci, devait être aussi bondé qu'une plage océane en plein hiver.

Je me suis approché de Pascal qui semblait choqué, pas encore tout à fait conscient de ce qui venait de se passer.

« Ça va, ça va, m'a-t-il rassuré en se tenant la pommette gauche. Ces enfoirés n'ont rien emporté, hein ?

— Non, je crois pas, c'est même nous qui sortons gagnants », ai-je répondu en me baissant pour ramasser le pied-de-biche.

Le véhicule des gendarmes s'est arrêté près de la serveuse qui leur adressait de grands signes depuis vingt secondes. J'ai aussitôt jeté l'outil à l'arrière du camion et me suis dirigé vers les hommes en képi. Deux agents se sont approchés, l'air méfiant.

« C'est moi qui ai appelé, est intervenue la jeune femme avant qu'ils ne nous parlent. J'ai vu les deux voleurs tenter de forcer le fourgon pendant que ces messieurs quittaient le restaurant. »

Ce qui expliquait pourquoi les forces de l'ordre étaient arrivées aussi vite. Elle les avait contactés avant même que nous ne tombions sur nos nouveaux amis. La proximité de la caserne, à deux rues de là, avait également dû bien aider.

J'ai aussitôt compris que les gendarmes, deux jeunes hommes qui semblaient posséder le QI de bonobos, n'allaient pas se lancer à la poursuite des malfaiteurs façon série américaine. Alors je les ai tout de suite rassurés :

« Ils viennent de filer dans la gare. Mais s'ils ont traversé les voies, ils peuvent être n'importe où. »

Le quartier derrière le chemin de fer, un dédale de petites rues, leur offrait de nombreuses possibilités de fuites. J'espérais ne jamais les recroiser.

« Il est à qui, ce camion ? » a demandé un des gendarmes.

Pendant dix minutes, nous avons dû expliquer ce que nous avions fait l'après-midi et à qui appartenaient les objets entassés à l'intérieur du fourgon. Pascal a même dû donner le numéro de téléphone de son ami Bertrand « pour vérification ». Quant à l'effraction et à la baston, les hommes en uniforme nous ont conseillé de passer le lendemain à la gendarmerie pour porter plainte.

« Surtout pour l'assurance, a conclu l'un d'eux. Il y a quand même peu de chances qu'on les retrouve. »

Je me suis retenu de lui faire remarquer que des moustachus façon Lemmy de Motörhead qui se baladaient en duo avec des types au chignon, ça ne devait pas courir les rues, dans le coin.

Lorsqu'ils sont repartis, le tour de l'œil gauche de Pascal avait gonflé et pris une couleur violette. La serveuse – qui s'appelait Virginie, ai-je alors appris – a proposé à mon cousin d'aller chercher une poche de glace, mais il a refusé, l'a remercié pour ce qu'elle avait fait et l'a raccompagnée jusqu'au restaurant.

Pendant ce temps, j'ai réussi à fermer les portes arrière du fourgon en les coinçant à l'aide du pied-de-biche. Nous n'avions pas tout perdu. Pascal est revenu et il s'est installé au volant sans prononcer un mot. Nous sommes rentrés chez moi. Arrivés devant la maison, il m'a dit merci une fois de plus. Je n'ai pas osé lui demander s'il le faisait parce que je l'hébergeais, que je l'avais aidé à remplir son camion ou pour avoir brièvement mis le moustachu hors d'état de nuire.

Avant de nous coucher, nous avons bu un verre d'un whisky qui traînait dans le bar depuis des années, sans doute acheté par mon père.

Un goût amer nous restait dans la bouche.

## 2

Quand j'ai émergé de ma chambre, le lendemain vers 7 heures, Pascal était installé dans la cuisine, vêtu d'un slip et d'un t-shirt Mano Negra informe, les avant-bras sur la table, la tête baissée au-dessus d'une tasse encore fumante. Son coquard prenait déjà des teintes psychédéliques.

Je me suis servi un peu du café qu'il avait préparé et l'ai goûté, debout près de la cafetière. Beaucoup trop fort pour moi.

« Ça va ? ai-je demandé en m'asseyant en face de lui. Tu ne ramasses pas trop ? »

Il m'a montré sa joue gauche.

« Je n'ai pas pu dormir de ce côté, mais ça va. »

J'ai laissé quelques secondes de silence s'écouler avant de constater :

« Quelle merde.

— Ouais, a confirmé Pascal.

— T'avais déjà pris une pêche ?

— En général, j'évite les bastons.

— Moi aussi, mais parfois on n'y échappe pas. Dis-toi que Brad Pitt n'aurait pas fait mieux. »

Ma remarque lui a arraché un sourire complaisant.

« C'est quand même bizarre, ai-je repris. Y'avait d'autres bagnoles sur ce parking. Et ton fourgon ne paie pas de mine. Il ressemble plutôt à l'utilitaire d'un artisan qu'autre chose.

— Justement, peut-être qu'ils cherchaient à voler des outils.

— Ils n'avaient pas l'air déçus, en tout cas.

— Ouais, avec l'autre connard qu'avait besoin d'une lampe, là, a dit Pascal en touchant son coquard.

— Ça c'est bizarre, tu vois. On aurait vraiment dit qu'il s'apprêtait à fouiller. Alors qu'on était là.

— Ils étaient un peu trop sereins, ouais. »

Mon cousin a terminé sa tasse puis il a posé les deux mains à plat sur la table, a repoussé sa chaise et s'est levé.

« Bon, c'est pas tout ça, mais j'ai du travail aujourd'hui. Je vais aller ranger tout ce qu'on a récupéré hier dans un box de stockage.

— Je crois qu'il y a un garde-meuble dans ce style vers Saint-Pardoux.

— Google va m'expliquer tout ça, a dit Pascal en désignant son téléphone sur la table.

— Désolé, mais je ne pourrai pas t'aider aujourd'hui. Je dois passer au journal, écrire l'article que je n'ai pas rédigé hier, et il va sans doute y avoir du boulot avec les inondations.

— T'inquiète, ça ira, m'a-t-il rassuré en rinçant sa tasse dans l'évier. Et il faut que je trouve un garage pour réparer la portière du camion.

— Tu ne vas pas aller porter plainte ?

— Pour quoi faire ?

— Je sais pas, pour l'assurance au moins.

— Quelle assurance ? »

Puis il est sorti de la cuisine.

J'ai avalé, le regard dans le vague, un morceau de pain grillé tartiné de beurre et de confiture. Une fois douché et habillé, j'ai nourri Monk et averti Pascal que je partais en lui indiquant où se trouvait le double des clés.

Il ne pleuvait plus quand je me suis mis en chemin vers Castelnau, le ténor de Sonny Rollins s'échappant des enceintes de ma Fiat Punto. J'ai descendu le coteau de Bouleron et emprunté la départementale qui traversait la plaine sur la rive droite de la Garonne. En approchant du fleuve, j'ai constaté qu'il avait débordé pendant la nuit. Les champs autour de la route, surélevée après Pont-Canal, étaient recouverts de plusieurs dizaines de centimètres d'eau. C'était visiblement allé très vite ; des tas de maisons se retrouvaient inondées.

Je repensais à celle que nous avions vidée la veille. Juste à temps. Pascal avait eu le nez creux de se presser ainsi.

Cinq minutes plus tard, j'ai traversé le pont au-dessus du fleuve en me demandant si j'allais pouvoir effectuer le trajet en sens inverse dans quelques heures. Je n'avais pas vu de telle crue depuis mon retour à Castelnau, six ans plus tôt.

Je me suis garé dans une rue proche des locaux du journal et j'ai levé les yeux. Il avait peut-être plu pendant la nuit, mais le ciel gris paraissait moins menaçant que les jours passés.

Quand je suis arrivé au premier étage de l'immeuble qui abritait la rédaction, Claire, la seule journaliste permanente de l'agence – une femme de vingt-six ans squelettique, revêche et ambitieuse, bref, aussi agréable qu'un séjour à Guantanamo –, achevait de préparer son sac à dos pour partir.

« C'est la merde, m'a-t-elle lancé sans me saluer ni même m'adresser un coup d'œil. Faut que je couvre les inondations, et je crois que Bordeaux va envoyer un peu de renfort, mais on ne peut pas uniquement bourrer le cahier local d'images de gens évacués dans des barques par des pompiers et de témoignages de vieux paysans tristes. T'as du temps, aujourd'hui ?

— J'ai quelques trucs à finir, mais oui. Je comptais remplir un peu le frigo. »

Il ne s'agissait pas d'acheter de la nourriture, mais de préparer quelques articles d'avance.

« Est-ce que tu peux t'occuper de ça ? » m'a-t-elle demandé en me montrant un post-it collé à mon bureau sur lequel étaient inscrits un nom, Aude Virtanen, et une adresse dans un petit village à dix kilomètres de Castelnau, après Belpech. « Une histoire de cambriolage. La femme tient beaucoup à ce qui lui a été volé et elle souhaiterait le médiatiser. Les gendarmes aimeraient aussi, d'après ce que j'ai compris, que les habitants soient un peu sur leur garde. »

J'ai pris le bout de papier et l'ai rangé dans ma poche en lui assurant :

« Je m'en occupe. »

Claire est partie sans un merci, ni un au revoir, toujours constante dans l'impolitesse et l'égocentrisme. Un phare dans la nuit. Je me demandais parfois si je préférerais la voir changer de rédaction – ce dont elle rêvait pour se « tirer de ce trou » et gravir les échelons – ou rester à végéter encore quelques années à Castelnau, quitte à devoir la supporter.

Une heure plus tard, j'avais terminé l'article sur une des nouvelles recrues de l'US Castelnau, le club de rugby local, et mis à jour le planning de la fin de la semaine. Les inondations risquaient de chambouler ces belles prévisions, mais j'aimais tout de même avoir une vague idée de ce qui m'attendait, en termes de travail, pour les jours à venir.

J'ai ensuite ressorti le post-it de Claire de ma poche. Un nom et une adresse, pas de numéro de téléphone. J'ai regardé ma montre, il n'était pas loin de dix heures. J'allais tenter ma chance.

J'ai pris ma voiture jusqu'à Gabaurias, le petit village où vivait cette Aude Virtanen dont j'ignorais tout, à part qu'elle avait été victime d'un cambriolage. De ce côté du fleuve, les coteaux se dressaient dès la sortie de la ville et, depuis les hauteurs de Belpech, la dévastation causée par les inondations restait invisible. L'eau envahissait la plaine située sur la rive opposée de la Garonne. Une autre contrée, pour ainsi dire. Naguère, on n'y parlait pas tout à fait le même patois.

En à peine un quart d'heure, le GPS de mon téléphone m'a conduit au lieu-dit Estagnot, au bout d'un chemin de terre, où j'ai découvert une vieille ferme dont les pierres apparentes, claires, trahissaient la rénovation. Posé à côté, un immense hangar en bois – sans doute un ancien séchoir à tabac – paraissait lui aussi réhabilité.

Je me suis garé devant la maison, j'ai pris mon sac à dos sur le siège passager et j'ai quitté la voiture. Un tilleul trônait sur la pelouse bien entretenue et ajoutait de la majesté à la quiétude de l'endroit. Le terrain descendait derrière la demeure jusqu'à un bout de forêt que j'imaginais peuplé de toute sorte de gibier. Au-delà, le paysage vallonné alternait prés verts et champs labourés, haies, bosquets ou arbres isolés. Entre deux collines, je distinguai un pigeonnier accolé à une habitation. La beauté se prolongeait ainsi jusqu'à Duras. Et même plus loin, jusqu'à Bergerac.

J'ai fait deux pas vers la maison avant de patauger dans une flaque.

« Merde, ai-je soufflé en regardant mon pied droit trempé.

— Il vaut mieux éviter de marcher le nez en l'air, avec ce temps », a dit une voix devant la porte.

J'ai levé les yeux sur une femme aux courts cheveux bruns parsemés d'éclats argentés. Elle portait un pantalon noir et un pull marron trop grand.

« J'admirais le coin. C'est très joli, chez vous. Je m'appelle Alexandre Lolya. Je travaille pour le journal.

— Ah, oui, dit-elle. C'est vrai. Venez, entrez. »

Je me suis approché en m'efforçant de sourire et de ne pas trop la scruter. Ce qui s'est avéré difficile. Son visage possédait cette qualité étrange et rare, me semble-t-il, d'être dotés de petits défauts qui renforçaient sa beauté : sous de grands yeux clairs - bleus ou verts, je n'aurais encore su le dire à deux mètres de distance –, le bout de son nez s'aplatissait légèrement et un coin de sa bouche paraissait plus relevé que son opposé. Une dissymétrie ténue qui, plutôt que de choquer, dégageait une impression générale d'harmonie, paradoxale et invitante.

Quelques rides et une majorité de mèches blanches parmi ses cheveux noirs trahissaient un âge que j'estimais autour de la cinquantaine. Si l'on m'avait obligé, flingue sur la tempe, à conjecturer un chiffre, j'aurais avancé quarante-huit ans. Je crois que j'espérais secrètement qu'elle n'ait pas plus de dix ans de plus que moi.

J'ai suivi son invitation et me suis retrouvé dans une vaste pièce dont la modernité contrastait avec l'extérieur. Les murs et le plafond, auquel des poutres donnaient du relief, étaient peints en blanc, et de belles lames de parquet clair finissaient d'apporter une touche scandinave à l'ensemble. Si la rénovation avait modifié l'ambiance générale de l'intérieur, les meubles, eux, possédaient un côté rustique lot-et-garonnais qui se mariait étrangement bien au décor. En balayant ce salon du regard, j'ai repéré une vieille radio posée sur un buffet, une machine à écrire qui trônait sur un guéridon, un canapé en tissu marron pâle, deux fauteuils bleus et une magnifique bibliothèque – trop éloignée pour que je parvienne à lire les titres sur les tranches – qui jouxtait un piano droit.

J'ignorais tout de la femme qui vivait là, mais je l'enviais d'avoir eu le courage, et les moyens, d'arranger ainsi un logis qui, à la base, ne devait pas être si différent du mien.

« C'est vraiment… impressionnant. Ce que vous avez fait de la maison.

— Ah merci. Nous l'avons rénovée il y a dix ans. Enfin, c'est surtout moi qui m'en suis occupée. »

Je n'ai pas demandé qui était le « nous » en question.

« Je pensais que ce serait la dame que j'ai eue au téléphone qui viendrait, a-t-elle poursuivi.

— Ma collègue, Claire. Elle avait besoin que je la remplace. Trop prise par les inondations.

— Oui, j'ai vu ça. Je crois que c'est la première fois que la Garonne déborde à ce point depuis que je vis ici. Suivez-moi, c'est par là. »

Elle a disparu dans un couloir bas et étroit et a ouvert la porte du fond à droite. Je l'ai rejointe dans une pièce plus petite que le salon, mais néanmoins assez vaste, aux murs couverts d'étagères de livres. Un grand bureau en bois sombre occupait l'espace au centre de la salle dont la tonalité générale contrastait avec la clarté de la précédente.

Elle a contourné le poste de travail et le vieux Mac coloré posé dessus, puis s'est agenouillée devant un meuble bas en bois. Elle a ouvert un battant pour dévoiler un coffre-fort rectangulaire, noir, doté d'une serrure et mesurant peut-être cinquante centimètres de haut sur trente de large. Un trou de deux ou trois centimètres de diamètre, sur le côté droit de sa façade, semblait résumer ce qu'il s'était passé.

« Le cambrioleur est venu un après-midi où j'étais partie en ville faire des emplettes. Il a percé le coffre avec un foret puis a fait sauter les fermoirs, d'après ce que m'ont expliqué les gendarmes. C'est la quatrième fois que cela arrive en quelques mois dans la région de Castelnau.

— Vraiment ? Je n'en avais pas entendu parler.

— Je crois que les forces de l'ordre n'osaient pas encore établir le lien, mais ça commence à faire trop, si j'ai bien compris.

— C'est pour ça qu'ils veulent qu'on le traite dans le journal ?

— Oui, et je suis du même avis. Si cela peut m'aider à retrouver ce qu'on m'a volé... »

Elle a ouvert le coffre qui ne se verrouillait désormais plus en passant un index dans le trou et en tirant sur la porte. Quelques liasses de papier y étaient entreposées.

« Il reste les manuscrits de mon mari, mais les bijoux ont disparu. Parmi eux, des boucles d'oreilles auxquelles je tenais beaucoup. Pas pour leur valeur, mais parce qu'elles m'avaient été offertes par ma grand-mère. Qui, d'après la légende, les avait elle-même reçues d'Alexandra Romanova, la femme de Nicolas II. »

J'ai sorti mon carnet et un stylo de mon sac à dos pour commencer à prendre des notes.

« Une légende à laquelle vous croyez ? » ai-je demandé.

Elle a refermé le coffre, s'est relevée et m'a regardé droit dans les yeux. J'ai senti le poids de mon corps passer d'un pied sur l'autre, sans ordre conscient de ma part.

« Pas vraiment, a-t-elle répondu avec ce sourire dont la dissymétrie me troublait. Mais peu importe, je tiens beaucoup à ces bijoux.

— Je comprends », ai-je dit en m'efforçant d'imaginer ce que je ressentirais si l'on me volait des pressages originaux de John Coltrane.

« Le ou les cambrioleurs n'ont rien pris d'autre dans la maison. Ils se sont contentés du coffre.

— Vous aviez d'autres objets de valeur ailleurs ?

— Non. Beaucoup de choses auxquelles je tiens, mais rien qui vaille vraiment de l'argent.

— Alors ils ont bien fait leur travail », ai-je conclu avant de me rendre compte que ce n'était peut-être pas la remarque la plus appropriée dans ces circonstances.

Un peu mal à l'aise, j'ai regardé les pans de mur qui m'entouraient, recouverts d'une impressionnante bibliothèque qui mélangeait grands formats et livres de poche. J'ai tout de suite noté que certains ouvrages s'y trouvaient représentés en plusieurs exemplaires de la même édition. *Double Standard*, par exemple, ou *La Dernière Chute*. D'autres romans, puisqu'il s'agissait apparemment de romans, arboraient des titres en diverses langues : espagnol, anglais et idiomes germaniques ou scandinaves que je ne savais lire. Tous étaient du même auteur : Edgar Valenti.

J'ai d'abord cru que mon hôtesse collectionnait les œuvres de cet auteur avant de comprendre. Une simple passionnée aurait possédé un exemplaire de chaque édition, pas cinq ou six. Puis j'ai repensé à la machine à écrire dans le salon, ce qu'elle avait dit à propos des manuscrits dans le coffre, et j'ai considéré la pièce où je me trouvais. Le bureau d'un écrivain…

« Ces livres, ai-je dit. L'auteur…

— Vous avez ici l'œuvre complète de mon défunt mari, oui », a confirmé Aude Virtanen.

J'ai hoché la tête, me suis approché d'un rayonnage et j'ai pointé un volume du doigt.

« Vous permettez ?

— Je vous en prie. »

J'ai pris un des romans, *Vendanges tardives*, et l'ai retourné pour regarder la quatrième de couverture. On y voyait la photo de l'écrivain dans un petit cadre - un homme au menton carré et au crâne rasé, avec un bandeau noir sur l'œil - ainsi que le résumé de l'intrigue, une histoire de meurtre dans une famille de riches viticulteurs du Beaujolais.

« Vous connaissez ? m'a demandé Aude Virtanen.

— Pour être tout à fait honnête, j'ai déjà vu le nom de votre mari et certains de ses ouvrages en librairie, mais je n'en ai jamais lu.

— Je lui répétais toujours qu'il n'était pas aussi célèbre qu'il le pensait. Ses livres marchaient plutôt bien, il avait un lectorat fidèle, mais il n'a jamais atteint des chiffres de ventes stratosphériques. Seulement, quand un film tiré d'un de ses romans est sorti, il s'est vu plus connu qu'il n'était. »

Il n'y avait pas de reproche ou de sarcasme dans sa voix. C'était un simple constat.

J'ai remis le volume à sa place.

« Mais il savait écrire, hein. Et dans tous les styles. Romans historiques, policiers, sentimentaux. Il s'adaptait toujours. Il n'y a peut-être qu'ici qu'il ne s'est pas adapté.

— Comment ça ?

— Il rêvait depuis des années de quitter Paris pour s'installer à la campagne. Mais c'était sans doute un fantasme qu'il aurait mieux valu laisser inassouvi. Une fois ici, son tempérament ténébreux a pris le dessus. Il n'avait plus ses amis, ses soirées citadines, l'agitation dont il voulait se couper lui manquait énormément. Puis il est tombé malade… » a-t-elle dit en sortant de la pièce.

Je l'ai suivie jusqu'au salon où elle s'est tournée vers moi et a haussé les épaules.

« Il est mort avant que je cesse de l'aimer », a-t-elle conclu.

Je n'ai jamais compris pourquoi elle m'avait raconté tout ça lors de notre première rencontre, mais son honnêteté m'a plus que surpris. Elle m'a ému.

« Que diriez-vous d'un café, monsieur Lolya ? »

J'ai accepté avec plaisir, et j'ai profité de son départ vers la cuisine pour observer les ouvrages dans la bibliothèque du salon. Un bel assortiment de classiques de la littérature mondiale, quelques Pléiades et un bon rayonnage de romans policiers. Rien à redire.

Lorsque Aude Virtanen est revenue en me tendant une tasse de café, je n'ai pu m'empêcher de demander :

« Alors vous vivez seule ici ? »

Elle a arrêté son geste, la tasse au bout du bras, et a froncé les sourcils avec un air amusé. Elle est restée ainsi figée un instant, puis, comme un androïde dont la panne viendrait d'être réparée, elle m'a donné le breuvage.

« Oui, a-t-elle répondu.

— Excusez-moi, je ne voulais pas paraître indiscret. Ça ne me regarde pas, pardon.

— Ne vous en faites pas. Et puis, je ne peux m'en prendre qu'à moi-même. Il ne m'a pas fallu cinq minutes après votre arrivée pour vous raconter ma vie. Je devrais pourtant me méfier, avec un journaliste.

— C'est que je ne suis pas exactement journaliste.

— Vraiment ? »

J'ai dû lui expliquer les différences subtiles entre un correspondant local, pigiste, et un journaliste employé par le quotidien ; cela ne me mettait sans doute pas en valeur. Contrairement à elle, je ne suis pas allé jusqu'à lui confier que mon épouse était morte en Australie quelques années plus tôt.

Son café avait un léger goût fruité, excellent. Elle m'a invité à m'asseoir dans un des fauteuils bleus et s'est installée dans l'autre.

« J'espère que ma question ne vous paraîtra pas déplacée, ai-je dit, mais comme je vous ai raconté en quoi consistait mon occupation…

— Allez-y, ne vous en faites pas.

— Que faites-vous ici ? Enfin, je veux dire, vous travaillez ou… ?

— Je pourrais sans doute vivre de ce qu'il reste des droits d'auteur de mon mari, mais je travaille, oui. Je suis correctrice. Dans l'édition.

— Je vois. Vous traquez les coquilles dans les manuscrits.

— Exactement. Vous m'avez l'air au fait de la chose littéraire, a-t-elle noté en s'avançant jusqu'au bord du fauteuil.

— J'ai été scénariste », ai-je expliqué, avant de me rendre compte que je ne désirais pas m'engager sur ce terrain. « Pour la télévision. Mais c'était dans une autre vie, ai-je conclu.

— Je comprends, si vous ne voulez pas en parler… »

Sur l'instant, je me suis demandé comment elle parvenait à être à ce point perspicace. Puis je me suis rappelé que je ne me voyais pas. Cela devait être évident dans ma posture, sur mon visage.

« Pour l'article – j'évoque vos boucles d'oreilles en lançant un appel à témoin, mais sans trop donner de détails ?

— Si, au contraire, vous pouvez les décrire. Elles sont en platine et en forme de cerise.

— D'accord, très bien, ai-je dit en le notant. Je parlerai aussi des autres cambriolages qui ont eu lieu dans la région.

— J'imagine que les gendarmes pourront vous donner des détails supplémentaires. Je n'en ai pas.

— Parfait, alors. »

J'ai posé ma tasse sur la table basse à ma droite et me suis levé.

« Merci pour votre accueil. J'espère sincèrement que mon article pourra vous aider à retrouver votre bien.

— Merci de vous être déplacé. Oh, attendez un instant… »

Elle s'est approchée d'un buffet, a ouvert un tiroir, est restée quelques secondes ainsi, devant le meuble. Puis elle s'est retournée. Dans les mains, elle tenait un carnet de post-it et un stylo. Elle a arraché le petit papier du dessus et me l'a tendu en disant :

« Mon numéro de téléphone. J'ignorais si vous l'aviez. Au cas où vous auriez besoin de davantage de détails… ou, je ne sais pas, d'autre chose. »

J'ai essayé de lire des sous-entendus sur son visage, mais elle me paraissait tout à fait sérieuse, sans le moindre éclat joueur. J'ai vite détourné le regard tant cette attitude me troublait. Puis je me suis emparé du post-it en me disant qu'il était mille fois plus agréable d'en recevoir un de la part d'Aude Virtanen que de Claire.

Je lui ai tendu la main en la remerciant encore. Elle me l'a serrée de façon cordiale, sans arrière-pensée évidente.

Elle m'a raccompagné à la porte. Il pleuvait de nouveau. J'ai couru jusqu'à ma voiture, et quand je me suis retourné vers la maison, elle avait déjà refermé.

Je suis reparti vers Castelnau en écoutant la section rythmique de Rollins tenter de rivaliser avec le bruit de l'averse sur la carrosserie et en m'efforçant de songer à autre chose qu'à Aude Virtanen.

Sans grand succès.

# 3

Je me suis garé un peu loin de l'agence. Malgré la bruine, j'avais envie de marcher. De respirer. De m'enfoncer à pied dans un dédale de ruelles que je connaissais par cœur pour rejoindre le bureau que j'occupais au journal.

J'ai repensé à la veille et à la matinée que je venais de vivre. Je ne croyais plus depuis longtemps au hasard, mais il me semblait tout de même inouï d'être entré, deux jours d'affilée, dans deux maisons qui possédaient de belles bibliothèques. Au XXIe siècle, elles faisaient de plus en plus figure d'anomalies.

J'avais toujours trouvé louches ces intérieurs dominés par la présence d'un grand écran de télévision, ces salons qui paraissaient tout entier agencés en fonction de ce cube noir, comme placé sur un autel, et auquel, à défaut de jeunes vierges, l'on sacrifiait son cerveau. Il m'était même arrivé de me retrouver dans des habitations où l'on ne voyait pas le moindre livre ; pas parce qu'ils étaient cachés ou dans une pièce réservée, non, il n'y en avait tout simplement pas. Les gens qui vivaient là ne lisaient pas. Jamais. Je ne les enviais pas.

Une fois installé devant l'ordinateur de mon bureau, à l'agence, j'ai commencé par googler le nom d'Aude Virtanen. Elle n'apparaissait presque pas sur internet. Pas de réseaux sociaux et pas de mentions de son travail de correctrice. À de rares exceptions près, ce labeur restait anonyme et n'était pas crédité sur les ouvrages. Son patronyme sortait toutefois sur des sites étrangers, finlandais plus précisément, car elle avait traduit deux des livres de son défunt mari dans cette langue.

Edgar Valenti, en revanche, renvoyait des centaines de

résultats. Une fiche Wikipédia m'a appris qu'il était né en 1955 et mort en 2016, qu'il avait rédigé près de quatre-vingts livres sous son nom et sans doute une cinquantaine d'autres sous divers pseudonymes dans les années soixante-dix et quatre-vingt, avant de rencontrer le succès avec quelques romans historiques mettant en scène une version « fantasmée » de Richard Cœur de Lion. Il avait aussi, brièvement, écrit une série éphémère de polars et s'était éteint, comme on disait dans les journaux de vingt heures et, je le découvrais, sur les fiches Wikipédia, « après une longue maladie. »

J'ai noté dans un coin de ma tête qu'il me faudrait, à l'occasion, essayer de lire un de ses textes. Puis une fois lancé dans l'article concernant le cambriolage de sa femme, je me suis aperçu que j'avais oublié de prendre une photo pour illustrer le papier. En même temps, qu'aurais-je pu lui demander ? De poser devant son coffre ouvert ? J'ai alors fait comme à l'habitude pour ce genre d'article, j'ai cherché dans les archives une image de la gendarmerie de Castelnau qui avait déjà servi.

J'ai également appelé les forces de l'ordre pour avoir davantage de précisions sur la série de cambriolages évoquée par Claire et Aude Virtanen. Après un passage par le standard, c'est l'adjudant Sanzani qui a répondu à mes questions. Il y avait eu deux autres vols dans des coffres-forts de la région au cours des huit semaines précédentes. Je n'étais pas autorisé à dévoiler tous les détails, mais le gendarme m'a tout de même expliqué qu'il s'agissait de perçages analogues à celui effectué chez Virtanen, visiblement réalisés par un spécialiste. Et un spécialiste bien renseigné, puisqu'il avait volé des pièces mexicaines dans le coffre d'un retraité et des pierres précieuses dans le château d'une riche comtesse héritière du côté de Marcellus. Il tapait juste et fort. J'ai remercié l'adjudant en me disant qu'il y avait plusieurs classes de malfaiteurs : celui qui avait frappé chez Virtanen n'était pas de la même trempe que les deux sauvages que nous avions croisés la veille au soir.

Juste avant de terminer l'article, mon téléphone a sonné. Claire avait besoin d'aide. La crue s'avérait bien pire que prévu. Les digues n'avaient pas suffi et des habitations très éloignées du fleuve se retrouvaient sous un mètre cinquante d'eau. Ma collègue voulait que j'aille faire des photos des inondations en amont de Castelnau. Je la sentais presque enthousiasmée par cette situation inédite. Peut-être que les caprices de la météo lui permettraient de signer l'*Article* qui montrerait au monde tout son talent, son génie. Je l'imaginais déjà en train de préparer son discours de remerciement à la remise du prix Albert-Londres.

Une chose était sûre : l'édition du lendemain ferait dans le genre *Sturm und Drang* : de grandes images de vastes étendues d'eau, de maisons inondées et des témoignages tristes. Nous informions, certes, mais nous mettions surtout en scène la catastrophe.

Il était midi passé quand j'ai quitté le bureau. Je me suis arrêté manger une salade à *L'Esplanade*, le bar brasserie où je déjeunais souvent lorsque j'étais en ville. Installé au comptoir devant mon assiette, j'ai écouté quelques habitués évoquer les inondations. Les plus âgés se souvenaient de la crue historique de 1981. Il n'y avait plus personne pour rappeler, comme le faisaient mes grands-parents, celle de 1936.

Après un café, je suis descendu à pied jusque sur les quais, près de la plaine de la Gravière, où une jeune femme avait été retrouvée morte l'année passée. De ce côté du fleuve, l'eau avait remonté une rue, mais elle ne menaçait aucune habitation. La rive gauche, en revanche, avait disparu. La Garonne semblait s'étendre comme un immense lac d'où dépassaient des arbres. Elle léchait presque le pont qui permettait d'entrer dans la ville. En quelques heures, depuis mon arrivée à Castelnau dans la matinée, le niveau du fleuve avait beaucoup augmenté. Et le pic n'était peut-être pas encore atteint.

Je suis retourné prendre ma voiture et j'ai emprunté le pont avant que la route ne soit barrée. J'ai cependant dû très vite m'arrêter. Les équipes du département avaient placé des panneaux pour bloquer la voie, sans doute inondée plus loin, ou sur le point de l'être. Il me faudrait passer par un autre itinéraire pour rentrer chez moi.

Je suis descendu de voiture et j'ai pris des photos dans l'idée de montrer l'étendue des dégâts. Le paysage ainsi immergé avait quelque chose d'inhabituel, d'étrange, de… beau. Un côté apocalypse douce qui ne déplaisait pas à ma sensibilité misanthrope. Je savais bien quelles galères, et quels dangers même, ce déluge représentait, mais pendant quelques minutes, j'ai profité du spectacle.

Puis je suis reparti, vers le sud, jusqu'à Hautevignes, prendre des images du pont, lui aussi bloqué. J'ai compris qu'il me faudrait remonter loin, peut-être jusqu'à La Réole, pour trouver une voie au-dessus de la Garonne et rentrer chez moi, un détour de quarante kilomètres, voire plus. J'ai ainsi passé deux heures à faire des photos avant de retourner à l'agence du journal à Castelnau. Puis, depuis mon bureau, j'ai appelé Claire pour lui dire que j'avais envoyé les fichiers sur le serveur et qu'elle pouvait les utiliser.

« Je suis sur un bateau avec les pompiers, là, m'a-t-elle répondu. » J'entendais en effet un bruit de moteur. « On va chercher des gens coincés chez eux. Un vieux a besoin d'oxygène et un couple n'a plus rien à manger. Apparemment, on a atteint le pic et la décrue devrait commencer, mais ça va être long.

— Les habitants qui sont évacués, on les emmène où ? Un hébergement d'urgence, quelque chose est prévu ? Tu veux que j'aille me renseigner ?

— Non, ils seront hébergés chez des amis, à ce que j'ai compris.

— Bon, j'imagine donc que c'est à moi de rédiger les légendes pour mes photos.

— T'as tout compris, m'a lancé Claire. Et n'hésite pas à faire dans le pathos, hein. Pour une fois qu'il se passe un truc ici. »

Je me suis abstenu de répondre que je préférais les moments où il ne se passait rien et j'allais raccrocher lorsqu'elle a demandé :

« Tu t'es occupé du cambriolage, c'est bon ?

— Ouais, c'est au marbre.

— Super », a dit Claire et pendant un instant, j'ai cru qu'elle allait ajouter "merci", mais heureusement certaines choses restaient immuables dans tout le chaos du monde. « Et tu l'as trouvée comment, Virtanen ?

— Euh… » J'ai failli me laisser déstabiliser, mais me suis vite repris : « Grâce à mon GPS, pourquoi ?

— Arrête, tu vois ce que je veux dire. C'est un sacré morceau, pas vrai ? »

Je n'ai pas relevé.

« J'étais sûr qu'elle te plairait, a ajouté Claire.

— Parce que tu la connais ?

— Je l'ai croisée lors d'une rencontre avec son mari dans une librairie de Bordeaux quand j'étais étudiante. C'est tout à fait ton style, non ? »

Je n'ai pas daigné répondre. Je détestais quand Claire avait raison. J'ai raccroché sans même faire de remarque graveleuse sur sa présence à bord d'un bateau rempli de pompiers.

Il m'a fallu une heure pour trier les photos et les légender. Je me suis efforcé de rester simple, de ne jamais parler de drame ou de la tristesse de ces habitants qui voient leurs maisons sous l'eau. Du factuel. *L'inondation s'étend sur tant de kilomètres au niveau de telle ville et la décrue a débuté.* Pas question de laisser s'exprimer mes élans apocalyptiques. *La fureur d'un dieu aquatique immémorial a envoyé le fleuve établir sa domination sur cette plaine maudite.*

Une fois terminé, j'ai mis l'ensemble en ligne sur le site du journal et j'ai vérifié par SMS que Claire n'avait besoin de rien d'autre.

Il m'a fallu plus d'une heure pour rentrer chez moi. Avec la déviation qui conduisait jusqu'au pont de La Réole et l'afflux de trafic qui en résultait, il faisait nuit quand je suis arrivé à Bouleron. Mes phares ont éclairé Monk, mon labrador, qui attendait, assis sous la galerie, les pattes couvertes de boue.

Dès que j'ai ouvert la porte, j'ai entendu la voix de Pascal.

« Hé, mon petit Alex, ça roule ? Je viens de promener le clébard. Il adore se vautrer dans les flaques. On dirait toi quand tu étais môme. »

Monk est entré à ma suite, ses pattes à peine sèches confirmant le commentaire de Pascal. Mon cousin était assis à la table de la salle à manger, penché sur une liasse de feuilles et cerné de plusieurs piles de dossiers multicolores.

« C'est quoi, tout ça ? ai-je demandé.

— Une partie du bordel récupéré chez le vieux, hier. J'ai emmené le reste dans un garde-meuble. D'ailleurs, je te raconte pas la galère pour revenir ici, le pont était coupé.

— M'en parle pas. Alors, t'as vidé ton camion ? »

Je me suis installé à côté de lui et j'ai jeté un coup d'œil sur les feuilles qu'il regardait, couvertes d'une écriture manuscrite aérée.

« Ouais, les trucs les plus imposants. Y'a encore pas mal de livres dans le fourgon. J'ai pris un box assez gros pour stocker les autres affaires quelque temps. Après la décrue, je retournerai chercher les meubles que nous avons mis à l'étage, puis je te foutrai la paix.

— Tu peux rester autant que tu veux, tu sais. Tu ne me déranges pas.

— Si je reste trop, on finira par se bouffer le nez. »

Je n'ai rien répondu.

« J'ai gardé les papiers pour les trier, a repris Pascal. J'ai mis pas mal de photos de côté, puis des actes de propriétés, des lettres, ce genre de papelard. Je refilerai tout ça à mon pote Bertrand.

— Et ça, c'est quoi ?

— Justement, je ne sais pas. Je l'ai retrouvé dans un carton à part. C'est une histoire, apparemment, mais l'écriture ne correspond pas à celle du père de mon pote. »

J'ai pris une feuille et j'ai remarqué que d'autres pages étaient retenues entre elles par une pince à linge.

« C'est un manuscrit, j'ai dit. De roman. De nouvelle où je ne sais quoi. »

Il n'y avait qu'une quinzaine de lignes par page, bien espacées, numérotées en haut à gauche et raturées dans tous les coins. J'ai essayé d'en déchiffrer un passage : *Ça dégoulinait dans le vomi... Il a vacillé le long du mât... Il a fini par s'écrouler... Le mari il était pas quitte... Il profite que le roulis m'emporte... Il me charge... Je dérape...*

« On dirait un truc écrit par un gamin, a remarqué Pascal.

— Ouais, pas top niveau ponctuation. Mais je ne sais pas, y'a quelque chose avec ces points de suspension partout. Ça me rappelle un truc.

— Tu crois que c'est un roman que tu as lu, ou...

— Attends. »

J'ai sorti mon téléphone et j'ai tapé quelques-unes des phrases que j'avais lues. Pour toute réponse, j'ai obtenu plusieurs articles sur des sites de santé et de bien-être à propos des nausées et des vomissements. Nous n'étions pas plus avancés.

« Tu crois que..., a commencé Pascal avant de s'interrompre.

— Quoi ?

— C'est... Je ne sais pas, je me fais peut-être un film, mais les gars d'hier soir, tu ne crois pas qu'ils cherchaient un truc en particulier ?

— Et tu penses que ce serait ça ?

— Je ne sais pas. Ça me paraît dingue, mais...

— Ouais. Faut pas s'emballer », l'ai-je rassuré. Je le sentais encore secoué par notre rencontre de la veille et le coup de poing qu'il avait reçu. « Au pire, ce ne sont pas simplement des notes prises par un quidam, mais un manuscrit de bouquin. Ça m'a pas l'air de dater de Mathusalem et, honnêtement, t'as vu ça ? Ce n'est pas du Proust non plus.

— Carrément.

— Donc, même si c'est un manuscrit, ça ne doit pas valoir tripette.

— Hu-hum.

— On a fait une mauvaise rencontre, hier. Un coup de malchance.

— Ouais, t'as raison », a dit Pascal.

Mon cousin avait toujours été facile à convaincre. Je le soupçonnais de s'être fait manipuler plus d'une fois, au cours de sa vie, par des gens mal intentionnés.

Moi, je ne cherchais qu'à le rassurer. Et je me mentais peut-être aussi un peu à moi-même.

## 4

La décrue a commencé pendant la nuit, mais à un rythme de quelques centimètres par heure ; les ponts et les routes menant à Castelnau sont restés bloqués.

Au matin, il m'a fallu une nouvelle fois passer par La Réole pour rejoindre la ville et l'agence du journal. À mon arrivée, j'ai croisé Carine, la secrétaire standardiste qui s'installait derrière son bureau au rez-de-chaussée. J'ai demandé des nouvelles de sa fillette, la prunelle de ses yeux qui l'empêchait de dormir depuis trois ans, et comme toujours ou presque, elle s'est abstenue de m'interroger sur ma vie, craignant sans doute que l'unique veuf taciturne de sa connaissance ne lui ruine le moral pour au moins deux heures. J'appréciais son sens de la mesure et son envie de ne pas prendre de risque. Si l'infortune était contagieuse, mieux valait en effet m'éviter.

J'ai passé la matinée à trier les nombreux clichés pris la veille par Claire afin de publier une page spéciale sur le site du journal, puis je me suis mis au travail sur deux articles pendant que ma collègue continuait de couvrir les inondations et leurs répercussions. Les renforts qu'elle avait espéré recevoir de Bordeaux n'étaient plus à l'ordre du jour. L'agence de Castelnau se débrouillait très bien sans aide extérieure. La direction du journal devait sans doute croire dur comme fer qu'un jour proche les articles s'écriraient tout seuls. Comme on parvenait encore à remplir le quotidien avec des effectifs de plus en plus réduits, on pouvait leur laisser le bénéfice du doute.

Le premier papier auquel je me suis attelé, très court et factuel, ne nécessitait que quelques infos de la gendarmerie, obtenues par téléphone : un homme avait uriné dans l'église de Castelnau, y avait déclenché l'alarme et avait cassé celle-ci. Il avait été envoyé à l'hôpital psychiatrique d'Agen. L'exemple parfait d'article destiné à la rubrique « chiens écrasés ». Le pain quotidien du correspondant local.

Le deuxième concernait une entreprise « spécialisée dans l'externalisation des systèmes d'information des PME et ETI » – quoi que cela puisse bien vouloir dire – qui agrandissait ses locaux et embauchait. Je suis parti à la rencontre du président de l'entreprise et de son directeur général en fin de matinée, dans l'espoir secret de me faire inviter pour le déjeuner – exactement comme le faisait le facteur chez ma grand-mère à Pont-Canal en expliquant qu'il ne fallait jamais refuser un repas gratuit –, mais ces diables de cinquantenaires n'ont pas marché dans ma combine et j'ai dû me contenter d'un sandwich acheté dans une boulangerie et englouti au chaud dans mon bureau devant des vidéos YouTube de vieux concerts de Sonny Rollins et Kenny Garrett.

Une fois rassasié, j'ai sorti de ma poche le post-it que m'avait donné Aude Virtanen la veille et que j'avais retrouvé en pêchant de la monnaie pour mon jambon-crudités. Je l'ai déplié et posé sur mon poste de travail en cherchant une raison de l'appeler.

Je n'en ai pas trouvé, pas plus que de courage.

Vers quinze heures, j'ai pris mon sac à dos et j'ai marché jusqu'à la médiathèque municipale. Un morceau de ciel bleu a fait son apparition en chemin, une vision dont la ville était privée depuis au moins deux semaines. Castelnau, en cet après-midi du mois de février, ne se présentait pas sous son meilleur jour. La pierre ne contrastait pas avec la grisaille nuageuse, et le peu de passants que l'on croisait dans les rues paraissaient affairés : une course à faire, un enfant à aller chercher, un travail à finir.

Les rivières de miel et les cocktails au soleil, c'était ailleurs. Toujours ailleurs.

Je ne fréquentais guère la médiathèque municipale. Adolescent, j'en avais écumé les rayons bandes dessinées, science-fiction et policier, à une époque où ils étaient bien moins remplis qu'aujourd'hui. J'avais cessé d'y venir quand j'étais parti faire mes études à Bordeaux puis Paris, avant de me retrouver à écrire des scénarios de séries télévisées en Australie. Je n'y avais presque pas mis les pieds depuis que j'étais revenu à Castelnau.

Elle était installée dans une vieille maison bourgeoise du centre-ville, immense et plusieurs fois rénovée, à deux pas du marché et de l'église, au cœur de la ville. Je ne l'imaginais fréquentée que par une minorité de la population, des grands lecteurs pas encore détournés du chemin de la littérature par le « manque de temps », cette excuse pratique qui signifiait plutôt « je préfère jouer à des jeux vidéos ou regarder Netflix jusqu'à deux heures du matin ». Pour ma part, j'avais bien assez de livres chez moi, entre la collection de polars de mon père et ceux que j'achetais. Malgré, ou peut-être à cause de, mon temps libre, mon budget restait limité, et je lisais donc essentiellement des vieilleries et des volumes acquis d'occasion ; il m'arrivait aussi de commander, comme je le faisais pour les disques, certains ouvrages dans des boutiques spécialisées.

J'ai salué l'employée à l'entrée et me suis dirigé vers le rayon littérature française. J'avais recopié un petit passage du manuscrit trouvé par Pascal dans les affaires du père de Bertrand Grandpierre et je l'avais emporté avec moi. J'avais une intuition, à laquelle je ne croyais guère, mais qui méritait tout de même une vérification. J'ai cherché, sur un des ordinateurs disposés entre les étagères de livres, le nom de l'auteur que j'avais en tête. Le catalogue m'a renvoyé à la section 843.91, une de ces classifications que ne comprenent que les bibliothécaires et qui servent au lecteur à prouver sa motivation. J'ai fini par trouver le bon rayonnage en suivant les chiffres – je n'étais pas si con – et je suis tombé sur un beau volume des éditions de la Pléiade, le tome II de l'œuvre romanesque de Louis-Ferdinand Céline. Sans trop savoir pourquoi, le style haché et volontiers vulgaire utilisé dans les pages du manuscrit ne me rappelait qu'un seul auteur de ma connaissance, ce vieil antisémite de docteur Destouches, dit Céline. L'ouvrage contenait trois textes : *D'un château l'autre*, *Nord* et *Rigodon*. Je n'avais lu que *Voyage au bout de la nuit*, et je pensais, peut-être naïvement, que j'allais trouver le passage correspondant au manuscrit immédiatement, rien qu'en ouvrant le livre. J'ai feuilleté le volume de la Pléiade dont l'état général, superbe, sous-entendait qu'il n'était guère emprunté. Tout ou presque était rédigé comme dans la feuille que j'avais dans mon sac : des phrases brèves, très courtes, séparées par des petits points.

Écrit comme ça !... Partout !... Et avec des points d'exclamations, en plus !... Il ne s'agissait pas de *raconter* dans ces pages... Mais de *gueuler* !... C'était comme ça, Céline !... Tout le temps !... Et ça signifiait que j'étais mal barré !

J'ai refermé le livre et me suis dirigé vers l'accueil. Je n'avais plus qu'à l'emporter et à le lire jusqu'à retrouver le passage du manuscrit. S'il se trouvait bien là-dedans.

J'ai montré, en guise de justificatif d'identité, mon permis de conduire à l'employée qui s'occupait de la banque de prêt – une femme aux cheveux frisés, très souriante – et elle m'a donné une carte m'autorisant à emprunter un certain nombre de livres, de DVD et de CD pendant trois semaines. Je l'ai remerciée et j'allais partir, mon volume sous le bras, lorsqu'une idée m'est venue :

« Vous avez une salle d'étude, un endroit où l'on peut trouver des ouvrages sur la littérature, ce genre de choses ?

— Oui, à l'étage », m'a-t-elle répondu, comme ravie de me renseigner ou d'avoir inscrit un nouveau lecteur qui n'avait pas l'âge de la retraite.

Je suis monté dans la salle indiquée, une pièce rectangulaire d'à peu près huit mètres sur trois, aux cloisons couvertes de rayonnages de livres cernant un assortiment de tables et de chaises. Un lycéen boutonneux, casquette sur la tête, semblait peiner sur un exposé. Un chauve d'une soixantaine d'années, à l'autre bout de la pièce, se concentrait sur l'écran de son ordinateur portable.

Je me suis avancé jusqu'au bureau derrière lequel une autre employée aux cheveux courts, plus jeune et beaucoup moins souriante que la précédente, tapait sur un ordinateur.

« Excusez-moi. Je cherche des ouvrages sur la littérature, des anthologies, quelque chose dans ce genre. »

Elle s'est levée avant même de me répondre, tête baissée :

« Oui, c'est par là. »

Elle m'a conduit jusqu'à une étagère qui abritait divers volumes de critiques littéraires et a demandé :

« Vous cherchez quelque chose en particulier ?

— Ouais, des extraits de Céline. » J'ai hésité un instant, puis ajouté : « En fait, j'ai un passage qui y ressemble, mais il est possible que je me fourre le doigt dans l'œil. »

J'ai sorti le papier sur lequel j'avais recopié le fragment sur le vomi, déchiffré à partir des feuilles retrouvées par Pascal, et je l'ai montré à la bibliothécaire.

Un bref survol lui a suffi pour m'annoncer :

« Ouais, ça y ressemble, en effet. Les points de suspension…

— C'est aussi ce que je me suis dit. Je viens donc d'emprunter ce livre. » Je lui ai désigné le volume de la Pléiade. « Mais il va falloir que je le lise en détail pour retrouver l'extrait en question. »

Sans quitter des yeux la page que je lui avais donnée, elle a annoncé :

« M'étonnerait que vous le trouviez là-dedans. On dirait plutôt *Mort à crédit*. Le passage sur le bateau. »

Je l'ai considérée un instant, pour m'assurer qu'elle ne plaisantait pas.

« Vous êtes sûre ?

— Je n'en mettrai pas ma main à couper, mais… Il vient d'où, votre extrait ? » m'a-t-elle interrogé en me rendant ma feuille.

J'ai hésité une seconde puis décidé que tout ceci ne la regardait en rien. J'ai bricolé un mensonge approximatif.

« C'était une citation que j'ai trouvée sur internet à propos d'autre chose, mais je ne savais pas d'où elle venait.

— Essayez *Mort à crédit*, a-t-elle conseillé en se rasseyant derrière son ordinateur et en recommençant à tapoter sur son clavier.

— Comment le savez-vous ? Vous êtes une spécialiste de Céline ?

— Pas du tout. » Elle a levé les yeux de son écran d'un air las. « Mais j'ai étudié le bouquin à la fac. Et cette scène était vraiment dégueulasse, elle m'avait marquée. »

Je l'ai remerciée sans lui demander de quelle université elle était diplômée. S'il s'agissait de la même que moi, elle y était sans doute entrée bien des années après que j'en étais sorti. Et elle ne paraissait guère avoir envie de papoter.

J'ai néanmoins décidé de lui faire confiance. J'ai quitté la médiathèque et parcouru deux cents mètres jusqu'à la librairie située sous les halles de la place du Marché, un petit établissement généraliste que je ne fréquentais guère, mais dont certains habitués me disaient du bien. J'ai très vite trouvé le rayon des romans de poche et, en suivant l'ordre alphabétique, je suis tombé sur les deux ouvrages de Céline que proposait la boutique : *Voyage au bout de la nuit* et *Mort à crédit*. Je me suis emparé du *Voyage* et l'ai feuilleté. Je l'avais lu bien des années plus tôt et je me souvenais vaguement d'une œuvre sombre, novatrice et désespérée. La page sur laquelle je me suis arrêté décrivait une sortie de bistrot après une soirée misérable et s'achevait sur cette phrase qui résumait le paragraphe précédent, sa faune populaire, avinée, hétéroclite, entre becs de gaz et pavés : « La nuit était chez elle. » Il fallait bien convenir que le bougre savait écrire.

J'ai reposé le « chef-d'œuvre » et pris *Mort à crédit*, une édition Folio avec une couverture de Jacques Tardi, que je suis allé payer à la caisse avant de quitter la boutique, mon sac alourdi de deux livres de l'un des plus grands auteurs français du XX^e siècle.

Il m'a suffi de faire quelques pas pour aller m'installer aux Arcades, le bar qui donnait sur la place du Marché. J'ai salué deux agents de mairie de ma connaissance que leur accoutumance à la nicotine avait poussés à s'asseoir dehors malgré le froid, et je suis entré m'attabler un peu à l'écart du comptoir qui vendait des cigarettes et des jeux à gratter. J'ai commandé un café et entamé la lecture de *Mort à crédit* après avoir tenté d'en ouvrir quelques pages au hasard pour voir si, pour une fois dans ma vie, je n'allais pas avoir un incroyable coup de chance.

J'ai lu pendant une bonne heure, emporté par le récit des turpitudes de Ferdinand, avant d'être interrompu par Mimiche, un de ces citoyens de Castelnau que tout le monde connaît et qui connaît tout le monde. Mimiche et moi, ça remontait au lycée. J'avais été une année dans la même classe que son frère cadet et nous nous étions croisés dans des bars le week-end. Il dealait du shit, et la rumeur racontait aussi qu'il braquait des voitures ; je n'avais jamais trop su ni cherché à savoir. Tout ce que je voyais, c'était que Mimiche avait toujours l'air content de nous voir, moi ou mes potes, qu'il nous saluait et prenait des nouvelles d'un air sincère, sans jamais chercher à nous emporter dans ses embrouilles. Mimiche était une bonne âme, un de ces humains mal adaptés à l'univers carnassier dans lequel il évoluait. Aux dernières nouvelles, il était en prison. Récidive. Après avoir subtilisé le portefeuille d'un de ses employeurs, il s'était endormi dans une voiture qu'il avait volée. Mon ami Vincent, qui avait déjà fait du bénévolat en maison d'arrêt, théorisait que, comme Mimiche avait passé plus de la moitié de sa vie en taule, il s'y sentait mieux que dehors et que son petit somme dans le véhicule ressemblait beaucoup à un acte manqué pour retourner dans son véritable « foyer ».

« Salut Alexandre, m'a-t-il lancé en s'asseyant face à moi.

— Vas-y, Mimiche, assis-toi, je t'en prie, ai-je rétorqué en feignant l'outrage.

— Oh, pardon, je te dérange ? Ça fait tellement longtemps que je me suis dit que j'allais venir te serrer la pince. Je t'ai vu depuis dehors. »

Il s'était coupé les cheveux, avait beaucoup maigri, vieilli. Ce n'était plus le Mimiche de mon adolescence. On devinait que la vie ne l'avait pas ménagé.

J'ai souri. Il a paru rassuré.

« C'est vrai que ça fait un bail, ai-je confirmé. Tu veux boire un truc ?

— Ah ouais, pas de refus. »

J'ai appelé le serveur pendant que Mimiche se penchait pour regarder la couverture du livre que j'avais posé, ouvert, sur la table.

« Tu lis ? T'as repris tes études ? C'est vrai que t'étais une grosse tête à l'époque…

— Tu veux dire que je suis devenu con ?

— Haha, a répondu Mimiche avant de renifler. Ahmed disait toujours que t'étais un intello, c'est pour ça.

— Comment il va, ton frère ? »

Un voile a recouvert son visage.

« Je ne le vois plus. Il ne veut plus me parler. Depuis que je suis sorti et retourné vivre à Tombelot chez mes parents, il ne vient même plus les voir.

— C'est quoi, le problème ? ai-je demandé pendant que le serveur prenait la commande de Mimiche.

— Un demi, s'te plaît. Je sais pas c'est quoi son problème. Il se croit trop bien pour moi ou un truc comme ça.

— Je ne le vois plus, moi non plus.

— Il a déménagé à Villeneuve y'a un an ou deux. Je lui écrivais, quand j'étais en zonzon, mais il répondait pas. »

Je n'avais jamais vu Mimiche aussi peiné. Et aussi mal. Agité. Il s'était remis « aux produits », c'était évident. Je n'aimais pas ça.

Nous avons discuté encore quelques minutes, le temps qu'il boive deux bières à vitesse grand V. Il semblait véritablement content de me retrouver. Je me demandais jusqu'à quand il tiendrait dehors à ce rythme.

Une fois les nouvelles prises, les rares souvenirs remémorés, j'ai fini par évoquer la seule chose hors du commun qui m'était arrivée dernièrement : l'anicroche avec des voleurs deux soirs plus tôt. Mimiche a convenu avec moi que nos antagonistes s'étaient comportés étrangement.

« T'es sûr qu'ils ne vous avaient pas suivis ? m'a-t-il interrogé.

— Non, mais dans ce cas, ils se seraient directement attaqués au fourgon, sans attendre qu'on sorte du resto.

— Ouais. Et ils étaient comment ? Des petits jeunes ou… ?

— Pas des survêts-casquettes, non. Des adultes. Celui à qui j'ai foutu un coup de pied dans les couilles avait une grosse moustache qui retombait et les yeux, je sais pas, comme un Sud-Américain, un peu. »

Mimiche s'est avancé, les deux coudes sur la table.

« Et l'autre ? a-t-il demandé.

— Il avait un chignon…, ai-je expliqué en lui montrant l'emplacement au sommet de mon crâne.

— À tous les coups, c'étaient les frères Quintana.

— Quoi ?

— Fabrice Quintana. Une moustache comme les Dalton, un peu, non ?

— Ouais.

— Je l'ai croisé à Gradignan.

— En taule ?

— Ouais. Ils sont de Toulouse. Putain, c'est du sérieux, là ! Je te le dis, moi, Alexandre. Pas du genre à cambrioler les boîtes à gants des Scénic à la gare de Castelnau. Je sais pas trop avec qui ils traînent, mais ils font plutôt dans la revente en gros que dans le petit deal à la sortie des lycées, si tu vois ce que je veux dire. Et Quintana, le grand, Fabrice, c'est un débile. Je connais pas le petit frère, mais l'autre, je l'ai vu défoncer le crâne d'un type simplement parce qu'il l'avait regardé de travers. Et personne n'a moufté, hein. »

L'image du moustachu m'est revenue en tête et je suis parvenu sans mal à imaginer la scène décrite par Mimiche.

« Putain, mais qu'est-ce qu'ils nous voulaient alors ? ai-je songé tout haut.

— Je sais pas, mais fais gaffe à ton cul si tu les recroises, Alexandre. C'est des sauvages, eux, pas des intellos comme toi », a dit Mimiche en montrant le roman posé sur la table. « Un jour, en zonzon, Quintana, il a cru que je lui avais volé une bouteille d'après-rasage ou je sais plus quoi. On aurait dit qu'il allait me faire la peau, je te jure. Heureusement que je suis sorti avant lui. »

Mimiche s'est brusquement levé, de nouveau agité, et a repris :

« Mais si tu me dis qu'il traîne à Castelnau, ça fait chier. »

Il a plongé une main dans une poche de son jean et, après avoir fouillé bien au fond, en a sorti quelques pièces.

« C'est bon, t'inquiète, lui ai-je dit. C'est pour moi.

— Merci, Alexandre. Faut que je te laisse, là, mais ça m'a fait trop plaisir de te revoir, je te jure. »

J'ai hoché la tête. Je le savais sincère. Il m'a serré la main, a porté la sienne à son cœur puis il est sorti du bar.

Je l'ai regardé, par la baie vitrée des Arcades, traverser la place du Marché et suivre le trottoir en direction de l'église. Une bonne âme, égarée. Je ne voyais pas comment elle pourrait retrouver son chemin.

Puis j'ai baissé les yeux sur le roman de Céline et j'ai repris ma lecture rapide. J'avais encore un peu de temps avant d'aller dîner chez mon ami Vincent. Il ne m'a fallu que quelques minutes pour tomber sur le passage qui correspondait au manuscrit trouvé par Pascal. Il s'agissait bien, comme me l'avait appris l'employée de la médiathèque, d'une scène sur un bateau qui transportait le narrateur et sa famille vers l'Angleterre. Le mal de mer s'y propageait de façon scatologique.

J'ai sorti mon téléphone et j'ai entrepris une recherche sur « Céline + manuscrit ». Les sites de ventes aux enchères sur lesquels je suis tombé m'ont confirmé deux choses : les feuilles reliées par des pinces à linge qu'avait retrouvées mon cousin ressemblaient fortement aux photos des manuscrits présentés, et une liasse de quarante feuillets valait entre trente et quarante mille euros. Pascal m'en avait montré au moins le double, la veille au soir.

Je l'ai aussitôt appelé pour lui faire un résumé de la situation. Il était dans une casse auto, en train de chercher une pièce pour remplacer la poignée de la portière arrière du fourgon. J'ai commencé par lui expliquer que le manuscrit qu'il avait entre les mains, s'il ne s'agissait pas d'un faux, valait une petite fortune.

« Bon, peu importe ce qu'il vaut, c'est à Bertrand, ce truc, m'a-t-il dit.

— Attends, je croyais qu'il te laissait garder tout ce que tu trouvais, à part les papiers personnels.

— Ouais, mais là, quand même, c'est un autre niveau. On peut considérer que ce manuscrit fait partie des dossiers qui lui appartiennent.

— Ton pote Bertrand n'était pas de la famille de Céline, à ce que je sache. Et il ignorait même que son père avait ça chez lui.

— C'est vrai, a convenu Pascal. On verra. En attendant, j'ai un truc précieux entre les mains, faut que j'y fasse gaffe.

— Planque-le bien », lui ai-je conseillé en repensant au cambriolage dont j'avais été victime quelques mois plus tôt.

Puis je lui ai parlé de ma rencontre avec Mimiche, qu'il connaissait aussi, et de ce qu'il m'avait raconté à propos des frères Quintana. Pascal a aussitôt fait le lien que je n'osais pas formuler à voix haute.

« Tu crois qu'ils cherchaient le manuscrit ?

— Je ne sais pas, ai-je répondu. Comment auraient-ils été au courant si même ton pote ne l'était pas ?

— Peut-être qu'il l'était et qu'il ne m'a rien dit.

— Dans quel intérêt ?

— Je ne sais pas. »

Nous avions beaucoup de questions et aucune réponse.

« Je crois que je vais aller voir mon vieux copain David Bordesoulles », a dit brusquement Pascal.

Je suis resté silencieux un instant. Il a repris :

« Un pote que j'ai connu au lycée. Tu dois l'avoir déjà croisé, j'imagine. Il est notaire, maintenant, à Saint-Martin.

— Visite de courtoisie ou tu comptes t'acheter un bien, maintenant que tu as un manuscrit qui vaut un peu de thunes ?

— Haha ! Non mon p'tit Alex, je veux juste le mettre à l'abri, le manuscrit. Je ne suis pas encore sûr d'avoir envie de le garder pour moi, mais en attendant, j'aimerais autant éviter que nos potes de l'autre soir… - comment il les appelle, Mimiche ?

— Les frères Quintana…

— Putain, mais leur nom va bien avec leurs sales trognes de Mexicains, là. Bref, j'ai pas envie que ces connards me les tirent, ces feuilles de la main de Louis-Ferdinand.

— Et le rapport avec ton vieux pote notaire ?

— Ben, c'est qu'il a un coffre où je vais pouvoir planquer le manuscrit. Ils ont tous des coffres, les notaires, pour ranger les testaments et les papiers sensibles.

— J'ignorais. Je les fréquente le moins possible… »

La seule fois où j'avais eu affaire à cette engeance, c'était après la mort de Samira puis celle de mes parents. Je comptais bien ne plus jamais en croiser un.

« Je ne rentre pas dîner, ce soir, lui ai-je dit, je suis invité chez Vincent. Est-ce que tu pourras nourrir Monk ?

— Ouais, mais pas sûr que je sois de retour avant toi.

— T'es invité, toi aussi ?

— C'est le soir de repos de Virginie…

— Virginie ?

— La serveuse de l'autre soir. »

Je me suis retenu de lui avouer à quel point j'étais impressionné et me suis contenté d'un :

« Bonne soirée, alors. Le premier rentré nourrit le chien. »

Puis j'ai raccroché en regrettant de ne pas être aussi à l'aise que Pascal, de ne pas prendre la vie « côté Brad Pitt ». Au lieu d'un dîner chez mon vieux pote Vincent et sa famille, je serais peut-être en train de me préparer à une soirée avec une femme intrigante comme Aude Virtanen. En même temps, avais-je vraiment envie de faire face au défi d'une nouvelle rencontre ? De surmonter tous ces moments gênants, ce retard à rattraper pour retrouver une intimité qui ne serait jamais qu'une approximation de celle que j'avais connue ?

Je me suis levé, j'ai réglé les consommations et j'ai quitté le bar.

Vincent habitait une belle maison de ville dans le centre de Castelnau, à peut-être un kilomètre des Arcades. En allant à pied jusqu'à chez lui, je me suis demandé si l'eau avait suffisamment baissé pour me permettre de rentrer chez moi sans faire un détour de quarante kilomètres. J'imaginais que non.

Devant la mairie, j'ai croisé Pierre Mugne, un employé de la ville de Castelnau qui sortait du travail et réfutait ainsi l'idée répandue que les fonctionnaires n'effectuaient jamais d'heures supplémentaires ; il était presque dix-neuf heures. Nous avons échangé quelques banalités sur les inondations et j'ai poursuivi mon chemin jusqu'au Spar de la place d'Armes pour acheter une bouteille de vin rouge.

Quelques minutes plus tard, quand Vincent m'a ouvert sa porte, je lui ai collé le gigondas contre la poitrine avant d'entrer.

« Ah ! merci, m'a-t-il dit en s'écartant pour me laisser passer. Un pinard du Vaucluse. Comme si notre région ne regorgeait pas assez de merveilleux vignobles.

— Je n'en peux plus, moi, du côtes-de-Duras.

— Ouais, c'est vrai, tu n'as pas tort. Il n'est pas mauvais, parfois, de faire des infidélités à ses habitudes pour retrouver le goût des choses qu'on aime.

— Marie n'est pas là, non ? Tu as prononcé le mot infidélité sans qu'elle surgisse de l'ombre… »

Je l'ai saisi par les épaules et regardé de haut en bas. Il portait un jean noir, un pull marron qu'il devait posséder depuis au moins vingt ans, et ses cheveux encore épargnés par l'inexorable avancée de la calvitie frontale étaient en pétard.

« Ça va ? T'as l'air en forme », ai-je menti.

Quelques mois plus tôt, Vincent et moi avions sauvé, in extremis, une jeune fille des griffes d'un tueur psychopathe, et mon ami, grièvement blessé, s'en était tiré de justesse. Plusieurs opérations et des semaines de convalescence plus tard, il venait à peine de reprendre le travail et paraissait épuisé.

« Tout va bien. Je n'ai mal que quand je rigole, alors une soirée avec toi devrait passer crème. Quant à Marie, elle est au salon avec une copine… »

Il m'a fait signe de le suivre dans le couloir jusqu'à la pièce principale où la charmante épouse de Vincent discutait autour du comptoir de la cuisine avec une femme que j'avais déjà vue.

« Ah ! Alex », a lancé Marie en me voyant arriver, puis, d'un air faussement nonchalant : « Je te présente Adeline, une amie. »

Je me suis figé un instant, le temps de retrouver où j'avais croisé cette femme au grand sourire communicatif et au chemisier blanc. Mais elle m'a devancé.

« Alexandre, bien sûr. Nous nous sommes vus tout à l'heure à la médiathèque.

— Mais oui, ai-je percuté. C'est vous qui m'avez inscrit.

— C'est “toi”, m'a-t-elle aussitôt corrigé. Nous ne sommes plus au travail.

— D'accord, noté.

— Tu as trouvé ce que tu cherchais ?

— Je crois, oui, ta collègue au premier étage m'a bien aidé.

— Mélissa, oui. Elle n'est pas là depuis longtemps, mais elle a l'air très compétente. Plus que moi, en tout cas », a conclu Adeline avant de partir d'un rire aigu qui avait sans doute beaucoup de mérites – qui sait, il brisait peut-être le cristal ? –, mais pas celui d'être communicatif.

Nous nous sommes installés autour de la petite table du salon, les deux femmes sur le canapé, Vincent dans son fauteuil recouvert d'un plaid, et moi sur un pouf qui me donnait probablement l'air d'un hobbit. Interrogé par mon ami, je leur ai raconté ce que j'étais allé faire à la médiathèque.

« Pascal a peut-être mis la main sur un trésor, alors, a estimé Vincent après mon récit.

— Possible. La prochaine étape est sans doute de le faire expertiser. Nous verrons. Pour l'instant, il l'a planqué dans le coffre d'un de ses amis notaires.

— Quelle histoire ! a commenté Adeline. Moi qui croyais que tu étais venu t'inscrire parce que tu aimais lire, alors qu'en fait ce n'est qu'une affaire de gros sous. »

Elle a de nouveau éclaté de rire et j'ai regardé Vincent en haussant les sourcils. La soirée risquait d'être longue.

Quand Stella, la fille de Vincent et Marie, est descendue de l'étage pour nous rejoindre, je me suis extirpé maladroitement de mon pouf pour me lever. Elle m'a embrassé puis est allée s'asseoir sur l'accoudoir du fauteuil de son père. La frange fifties qu'elle avait récemment adoptée pour ses cheveux noirs lui donnait un air faussement sévère qui reflétait bien son agitation intérieure. Intelligente et issue d'une famille aimante, Stella avait eu jusqu'ici une vie qui ressemblait à un fleuve tranquille. Enfance heureuse et splendide scolarité. Mais face à la véritable première épreuve de sa courte existence, elle avait montré de quel bois elle était faite. Pendant le séjour de son père à l'hôpital, elle avait soutenu sa mère et fait preuve d'une maturité et d'une force rares. Avant elle, je n'avais jamais admiré de gamine de quatorze ans.

Mais elle avait changé, depuis. Ce qui lui restait de l'enfance s'était évanoui, et elle entrait dans cet entre-deux qui, chez certains, faisait des ravages. Je la sentais parfois en colère, ne comprenant pas comment le monde pouvait fonctionner ainsi, dans un tel chaos. Je lui enviais presque son âge et cette certitude que l'on pouvait encore modifier le cours des choses.

Toujours debout, j'ai demandé :

« Je vais me resservir une bière, quelqu'un veut quelque chose ?

— Ouais, mais je viens voir ce qu'il y a au frigo », a annoncé Vincent en se levant d'un bond et sans grimacer.

J'ignorais s'il simulait ou s'il avait vraiment retrouvé la forme.

La partie cuisine de l'immense pièce de vie était séparée par un vaste comptoir de la zone salle à manger, où trônait une grande table. Réfugié derrière, j'ai ouvert le frigo et dit à mon ami à voix basse :

« C'est quoi, ce délire ? Vous faites dans les rencontres arrangées, maintenant ?

— Mais non. » Un non avec la voyelle du milieu un peu trop étirée. « C'est une copine de Marie. Elles font du pilates et se marrent bien ensemble. Elle est drôle, tu trouves pas ? »

Face à ma moue, il a repris :

« Bon, peut-être pas tout le temps, mais elle est sympa. Et comme Marie voulait l'inviter depuis longtemps et que ça faisait un bail que t'étais pas venu, je me suis dit qu'on ferait d'une pierre deux coups. »

J'ai pris deux IPA dans le frigo et lui en ai tendu une.

« Enfin, tu aurais pu me prévenir, tout de même.

— Te prévenir de quoi ? a-t-il demandé en s'emparant de la bière. Qu'une célibataire venait dîner chez nous ? Et tu aurais fait quoi ? Tu te serais mieux habillé ?

— Non.

— Si ça se trouve, tu aurais inventé une excuse bidon pour te défiler.

— Possible, ai-je avoué.

— Ça fait déjà un bail que Noémie s'est tirée, je pensais que tu étais prêt, maintenant. »

Noémie était une gendarme que j'avais fréquentée plusieurs semaines, quelques mois plus tôt. Ça avait été chouette, assez intense, puis elle avait été mutée vers Montpellier et il n'avait même pas été question que je la suive. Nous avions compris tous les deux que cette petite parenthèse s'arrêterait avec son départ, et nous n'avions rien fait pour la prolonger. Je ne regrettais rien, surtout pas la sensation rare qui m'avait accompagné pendant toute cette relation : l'impression de ne pas avoir les deux pieds dans la tombe. Cela faisait des années que je ne m'étais pas senti aussi vivant que dans les bras de Noémie.

Ou que lorsque je m'étais battu contre cet enfoiré d'assassin.

« Ce n'est pas la question, ai-je rétorqué à Vincent. Mais j'aurais aimé que tu me préviennes, c'est tout.

— Eh ben, je l'ai pas fait ! a-t-il lancé en retirant les bouchons des deux bouteilles d'Indian Pale Ale avec un ouvre-bouteille Homer Simpson pêché dans un tiroir. Et comme je ne suis pas Doc Brown, on ne peut plus rien y faire. »

Il a cogné le goulot de sa bière contre la mienne en me faisant un clin d'œil et a ajouté :

« Et je ne m'excuserai pas, si c'est ce que tu attends. Je t'ai invité. Marie a invité une copine. Moi je retourne terminer mon apéro. Il faut profiter de ce genre de bons moments.

— Oh, pitié, ne me ressors pas le couplet « *carpe diem* » du gars qui a failli mourir.

— Un des médecins a dit que j'étais à deux doigts d'y passer », a affirmé Vincent en plissant les lèvres et avec un haussement de sourcils.

Je l'ai suivi en soufflant un « pff » audible pour retourner autour de la petite table du salon.

Les verres se sont enchaînés et nous nous sommes tous détendus. À tel point que le rire strident d'Adeline, signe évident de timidité, s'est tari. Au moment de passer au repas pour goûter au risotto concocté par Marie, nous avions déjà abordé plusieurs sujets importants : le lamentable état de l'éducation nationale tel que vécu au lycée de Castelnau par Vincent, prof de maths dépité par le comportement des élèves, de leurs parents et de sa hiérarchie ; les procès les plus improbables ou les plus déprimants de ces dernières semaines auxquels avait assisté Marie dans le cadre de son métier d'avocate – le cas d'un type qui avait volé la carte bancaire de la victime d'un accident en lui affirmant « tu vas mourir » remportait la palme de la dégueulasserie – et enfin les pires collègues et lecteurs auxquels étaient confrontée Adeline – un assortiment allant de cet ancien rugbyman planqué au service informatique de la médiathèque, mais qui peinait à utiliser une souris, à cet abonné qui ramenait systématiquement tous les livres empruntés remplis de sable ou souillés de diverses substances, parfois du Nutella, quelquefois... elle préférait ne pas savoir.

Quand nous avons pris place autour de la table du dîner, Stella nous a fait remarquer que nous venions de passer une demi-heure à dire du mal d'autrui. Son père lui a doctement expliqué qu'il s'agissait d'un des petits plaisirs de la vie à ne jamais négliger.

« Ça fait du bien, ça décharge des tensions », a renchéri Adeline avant de partir d'un éclat de rire plus discret et moins agaçant qu'auparavant.

Pendant le repas, j'ai appris que la bibliothécaire était originaire de Périgueux, qu'elle avait fait un DUT Métiers du livre à Bordeaux et qu'elle avait longtemps vécu avec un compagnon à Castelnau. Elle était seule depuis plus de deux ans et affirmait qu'elle ne s'était jamais sentie aussi bien dans sa peau. Tous les efforts qu'elle faisait pour nous en assurer prouvaient bien le contraire.

Elle m'a posé quelques questions auxquelles j'ai répondu brièvement – oui, j'étais de Castelnau, non, je n'avais pas toujours habité ici et je n'avais plus de famille dans le coin – pour lui faire comprendre que je n'étais pas du genre à raconter mon existence à la première bibliothécaire venue.

Elle s'est poliment abstenue de nous interroger sur la mésaventure que Vincent et moi avions vécue l'année passée, et qui s'était achevée quand les gendarmes avaient retrouvé le cadavre d'un tueur en série dans la Garonne, cinq kilomètres en aval de l'endroit où nous nous étions battus contre lui. Peut-être qu'elle en connaissait assez avec ce qu'elle avait lu dans les journaux ou que Marie lui avait donné d'autres éléments. Quoi qu'il en soit, elle n'y a jamais fait allusion ; pour ce détail, et d'autres, elle n'a cessé de monter dans mon estime tout au long de la soirée.

Elle n'était pas si mal, Adeline. Un peu brut de décoffrage, peut-être, du genre à s'emballer et à s'exprimer sans bien savoir ce qu'elle voulait dire, mais pas désagréable, finalement. Une nature qui aimait la vie ; on le sentait à sa façon de manger, de boire, sans avidité, mais en y prenant plaisir, en profitant de chaque petit instant de bonheur imparfait qu'on lui proposait, sans réfléchir, instinctivement, parce que c'était encore le meilleur moyen de faire la nique à la mort. Il lui restait vraisemblablement assez d'optimisme et d'amour du genre humain pour faire ressembler sa vie à un tour de ces jolis manèges à chevaux de bois, à défaut de montagnes russes où l'on perdait son chapeau au premier looping. Et elle ne demandait pas mieux, Adeline, d'après l'aperçu qu'elle me donnait ce soir-là.

Elle ne rêvait pas de yacht. Un canot suffirait. L'important, c'était d'être sur l'eau. Si elle tombait sur un mec qui aimait ramer, il y avait même de fortes chances pour qu'ils se rendent mutuellement heureux.

Je crois qu'il ne lui a pas fallu plus de quelques minutes en ma compagnie pour se rendre compte que je n'étais pas du tout dans le cœur de cible. Ça ne l'a pourtant pas empêché de me jeter quelques regards appuyés et deux ou trois sourires qui, si j'avais été dans le même état d'esprit qu'elle, m'auraient peut-être incité à déterminer si, à défaut d'une vie, une nuit ne serait pas envisageable.

J'ai pensé à Pascal, qui n'aurait pas hésité une seconde, et à la serveuse avec qui il passait la soirée. Adeline était bien plus jolie, et il y avait fort à parier qu'il lui restait d'autres atouts à dévoiler, mais j'étais sans doute trop idiot pour me laisser aller et profiter, non pas d'elle, mais *avec* elle. Vincent me disait souvent que je me « prenais trop la tête ». Facile à dire, pour lui : il avait eu un jour la chance inouïe de rencontrer Marie.

La question n'était pas la prise de tête, mais les choix qui me permettraient de me sentir mieux, ou, en tout cas, moins mal. Pour la soirée, je m'en suis tenu au risotto de Marie, aux pâtisseries qu'avait apportées Adeline, au gigondas et à la compagnie qui, une fois ses nouveaux éléments apprivoisés, s'avérait très agréable.

Après le repas, tandis que Vincent se servait un armagnac et que les femmes fumaient une cigarette dans la cour derrière la maison – Stella était remontée dans sa chambre depuis longtemps –, je lui ai donné un peu plus de détails sur la trouvaille du manuscrit. Puis je lui ai raconté notre « altercation » avec les frères Quintana et ce que m'avait dit Mimiche à leur propos.

Une fois mon récit achevé, il a bu une gorgée d'alcool dans son petit verre à pied et, façon Jean-Pierre Marielle au rabais, a commenté :

« On dirait que t'as encore trouvé le moyen de te foutre dans la merde, Lolya. »

Je me suis retenu de lui faire remarquer qu'il n'avait pas été le dernier, lors des événements de l'année écoulée, à plonger gaiement dans les embrouilles.

« Je me suis foutu dans rien du tout, moi, me suis-je défendu. Si Pascal n'avait pas débarqué, je n'aurais jamais mis de coup de genou dans les couilles d'un ex-taulard psychopathe et je ne serais même jamais entré à la médiathèque.

— Autant d'expériences à côté desquelles tu serais passé. Et si tu veux mon avis, fréquenter un peu plus la bibliothèque te permettrait d'élargir ton horizon culturel. Je sais que tu dévores les polars de ton père, mais il n'y a pas que Westlake et Elmore Leonard dans la vie…

— Westlake ! J'adooore cet auteur », a affirmé Adeline, de retour dans la salle à manger tandis que Marie refermait la porte de la baie vitrée qui donnait dans la cour. « Je crois que j'ai lu tous les Dortmunder. »

Plus le temps filait, plus elle gagnait de points. Clairement pas une sprinteuse, mais une marathonienne.

Elle m'a frôlé, a récupéré le long manteau gris étalé sur une chaise à l'entrée du couloir et a annoncé :

« C'est mon heure. Merci pour tout. C'était vraiment une soirée très sympa. »

Elle a adressé un baiser aérien à Marie qui était revenue poser une main sur l'épaule de son homme puis a continué :

« Merci de l'invitation, ma belle. On se voit vendredi. Embrasse Stella de ma part. Alexandre, ravie de t'avoir rencontré. »

Je me suis levé et j'ai répondu :

« Moi de même. » Puis, après un instant de silence : « J'y vais aussi, d'ailleurs. J'ai un bon bout de route pour rentrer chez moi. »

Nous nous sommes tous les deux retrouvés sur le trottoir devant chez Vincent et Marie. Je partais dans une direction récupérer ma voiture, et il se trouvait qu'elle allait dans la même. Nous avons parlé de nos amis en marchant puis, lorsqu'elle est arrivée à son véhicule, elle a prédit :

« J'imagine qu'on se reverra avant trois semaines. »

Je l'ai regardée sans bien comprendre.

« Si je suis au prêt quand tu reviens à la médiathèque, bien sûr. Tu as un livre à ramener.

— Mais oui, c'est sûr. On se revoit bientôt, alors...

— Sauf si...

— Sauf si quoi ?

— Sauf si on ne se sépare pas tout de suite. »

J'ai dû faire une drôle de tête, parce qu'elle a aussitôt ajouté, en me posant une main sur l'épaule :

« Du calme. Je ne te propose pas de m'épouser et de me faire des gosses. J'ai juste entendu que tu allais galérer pour rentrer chez toi. Moi, j'habite plus près, un peu en dehors de la ville, alors, si tu veux passer la nuit chez moi, ça t'évitera de faire beaucoup de route. »

Je suis resté figé, sans savoir quoi répondre.

« Vraiment, rassure-toi, Alexandre, a-t-elle poursuivi, t'es pas mal, mais t'es pas mon genre de mec. Du tout. T'es sympa, hein, et votre numéro, avec ton vieux pote Vincent, est assez marrant, mais je ne crois pas qu'on soit réellement... compatible. »

J'ai compris que mon cœur avait loupé un ou deux battements lorsque je l'ai de nouveau senti dans ma poitrine.

« J'aime bien m'éclater, moi, a dit Adeline sans me donner le temps de répondre. Me marrer et faire n'importe quoi, et j'ai vraiment pas l'impression que tu es du genre à me suivre.

— Non, je ne crois pas, en effet, ai-je dû convenir.

— Donc, je te propose de dormir chez moi si ça t'arrange. Ce qui n'est peut-être pas le cas, hein.

— Dans l'absolu, ça m'arrangerait, mais ça n'arrangerait pas mon chien. Mon cousin habite chez moi en ce moment, mais il avait un rencard et je ne suis pas sûr qu'il soit rentré nourrir Monk.

— Pas de problème, c'est toi qui vois. »

Elle est montée dans sa voiture, a allumé le contact et s'est éloignée dans la rue à sens unique. Je suis reparti sur le trottoir et, lorsqu'elle est arrivée à mon niveau, elle a baissé sa vitre et m'a lancé :

« Après, si tu as envie de baiser, un simple coup d'un soir, ça me convient aussi. »

# 5

Je suis parti de chez Adeline vers trois heures du matin. J'ignore encore si c'est la phrase qu'elle m'a lancée depuis la vitre ouverte de sa voiture qui a déclenché quelque chose que je n'osais pas m'avouer – en l'occurrence, qu'en dehors de toute autre considération elle m'attirait physiquement – ou si j'ai réagi instinctivement, comme un mâle basique prêt à sauter sur la moindre opportunité formulée clairement. Toujours est-il que j'ai suivi le véhicule d'Adeline avec ma Fiat Punto et que je suis resté dans son appartement un peu plus de deux heures.

Elle vivait dans une résidence vieillotte, au-delà des boulevards, juste avant la petite étendue suburbaine de lotissements, stades et établissements scolaires qui s'achevait presque au pied de la côte de Belpech. Un trois-pièces propret, sans âme, avec peu de livres et trop de bibelots.

Nous n'avons pas quitté le canapé, comme si Adeline ne voulait pas dévoiler sa chambre ni davantage de son intimité. Elle a longtemps gardé le sourire, puis son visage a pris un air sérieux, concentré. Adeline savait s'amuser. Pendant un moment, je n'ai pensé qu'au présent, à ce que nous étions en train de faire, à son corps et au mien, point nodal cerné par un vide absolu.

Quand je me suis levé pour partir, elle a enfilé un t-shirt informe récupéré dans une autre pièce et m'a raccompagné à l'entrée en bâillant.

« Et ne m'oblige pas à t'envoyer une lettre de rappel, hein ? » m'a-t-elle dit.

Me voyant de nouveau pris de court, elle a aussitôt ajouté :

« Pour le livre… »

Puis elle a souri en refermant la porte de son appartement.

J'ai tenté de passer le pont de Castelnau pour rentrer chez moi à Bouleron, mais la voie était toujours bloquée. Je suis donc reparti via la route de Bordeaux jusqu'à La Réole pour traverser la Garonne là-bas. Une nuit en semaine, la nationale était déserte. J'ai monté le son du ténor de Sonny Rollins pour rester éveillé. Pour une fois, je n'aurais pas dit non à un CD de Hot Water Music ou Alkaline Trio, des groupes punks qu'affectionnait Vincent.

À mon arrivée, quarante-cinq minutes plus tard, Monk était avachi sous la galerie devant la maison, profondément endormi. Je l'ai fait entrer, l'ai nourri, puis je suis allé me coucher.

Pascal n'était pas revenu. J'espérais qu'il passait une aussi bonne nuit que la mienne.

Il s'est pointé le lendemain matin, sur le coup de neuf heures, alors que j'en étais à mon deuxième café. Il s'est servi une tasse et, après m'avoir salué, m'a annoncé que la route du pont de Castelnau n'était plus bloquée.

« La décrue s'accélère », ai-je confirmé en lui montrant, sur l'écran de mon téléphone, les dernières infos publiées sur le site du journal.

Il a acquiescé et s'est assis en face de moi.

« Tu as dormi où ? ai-je demandé.

— Un gentleman ne dévoile jamais… Bon, ok, chez Virginie, la serveuse. Une bonne soirée.

— Bien, tant mieux.

— Puis j'ai aussi trouvé une nouvelle poignée pour ma portière arrière. À la casse.

— Tu ne les as pas recroisés ?

— Non, pourquoi, j'aurais dû ?

— Non. Mais j'imagine qu'on ne les reverra plus maintenant. Et ton pote, là, David Bordesoulles, le notaire, ça ne lui pose pas de problème que des relous en veulent à ce que tu vas planquer chez lui ?

— Il n'est pas encore au courant, mais je ne vois pas pourquoi ça lui en poserait.

— Surtout si tu omets de lui parler des Quintana.

— Exactement, a confirmé Pascal avant de boire une gorgée de café. Et il faut que je m'occupe de faire authentifier ces pages. Si ça se trouve, c'est un faux et ça vaut que dalle.

— Tu sais où tu peux faire ça ?

— Non. Je vais me renseigner.

— Moi aussi », ai-je dit en envisageant plusieurs solutions.

J'ai passé une bonne partie de la matinée à me balader avec Monk dans les alentours du village. Chaussé de bottes en caoutchouc, sifflotant quelques notes d'un opéra de Wagner, j'ai suivi mon chien dans des champs et des vergers trempés, sous un ciel éternellement gris. Il ne pleuvait pas, mais la menace était là, perpétuelle, telle Fimbulvetr, le grand hiver qui précède le Ragnarok de la mythologie nordique.

La promenade m'a éclairci les idées. L'arrivée de Pascal puis la crue avaient chamboulé mon quotidien. Marcher près de mon labrador me donnait l'illusion d'avoir retrouvé mon train-train habituel, une navrante stabilité qui m'était nécessaire. Je repensais aussi à la soirée de la veille et à la manière dont elle s'était terminée. En dehors d'une certaine attirance physique, je ne ressentais rien de particulier pour Adeline – et elle me le rendait sans doute bien –, mais nous avions trouvé comment finir la nuit de la façon la plus « logique » possible après un dîner agréable. Un homme et une femme seuls, encore en pleine possession de leurs moyens et suffisamment expérimentés pour éviter les maladresses, la fausse pudeur et profiter des petits plaisirs. Si nous avions été au bord de la mer, un après-midi d'été, face au charmant panorama d'un port de pêche, nous aurions forcément conclu notre balade en nous arrêtant chez un artisan glacier pour une stracciatella-chocolat. La droite ligne. L'ordre des choses.

Nous étions jeudi et mon agenda pour le reste de la semaine n'était pas surchargé. Deux ou trois articles à écrire, peut-être, sans compter les éventuels ajouts que pourrait me confier Claire. J'avais le temps d'aider Pascal à trouver un spécialiste auprès de qui faire authentifier son manuscrit. Évidemment, nous aurions pu choisir la facilité : chercher sur internet pour dégotter un expert comme l'on appellerait un serrurier après avoir perdu ses clés. Mais ce n'était pas notre façon de faire, à mon cousin et à moi. Mieux valait obtenir les coordonnées de quelqu'un de confiance, par le bouche à oreille. Pascal comptait passer quelques coups de fil à des connaissances. J'allais m'y prendre autrement.

Lorsque je suis revenu de ma balade, mon cousin était parti. Peut-être chez son ami notaire. J'ai essuyé Monk, couvert de boue, avec une serviette posée dans ce but sur le banc près de l'entrée. Puis je suis rentré me faire chauffer une soupe que j'ai mangée en lisant quelques chapitres d'un roman de John Connolly conseillé par Vincent. Le protagoniste s'appelait Charlie Parker, comme le saxophoniste, et ne cessait de tomber sur des cadavres. Une litanie de gens assassinés. Malgré un côté lassant, une telle noirceur, soutenue par un style anguleux, me fascinait. Je ne me souciais plus de l'intrigue et me laissait emporter par les ténèbres.

J'ignorais encore qu'elles étaient sur le point de m'engloutir. De nouveau.

À mon départ, j'ai fermé la porte, abandonnant Monk dehors avec une gamelle d'eau ; il serait mieux là, à faire le tour de la propriété librement plutôt qu'enfermé dans la maison. Il pouvait s'abriter sous la galerie et je ne comptais pas revenir aussi tard que la veille.

Sur le chemin de Castelnau, je me suis arrêté à Pont-Canal et me suis garé sous un des platanes qui longent le cours d'eau artificiel. Le canal latéral à la Garonne, de son vrai nom. Je me suis approché d'une péniche d'habitation d'une trentaine de mètres et j'ai crié :

« Denis ? T'es là ? »

Quelques secondes plus tard, un homme aux cheveux poivre et sel et à la moustache en guidon est sorti des profondeurs de l'embarcation, un torchon humide et un verre dans les mains.

« Té ! Salut Alexandre. Quelle surprise ! Tu viens enfin m'acheter mon bateau ?

— J'avais envie, mais je découvre que tu n'as pas de lave-vaisselle. Tu pourrais au moins embaucher une femme de ménage, ai-je dit en enjambant les quelques centimètres qui séparaient la péniche de la berge.

— Si tu savais depuis quand une femme n'est pas montée à bord… »

Denis Pujol m'a serré la main et m'a fait signe d'entrer dans le bateau. Il portait une chemise bleue et un pantalon kaki et s'exprimait avec un accent lot-et-garonnais prononcé qui, par je ne sais quel miracle, s'avérait moins agaçant chez lui que chez beaucoup d'autres. Un œil étranger, ou non exercé, aurait sans doute pu le comparer à un ersatz de Francis Cabrel, mais j'étais un gars du coin et j'avais vu beaucoup d'autres spécimens de ce genre. Je savais qu'il ne s'agissait pas d'une copie. Ces hommes venaient du même moule, d'une longue lignée de Gascons fiers et entiers, placés, consciemment ou non, sous la figure tutélaire de leur ancêtre commun, leur archétype, Charles de Batz de Castelmore, dit d'Artagnan. Adaptés à leur environnement comme des zooplanctons dans les abysses, et attachés à leur terroir, la contrée de leurs aïeux. Tout leur était naturel, ici, des subtilités de la bouffe et du vin à la façon de se comporter dans les tribunes d'un stade de rugby. Ils avaient poussé dans l'humus gascon, entre inondations et sécheresses, vendanges et saison du cochon, et le vent qui soufflait parfois sur la plaine semblait leur apporter des mots qu'eux seuls comprenaient. Certains qui, par un triste coup du sort, descendaient de grands-parents italiens, avaient été intégrés façon *Body Snatchers* et demeurait indiscernable des spécimens originaux.

J'avais rencontré Denis après mon retour d'Australie. Je ne me rappelais plus dans quelles circonstances. Il était là, voilà tout. À chaque événement qui se déroulait à Castelnau, dès qu'une terrasse de café ensoleillée devenait agréable, Denis apparaissait, à l'aise dans son milieu naturel, papotant avec tous ceux qu'il croisait comme l'on prend des nouvelles des membres de sa famille plus ou moins éloignée. Dans son élément, il se mouvait dans les rues de la ville comme si elle lui appartenait. Mais c'était tout le contraire, en réalité. Il appartenait à la ville. Il en était une des âmes, une personnification de ses meilleurs et séculaires aspects.

J'adorais Denis. Il avait dix ou quinze ans de plus que moi, mais je n'arrivais pas à me le figurer jeune. Pour moi, il avait toujours été comme ça, seul sur sa péniche, à vendre de beaux meubles dans les brocantes les plus cotées de la région. S'il faisait dans la vieillerie à la manière de Pascal, Denis était à un autre niveau. Il refourguait de magnifiques pièces – de la commode Louis XVI au bijou précieux – à des prix indécents et ne perdait pas de temps avec des bibelots sans valeur. Sa réputation n'était plus à faire, et il n'était pas rare que des Anglais fraîchement débarqués dans le coin après l'achat d'une résidence secondaire viennent lui demander de l'aide pour meubler leur demeure. Denis s'en sortait bien, mais il ne la ramenait pas.

Il faisait chaud à l'intérieur de la péniche, une atmosphère asséchée par un poêle à bois autour duquel s'agençait une pièce de vie – salon et cuisine – toute en longueur. Denis n'était pas du genre à s'encombrer, et il maintenait son bateau dans un état impeccable, aussi bien à l'extérieur qu'à l'intérieur. Seul un livre ouvert sur la table jouxtant la banquette ne paraissait pas à place.

Denis m'a proposé une tasse du café qu'il venait de préparer, et nous nous sommes assis face à face autour de la table. Il a poussé le livre, un western de S. Craig Zahler, et nous avons échangé quelques nouvelles. Je ne l'avais pas croisé depuis quelques semaines. Il travaillait beaucoup, préparait la grande foire à la brocante de la place des Quinconces à Bordeaux. Je lui ai raconté notre découverte du manuscrit, en omettant soigneusement notre rencontre avec les Quintana. Si l'on voulait qu'une information fasse le tour de la ville en un rien de temps, il suffisait d'en parler à Denis. Il croisait des gens, qui en appelaient d'autres, et le récit d'un petit événement sans conséquence se répandait comme une traînée de poudre. Si l'on désirait un peu de publicité pour un vide-maison, on pouvait se contenter de l'évoquer devant lui. En revanche, mieux valait taire une relation extra-conjugale si l'on n'avait pas prévu de divorcer. C'était ainsi, avec Denis. Il ne s'agissait pas d'un bug, mais d'une fonctionnalité.

Je lui ai demandé s'il connaissait des experts capables d'authentifier le manuscrit de Céline, l'objet de ma venue.

« Je ne fais pas dans ce genre de trucs, moi, mais je dois pouvoir te trouver quelqu'un de confiance, m'a-t-il expliqué. C'est pressé ?

— Non. Pas trop. Enfin, je ne crois pas.
— Il est où, là, le manuscrit ? Chez toi ?
— Non. Pascal l'a mis à l'abri chez un pote.
— Bien, je te rappelle si je te dégotte la bonne personne », a conclu Denis.

Je l'ai quitté vingt minutes plus tard, ravi qu'il n'ait pu m'être d'un plus grand secours. De retour dans ma voiture, j'ai sorti mon téléphone et le post-it sur lequel Aude Virtanen m'avait noté son numéro. J'avais désormais une excuse pour l'appeler.

Le portable n'a pas sonné plus de trois secondes.

« Allo », a-t-elle dit d'une voix légèrement enrouée, comme si elle n'avait pas parlé depuis longtemps.

« Bonjour, Aude. Ici Alexandre Lolya, du journal.
— Ah, bonjour. Comment allez-vous ?
— Bien, merci, j'espère que vous aussi.
— Si vous appelez, j'imagine que c'est parce que vous avez de bonnes nouvelles. Vous devancez les gendarmes pour me dire qu'ils ont récupéré mes bijoux ?
— Non, pas exactement. Désolé. En réalité, j'ai besoin d'un renseignement.
— Allez-y. Si je peux vous aider…
— Mon cousin et moi avons retrouvé quelques dizaines de feuillets d'un manuscrit qui nous paraît tiré de *Mort à crédit* de Céline.
— Eh bien, belle pioche ! Qu'entendez-vous par 'retrouvé' ?
— Pascal, mon cousin, aidait un ami à vider la maison de son père et ces pages étaient parmi son fourbi.
— Votre cousin a fait une bonne affaire, à n'en pas douter.
— C'est justement la question que nous nous posons et qui m'a amenée à vous appeler. J'ai remarqué que vous aviez dans votre bibliothèque de beaux ouvrages qui me semblaient être des éditions originales.
— En effet », dit Aude Virtanen avec une inflexion nouvelle dans la voix.

Était-elle ravie que je l'aie noté ou me faisais-je des idées ?

« J'y ai sans doute dépensé trop d'argent, mais j'aime la valeur symbolique des objets. Edgar n'y accordait guère d'importance, lui. En revanche, je ne collectionne pas du tout les manuscrits originaux. À part ceux d'Edgar que j'ai gardés et qui n'ont malheureusement pas la même valeur que celui sur lequel vous êtes tombé.

— S'il s'agit d'un vrai.

— Je ne sais pas s'il y a des faussaires pour ce genre de choses, mais j'imagine qu'avec de telles sommes en jeu cela doit être trop tentant. »

Je me suis demandé comment elle connaissait, si elle ne s'intéressait pas aux manuscrits originaux, les prix qu'ils pouvaient atteindre. Moi-même, j'en ignorais tout, deux jours auparavant. Mais elle travaillait dans l'édition et avait gravité très longtemps dans le monde des livres. Je ne lui ai pas posé la question.

« Mon cousin Pascal aimerait justement faire authentifier le manuscrit en sa possession. D'où mon appel. Je me suis dit que vous connaissiez peut-être des experts, quelqu'un de confiance. »

Un petit silence à l'autre bout du fil puis :

« Il y a bien quelqu'un, oui. Pas un ami, mais un libraire spécialisé à qui j'ai acheté pas mal d'ouvrages quand j'étais à Paris. Si lui n'en est pas capable, il vous trouvera quelqu'un de compétent. Il faudrait que je retrouve son numéro. Je vais devoir fouiller dans mes papiers. Vous voulez que je vous rappelle ?

— Oui, ce serait gentil.

— Ou on peut faire mieux, a proposé Aude Virtanen, vous pouvez passer chez moi et je vous donnerai ses coordonnées ou celle de quelqu'un qu'il m'aura conseillé. Vous savez déjà où j'habite.

— Euh… oui.

— Alors venez demain, d'accord ?

— Oui, entendu.

— Est-ce que vous pensez que vous pouvez m'apporter un ou deux feuillets de ce manuscrit ? Je vous avoue que je suis très curieuse de voir ça. S'il s'agit vraiment d'un texte de Céline, ce n'est pas rien.

— Rien ne nous prouve encore qu'il s'agit bien de lui, mais je peux déjà vous dire que celui qui a rédigé ces feuillets écrivait aussi mal qu'un médecin.

— Alors vous avez probablement mis la main sur un trésor, Alexandre », a dit Aude Virtanen avec un sourire aussi perceptible au téléphone que si elle avait été en face de moi.

Il m'a fallu quelques secondes pour me reprendre, surpris de l'entendre prononcer mon prénom – elle s'en souvenait –, puis j'ai été obligé de doucher ses espoirs.

« Malheureusement, je ne pourrai pas vous montrer le manuscrit. Mon cousin l'a caché chez un de ses amis. Nous avons eu un petit problème et… cela lui semblait plus sage.

— Rien de grave, j'espère.

— Non, non, mais je pense qu'il a bien fait. Mais nous aurons peut-être l'occasion de vous le montrer plus tard.

— Cela me ferait très plaisir », a dit Aude Virtanen.

J'ai raccroché sans tout à fait m'avouer que le coup de fil s'était encore mieux passé que j'aurais pu l'imaginer. Puis j'ai jeté mon portable sur le siège passager, j'ai démarré la voiture et je suis parti vers Castelnau, le rythme chaloupé du St. Thomas de Rollins dans les enceintes comme bande-son idéale de mon état d'esprit.

Pendant quelques heures, avant que l'enfer se déchaîne, j'ai eu l'impression de reprendre ma routine habituelle. Je me suis arrêté à l'agence et j'ai fait le point avec Claire sur les articles à écrire pour la fin de la semaine, puis je me suis mis au travail. En grand reportage, façon localier. Pas de conflit majeur à couvrir ni de meeting politique important, mais plutôt l'ouverture d'un nouveau restaurant dans le quartier des Chênes verts et une collecte de trois mille euros pour sauver l'église de Bouleron, le village où je vivais. Michel Pampouille, l'un des deux cent cinquante-deux autres habitants, et maire de cette capitale, m'a tout expliqué par téléphone pendant que je notais des expressions comme « richesse du territoire », « fondation du patrimoine » ou « budget communal ». J'ai rédigé les deux articles dans la foulée et les ai intégrés sur le site du quotidien. J'étais plutôt heureux de ma journée. Il ne s'était rien passé d'exceptionnel. Tout était resté bien gris. J'avais presque retrouvé mon rythme pré-Pascal.

Vers 18 h 45, j'ai repris ma voiture pour me rendre jusqu'à une cité HLM en périphérie de la ville. Une fois garé sur un parking glauque près d'un bâtiment rectangulaire qui ressemblait, de l'extérieur, à tous les gymnases miteux de France et de Navarre, j'ai sorti mon sac de sport du coffre. La pluie tombait de nouveau et j'ai dû courir jusqu'au dojo où se déroulait mon entraînement de Yoseikan Budo.

Comme à chaque séance, j'ai donné – et reçu – des coups de pied, de poings, de genoux et de coudes, j'ai tenté des clés de bras, effectué des roulades, transpiré comme un bœuf et j'ai fini épuisé, ou presque, après une douche, à échanger quelques nouvelles avec les camarades dans les vestiaires et à convenir que, sempiternelle rengaine, Claude, le *sensei*, ne nous avait pas ménagés. Michel l'assureur commençait à se sentir trop vieux pour un sport aussi physique et Elvis, qui avait presque trente ans de moins que lui, essayait de le convaincre que sans lui ce ne serait pas pareil. Stéphane, Mohamed et moi savions bien qu'Elvis mentait, mais personne n'a voulu le contredire. Depuis des années, nous avions vu passer d'autres camarades d'entraînement et, certes, ce n'était plus la même chose lorsqu'ils partaient, mais au fond, rien ne changeait : les coups faisaient mal, on s'amusait à souffrir et les vestiaires puaient la chaussette. Peu importait l'exercice ou l'adversaire du jour, on oubliait tout ce qui existait en dehors du dojo pendant une heure ou deux et l'on se sentait mieux après. C'était parfait, à mes yeux.

Je suis rentré chez moi bercé par les endorphines et l'alto de Cannonball Adderley, les essuie-glaces au rythme maximum. Pascal n'était pas revenu. Je me suis dit qu'il était retourné voir sa serveuse. Monk était trempé, mais paraissait heureux. Il en fallait bien un.

J'ai mangé un reste de risotto trouvé au frigo puis j'ai lu quelques pages de *Mort à crédit* avant de m'assoupir. J'ai dormi comme si on m'avait rendu ma vie d'autrefois.

Ça ne pouvait pas durer.

# 6

Le lendemain matin, après mon petit-déjeuner, une balade avec le chien et quelques courses au Leclerc de Clarens, Pascal n'était toujours pas rentré.

Je l'ai appelé vers 11 h 30 pour savoir si tout allait bien. Je croyais l'avoir réveillé, mais il m'a rassuré : il s'était simplement couché très tard, car Virginie avait débauché du restaurant vers minuit. Il était encore chez elle.

J'ai déjeuné à *L'Esplanade* où les conversations sur les inondations avaient été reléguées aux oubliettes, remplacées par des sujets plus sérieux : la chasse, le concours de pétanque du week-end et le Championnat de France de rugby, que seuls les Parisiens nomment le Top 14. Une partie des habitués de l'établissement étaient pour Toulouse, d'autres pour Bordeaux-Bègles et une minorité, essentiellement de vieux Maghrébins, préférait parler football. Isolé comme un scaphandrier au milieu de poissons exotiques, je ne me sentais toutefois pas hors de mon élément. J'avais grandi dans cette ambiance où mes préoccupations – le cinéma, la littérature, la musique – n'intéressaient personne. Le cadre normal de Castelnau ne laissait guère de place à quelqu'un qui rêvait d'écrire ou écoutait du jazz. Il avait fallu, à l'adolescence, se créer une niche, une bande de copains qui ne parlait pas du match du week-end, mais du dernier John Carpenter ou de rock indépendant.

Pour autant, l'ambiance masculine de *L'Esplanade* ne me déplaisait pas. Elle était comme un décor inchangé, une perpétuelle toile de fond de mon existence qui ne m'agaçait plus, mais me réconfortait presque par son inanité.

Le rythme s'est accéléré l'après-midi, après mon arrivée à l'agence. Claire m'avait laissé un article à écrire. Notre contact habituel chez les gendarmes depuis le départ de Noémie, l'adjudant Sanzani, m'a donné les informations nécessaires par téléphone : à Tonneins, la veille au soir, un homme était entré par effraction chez son ex, alors qu'elle se trouvait au lit avec son nouveau compagnon, et l'avait menacée avec un couteau. J'ai rédigé un article factuel, en espérant qu'à travers ces quelques phrases anodines transparaisse un peu ce que je pensais de ce type de raclure de bidet. La règle du « quoi, qui, où, quand, pourquoi » journalistique avait ses limites, et ce genre de papier sur un fait divers ne me permettait pas de répondre vraiment à la dernière question, « pourquoi ? ».

« Parce ce que l'ex-mari était un gros con » n'était sans doute pas faux, mais il ne s'agissait souvent que d'une partie de la vérité.

J'ai quitté mon bureau après avoir fait un peu de tri sur l'ordinateur que m'avait légué Serge, un confrère parti à la retraite, et comme il était encore un peu tôt, je me suis retenu de reprendre ma voiture pour me rendre chez Aude Virtanen. Je ne voulais pas la déranger au beau milieu de l'après-midi, peut-être en plein travail.

J'ai marché dans le centre de Castelnau en profitant d'un bout de ciel bleu pour oublier février. Mais la gueule des gens, les boutiques ringardes et les locaux condamnés m'ont vite fait redescendre. J'étais toujours dans une ville sinistre, engluée dans un perpétuel présent. Il pleuvrait bientôt de nouveau.

Mes pas m'ont conduit, comme souvent, chez Vincent. Il était 16 h 30, et j'ai sonné en songeant que mon ami devait encore être au lycée. Puis je me suis rappelé que les professeurs faisaient partie des rares actifs qui étaient souvent chez eux. En ce sens, Vincent et moi pouvions dire que nous avions réussi nos vies. Nous ne manquions pas de temps libre.

Il m'a ouvert quelques instants plus tard, vêtu d'un pantalon de survêtement bleu marine et d'un sweat à capuche Billabong.

« Eh ben, tu ne bosses pas, aujourd'hui ?

— C'est bon, j'y vais déjà trois jours par semaine. Je te rappelle que je suis toujours convalescent. »

Je suis entré et j'ai rejoint le salon comme si j'étais chez moi. Ce qui n'était pas loin de la vérité.

« Pour lever le coude et jouer à l'entremetteur, tu n'es pas convalescent, en revanche.

— Justement », a-t-il lancé en se rasseyant sur son canapé et en saisissant une manette de console de jeu pour reprendre la partie de *Red Dead Redemption 2* qu'il avait mise en pause. « Je voulais t'envoyer un message hier pour savoir comment la soirée s'était finie avec Adeline. Mais je bossais, alors je n'ai pas eu le temps.

— J'imagine. Ça devait être une grosse journée avec au moins quatre heures de cours.

— Six heures, mec. Avec des secondes, en plus. Je te jure que certains de mes élèves sont cons comme des bites. Qu'ils aient du mal à résoudre une équation, je veux bien, mais qu'ils sachent au moins allumer une calculatrice ! »

Je me suis assis à côté de lui, curieux de voir le personnage de western de son jeu chevaucher dans un désert américain.

« Alors, Adeline ? a-t-il demandé.

— Quoi, Adeline ?

— T'es parti en même temps qu'elle, non ? Tu l'as raccompagnée ?

— Je me suis tapé un détour de quarante bornes pour rentrer chez moi, surtout, ai-je dit en esquivant sa question. Et je n'aime pas les plans arrangés...

— Putain ! s'est exclamé Vincent en mettant le jeu sur pause, je ne te parle pas de l'épouser, mais elle est sympa, Adeline, pas trop conne et un simple petit coup d'un soir, ça ne t'aurait pas fait de mal. Et à elle non plus, d'après ce que m'a raconté Marie... »

Il s'est levé du canapé et s'est rendu dans le coin cuisine pour ouvrir le frigo.

« Une bière ? m'a-t-il proposé.

— Il n'est même pas cinq heures. C'est un peu tôt, non ?

— On est vendredi, dis-toi que c'est déjà le week-end. »

Il a sorti deux bouteilles de Corona du réfrigérateur et les a décapsulées sans attendre de réponse. Puis il s'est approché du pan de mur où il entassait ses DVD et Blu-ray et s'est emparé d'un boîtier qu'il m'a lancé. Je l'ai réceptionné contre mon torse pour découvrir une nouvelle version du *Starship Troopers* de Paul Verhoeven.

« Je comptais le mater ce soir, mais puisque tu es là..., a-t-il annoncé.

— Ça tombe bien, j'ai relu le roman il n'y a pas longtemps, mais le film, ça fait un bail, en revanche. »

Sur la jaquette du Blu-ray, des soldats aux casques futuristes fonçaient au combat en hurlant. J'ai repensé aux cris que j'avais poussés lorsque je m'étais aperçu de l'étendue des blessures de Vincent, dans la boue au bord de la Garonne, l'été dernier. J'avais alors cru le perdre. Et je n'avais toujours pas l'impression de l'avoir complètement retrouvé. Sur le plan physique, il s'était remis mais, s'il faisait de son mieux pour donner le change, je voyais bien qu'il restait hanté par ce qui était arrivé. Marie m'avait récemment raconté qu'il dormait mal, faisait des cauchemars. Je sentais, moi aussi, que quelque chose n'allait pas. Si nos relations semblaient les mêmes, je m'étais aperçu que nous ne nous lancions plus dans de grandes discussions, de vastes débats futiles comme avant. Comme si ce que nous avions vécu avait érigé une barrière entre nous. Et même si Vincent déconnait toujours, je percevais la façade qui cachait la douleur. Comme dans un miroir. Mais j'avais aussi une vague impression qu'il m'en voulait. Sans savoir pourquoi.

Nous ne nous parlions plus. Nous nous contentions de regarder des films.

Ou peut-être que je me faisais des idées.

J'ai ouvert le boîtier et lui ai tendu le disque.

« Je ne sais pas si je pourrai rester jusqu'à la fin, ai-je ajouté.

— Quoi, t'as un rencard ?

— Non, un truc à faire pour Pascal. »

Je m'efforçais d'esquiver la vérité. Je n'avais pourtant pas l'habitude de mentir à Vincent. Si j'essayais, j'étais persuadé qu'il s'en rendrait vite compte. Mais je n'avais pas encore envie de lui parler d'Aude Virtanen.

Le temps que le menu du Blu-ray apparaisse, je m'étais enfoncé dans le confortable canapé de la famille Lapandrie, une Corona à la main, prêt à regarder Ken et Barbie défoncer des monstres extraterrestres.

Le film n'avait pas vieilli, et la satire qu'il proposait me plaisait toujours autant. Je n'ai pas vu passer les deux heures et je n'ai jeté un coup d'œil à ma montre que quand le générique de fin s'est mis à défiler. Il était presque dix-neuf heures.

Je me suis aussitôt levé.

« Holà, t'es pressé ? Y'a des suites. Du *direct-to-video*, mais ça se tente.

— Désolé, tu vas devoir te cogner ça tout seul. J'ai vraiment un truc à faire.

— Tu vas où, en fait ?

— Essayer de trouver un expert pour le manuscrit de Pascal. Une correctrice que j'ai rencontrée en début de semaine peut peut-être m'aider.

— Une correctrice, hein ? »

J'ai secoué la tête en haussant les sourcils puis me suis dirigé vers la porte.

« T'as intérêt à me raconter ! » ai-je entendu avant de sortir.

Cette fois, j'ai réussi à atteindre l'entrée de la maison d'Aude Virtanen sans noyer une de mes tennis Puma dans une flaque. J'ai sonné en regardant ma montre. 19 heures passées. Je ne lui avais pas confirmé ma venue et je me pointais après la tombée de la nuit. Essayais-je, inconsciemment, de lui faire croire que j'étais débordé et que je n'avais pas pu me libérer plus tôt ?

« Ah, monsieur Lo… Alexandre, bonsoir. »

Elle m'a ouvert la porte et fait signe d'entrer. En la redécouvrant, je me suis aperçu que j'avais oublié son visage. Je ne l'avais vue que quelques minutes, trois jours plus tôt, et si j'avais encore une impression générale de son physique en tête, les détails s'étaient déjà dispersés. Je l'ai trouvée différente, plus fatiguée, peut-être à cause de l'éclairage du salon où elle m'a conduit, mais pas le moins du monde décevante.

Elle portait un pull blanc moulant, une jupe faite d'un tissu épais qui ressemblait à de la laine et un collant violet en dessous. Pas de chaussures. Une tenue clichée, plutôt intello rive gauche, mais qui lui allait bien. Ses cheveux tassés en un chignon bordélique complétaient parfaitement l'ensemble. Des lunettes retenues par une chaîne autour de son cou et un chat tapi dans un coin n'auraient pas semblé déplacés.

Il y avait aussi autre chose chez elle. Une simplicité à l'origine impalpable et pourtant bien présente, que révélait peut-être le fait qu'elle vive ici, et pas dans le 6e arrondissement. Une colère aussi, plus ténue mais néanmoins perceptible : une fureur sourde, qui vrombissait en arrière-plan, contre tout et tout le monde ; une rage qu'elle dissimulait de son mieux et parvenait presque à cacher, mais que j'avais tout de même discernée tant elle ressemblait à la mienne.

Je l'ai remerciée de son accueil et me suis excusé d'arriver aussi tard, sans donner d'autre explication.

« Je ne savais pas si vous alliez passer, m'a-t-elle dit, mais j'ai le renseignement que vous voulez. Asseyez-vous, j'étais en train de préparer à manger… »

Je l'ai regardée disparaître vers la cuisine et, avant que je puisse m'installer dans un fauteuil, mon téléphone a sonné. Je l'ai sorti de ma poche. Claire.

J'ai hésité un instant. La journaliste n'était pas du genre à me déranger pour un motif futile. Elle n'appelait jamais pour « prendre des nouvelles », mais toujours pour le boulot. Et un coup de fil un vendredi soir après 19 heures, ce n'était pas dans ses habitudes.

J'ai décroché.

« Alexandre, m'a-t-elle dit sans préambule, j'ai besoin de toi.

— *Qué pasa ?*

— Je suis à Bordeaux, pour un vernissage. Installation d'art contemporain et musique électro. Pas ton délire.

— D'accord. Tu n'appelles donc pas pour m'inviter…

— Non. Un de mes contacts chez les gendarmes vient de me prévenir qu'il y a eu un meurtre à Saint-Martin.

— Et tu veux que… »

Je me suis tu brusquement. Saint-Martin. Quelqu'un avait évoqué ce village en ma présence dans les jours précédents, mais je n'arrivais pas à retrouver qui ni dans quelles circonstances.

« Oui, je veux que tu y ailles, a dit Claire.

— Tu connais l'identité de la victime ?

— Je ne sais rien du tout », m'a-t-elle répondu en se mettant à crier.

Derrière sa voix, le tintement des doubles croches d'un rythme trap venait de démarrer et présageait une sale soirée où de jeunes hipsters - moustaches et chignons d'hommes - et leurs copines - épaules tatouées et franges horizontales juste au-dessus d'épais sourcils - boiraient des IPA et mangeraient des tacos achetés à un *food truck* en partageant leurs galères de graphistes indépendants, de *co-work* ou en commentant les avanies des personnages de la dernière série Amazon Prime. Claire n'aurait aucun mal à trouver de la coke et de la MDMA. Elle entendrait beaucoup de « carrément », de « tu vois », de « dément », de « du coup », de « à fond » et se sentirait comme un poisson dans l'eau au milieu de tous ces gens qui, pris séparément, n'auraient sans doute pas été désagréables, à défaut d'être intéressants, mais qui, dès qu'ils se retrouvaient en meute, se transformaient en créatures hautaines et maléfiques, avatars du libéralisme forcené et individualiste paré de cool par des puissances marketing.

En écoutant cette musique et en imaginant la soirée, ce n'était pas à Brad Pitt que j'avais envie de m'identifier, mais à son collègue Di Caprio lorsqu'il passait au lance-flammes, dans *Il était une fois à Hollywood*, des hippies déjantés, race dont les survivants, rebaptisés boomers, faisaient désormais des croisières sur des paquebots de luxe.

« Attends, je m'éloigne », a repris Claire. Le bruit de la musique s'est assourdi. « Je ne sais rien et c'est pour ça que je t'appelle. Si tu pouvais y aller…

— Si je pouvais y aller comment ? »

Je l'ai imaginée en train de serrer les dents et de me maudire intérieurement, avant de finalement craquer.

« Si tu pouvais y aller, s'il te plaît, Alexandre. Je t'envoie l'adresse par texto. »

Aude Virtanen est revenue à ce moment-là, souriante, comme ravie de me retrouver dans son salon. Je regrettais déjà ce que je m'apprêtais à dire.

« D'accord. J'y vais.

— Vous allez où ? a demandé Aude au moment où je raccrochais.

— Je suis désolé, mais je dois partir. Il y a eu un meurtre.

— Un meurtre ? Mince. Où ça ?

— À Saint-Martin. Pas très loin d'ici.

— Oui, je connais. Et vous devez y aller ?

— Ma collègue journaliste n'est pas disponible et quelqu'un du quotidien doit parler aux gendarmes sans trop tarder. Le mieux est encore d'aller sur la scène de crime… »

Aude Virtanen a souri.

« Une scène de crime. Ouah, c'est tout de suite plus sérieux ! Alors, allez-y, ne vous en faites pas. J'allais vous offrir un verre, mais j'imagine que vous reviendrez une autre fois, n'est-ce pas ?

— Avec plaisir. »

Je suis sorti sans même penser à lui demander le fruit de ses recherches concernant un expert pour le manuscrit.

Un meurtre à Saint-Martin. Je ne songeais plus qu'à ça. Avec qui avais-je parlé récemment de ce village ?

Il m'a fallu vingt minutes de départementale sinueuse pour arriver à Saint-Martin, village de mille habitants où subsistaient encore quelques vestiges historiques : traces d'un ancien château et une porte de l'époque où la bourgade était fortifiée. J'ai suivi Google Maps jusqu'à l'adresse que m'avait indiquée Claire et me suis garé devant une vieille demeure bourgeoise, bloc carré et gris aux volets blancs. Une de ces maisons du XIX^e^ siècle dans lesquelles les illusions d'innombrables jeunes filles à la Eugénie Grandet avaient dû se briser.

Deux gendarmes faisaient le planton devant l'entrée, près d'une plaque brune apposée contre le mur qui indiquait : Office notarial de M$^{e}$ David Bordesoulles, M$^{e}$ Jean-Philippe Roubière et M$^{e}$ Nicolas Trespalliat.

J'étais en train de franchir le mince terre-plein qui servait de parking et sur lequel une ambulance était flanquée de plusieurs véhicules bleus de gendarmerie lorsque j'ai lu l'inscription. Mes jambes se sont arrêtées et je suis resté figé un instant, incapable de faire un pas de plus ou de détourner les yeux du nom que je venais de voir : David Bordesoulles.

Voilà où j'avais entendu parler de Saint-Martin ! Pascal avait mentionné le village à propos de son ami notaire, chez qui il comptait mettre son manuscrit à l'abri. J'ai senti un frisson me parcourir l'échine, comme l'on dit dans les vieux Série Noire traduits à la truelle. En réalité, j'ai perçu un brusque coup de froid aussitôt suivi par ce mal de ventre, cette impression d'avoir les boyaux tordus, que je n'avais qu'en cas de chiasse carabinée ou lorsque je subissais un choc. Jamais je n'avais ressenti cette sensation d'avoir un trou dans l'estomac aussi intensément que le jour où un flic australien est venu dans le bureau de la boîte de production où je travaillais pour m'annoncer que Samira était morte.

Si la douleur était bien moindre cette fois, le pressentiment était fort. Même si j'ignorais encore l'identité de la victime et ce qu'il s'était passé, je ne pouvais m'empêcher de faire le lien avec le manuscrit de Pascal.

Un des deux gendarmes, un gamin qui mâchait un chewing-gum, s'est avancé vers moi et m'a ordonné, comme il avait dû l'apprendre dans des films, de « circuler ». Je lui ai expliqué qui j'étais, mon rôle dans la presse quotidienne régionale, et je lui ai demandé si je pouvais m'entretenir avec un de ses supérieurs. Il a hoché la tête, est entré dans le bâtiment, puis en est ressorti avec l'adjudant Sanzani, un militaire que je connaissais déjà : c'était lui qui avait accompagné Noémie pour faire les constatations lorsque je m'étais fait cambrioler, l'été précédent. Et, depuis qu'il avait pris du galon, j'avais souvent affaire à lui pour obtenir les informations sur les faits divers que la gendarmerie voulait bien transmettre à la presse.

« Bonsoir, m'a-t-il dit, l'air abattu. Je ne peux pas vous laisser entrer, hein. »

Une simple constatation. Aucune animosité.

« Je n'y comptais pas. Moins je vois de cadavres, mieux je me porte. Vous avez quoi, pour moi ? »

J'ai sorti mon petit carnet de notes de mon sac à dos et j'ai poursuivi :

« Vous connaissez l'identité de la victime ?

— Oui, un certain Paléologue.

— Paléologue ? C'est son nom ?

— Oui, Pierre Paléologue. Clerc de notaire. »

Le diamètre de la boule dans mon ventre s'est réduit. Peut-être que cette histoire n'avait rien à voir avec Céline et l'ami de Pascal.

« On l'a retrouvé dans le bureau de son employeur, a continué le gendarme. Le crâne fracassé par un objet toujours manquant. L'assassin l'a peut-être emporté.

— Un cambriolage ?

— Apparemment pas. Rien n'a été dérangé. C'est une de ses collègues qui l'a trouvé. Elle avait oublié le billet pour le concert auquel elle doit aller ce soir et revenait le chercher après la fermeture de l'office. Elle l'a vu tout de suite. La porte du bureau était ouverte, une grosse tache de sang par terre.

— Pour qui travaillait ce Paléologue ?

— Pour Bordesoulles. »

Merde, le pote de Pascal.

« Et vous pensez que rien n'a été volé ?

— On n'en sait encore rien. Le notaire va devoir jeter un œil, mais le coffre est toujours fermé, par exemple. Je ne peux rien vous dire de plus à ce stade.

— D'accord. Très bien, merci. Aucun suspect en vue ? Vous n'avez pas besoin que je lance un appel à témoignage ?

— C'est encore trop tôt. Mais attendez une heure ou deux pour publier votre article sur le site. Mes collègues sont en train de prévenir la famille.

— Bien sûr », ai-je dit en laissant Sanzani regagner l'office notarial sous le regard des deux gendarmes en faction.

Tandis que je traversais le parking en sens inverse pour rejoindre ma voiture garée un peu plus loin, j'ai vu arriver en trombe un de ces 4X4 BMW de petits-bourgeois bloqués au XXe siècle. Le véhicule s'est arrêté devant les gendarmes et un quarantenaire fringuant en est descendu, costume décontracté, cheveux très clairs et catogan de publicitaire sur le retour, le visage dévasté par la douleur.

Je me suis dit qu'il s'agissait d'un proche de la victime et j'ai regagné ma Fiat Punto de crevard dépressif. Une fois assis à l'intérieur, j'ai appelé Pascal pour le mettre au courant.

Il était chez moi et se préparait à manger. Je lui ai fait un résumé de la situation et lui ai demandé de me dire s'il avait déjà caché le manuscrit chez son ami notaire comme il avait prévu de le faire.

« Ouais, hier, m'a-t-il répondu. Pourquoi ?

— Je suis devant son office, là. Son clerc s'est fait assassiner.

— Quoi ? Il est mort ?

— As-sa-ssi-né, je te dis. Évidemment qu'il est mort.

— Oh putain, et tu crois que ça a un rapport ?

— Un rapport avec quoi ? Ton manuscrit ? Je n'en ai aucune idée, mais ça m'étonnerait.

— Ouais. Même si c'est un vrai, qu'il vaut un paquet de thunes et que les frères Quintana le recherchaient dans le camion, de là à commettre un meurtre…

— On a connu motif plus futile, ai-je affirmé. Mais je ne vois pas l'intérêt de buter quelqu'un pour récupérer des pages de Céline. C'est se compliquer la tâche.

— Peut-être qu'ils sont vraiment aussi tarés que l'a dit Mimiche.

— Tu l'as croisé, toi, ce clerc, quand tu es allé déposer le manuscrit ?

— Non, je n'ai vu que mon pote David. Il m'a fait entrer dans son bureau, m'a payé un café en vitesse et a rangé le manuscrit dans son immense coffre, un vieux truc bien épais qui ne date pas d'hier.

— Et tu ne sais pas si le clerc avait la combinaison du coffre ?

— Aucune idée, mais j'imagine que non.

— Dans ce cas, je ne vois vraiment pas pourquoi sa mort aurait un rapport avec ton manuscrit. Mais y'a un moyen d'en être sûr. Il faudrait que tu appelles ton copain le notaire et qu'il te dise si le manuscrit est toujours dans le coffre. Qu'il te rassure là-dessus.

— Ouais, d'accord.

— Pas tout de suite, hein, attends un peu. Laisse-le respirer. Se remettre du choc. Il ne porte pas un catogan, par hasard, ton Bordesoulles ?

— Si, pourquoi ?

— C'est lui que je viens de croiser en sortant, alors. Il n'avait pas l'air au mieux.

— D'accord, je vais faire ça. »

Après avoir raccroché, j'ai regardé l'heure sur mon téléphone. Il était sans doute trop tard pour retourner chez Aude Virtanen. Trop tard si je ne voulais pas avoir l'air d'un lourdaud sans manières.

J'ai démarré la voiture et j'ai quitté Saint-Martin, direction Castelnau, cette fois par la belle et large départementale qui partait de Bergerac. Je n'avais pas envie de rentrer. Mais je ne voulais pas déranger Vincent qui passait sans doute une bonne soirée en famille. Je n'allais pas non plus m'arrêter dans un bar et boire tout seul. Trop l'impression de toucher le fond.

Aux abords de la ville, j'ai même hésité à rendre visite à Adeline. Le simple fait d'y songer m'est apparu pathétique, bien plus triste que l'image du trentenaire abîmé que j'étais, assis sur un tabouret, solitaire, le coude sur le comptoir collant d'un PMU.

Je ne sais pas si c'était la proximité de la mort, même celle d'un inconnu, qui revenait résonner avec le bruit de fond de ma vie, ces constantes dont je n'arrivais pas à me défaire, mais j'avais envie de me nettoyer, de me purger de cette impression de n'être qu'un bouchon sur l'océan, une feuille par grand vent. Le pire n'était pas la sensation, mais l'impossibilité d'y échapper, ne serait-ce qu'un temps.

J'ai traversé Castelnau, puis Pont-Canal en rejetant l'idée de passer voir si Denis Pujol était à bord de sa péniche, et je suis rentré chez moi, m'asseoir sur le banc près de la porte et caresser le seul être qui, sans rien comprendre à tout ça, savait le mieux comment je me sentais.

J'ai repensé à Nougaro, Claude, et à sa grand-mère qui appelait « cafard » ce que Baudelaire appelait « Spleen », et que lui n'appelait pas, car il venait bien tout seul.

Quand je suis enfin entré, quelques minutes plus tard, Pascal a levé les yeux du canapé dans lequel il était assis et, son téléphone encore à la main, m'a annoncé :

« Le manuscrit a disparu. »

## 7

J'ai enlevé mon manteau, l'ai lancé sur un fauteuil et me suis assis à côté de Pascal. Il avait le regard vide et égaré, le *thousand-yard stare* du post-traumatisé.

« Je viens de raccrocher, m'a-t-il dit en posant le téléphone sur la table basse. C'était David. Bordesoulles. Le notaire.

— Je croyais que tu devais attendre avant de l'appeler ?

— C'est *lui* qui m'a appelé.

— Pourquoi ?

— Pour m'annoncer que le manuscrit n'était plus dans son coffre.

— Comment ça ?

— Si j'ai bien compris, les flics lui ont demandé…

— Les gendarmes. Pas les flics.

— Quoi ?

— Il n'y a plus de flics depuis des années à Castelnau. Seulement des gendarmes.

— Peu importe, putain ! s'est emporté Pascal. Qu'est-ce qu'on en a à branler que ce soit des flics ou des gendarmes ? »

J'ai levé les bras avec un mouvement de recul.

« Les condés, donc, a-t-il repris, ont demandé à David si quelque chose avait été volé dans son bureau. Histoire de voir si c'était pas un cambriolage qui a mal tourné. Il a jeté un œil un peu partout sans rien trouver et, par acquit de conscience, a ouvert le coffre. Et bim !, plus de manuscrit. Les feuilles avaient disparu.

— Et autre chose ?

— Non, apparemment, rien que ça.

— Dingue…, ai-je soufflé. Mais le coffre n'était pas percé ? Comment le voleur l'a-t-il ouvert ?

— C'était un vieux coffre à clé, si j'ai bien compris.
— Et la clé était où ?
— Dans un tiroir du bureau de David.
— Ah ben voilà.
— Non, mais attends, a dit Pascal, il y avait aussi une combinaison. D'après ce qu'il m'a expliqué, la clé seule ne suffisait pas. Il fallait mettre la clé, faire la combinaison puis ouvrir avec la clé.
— Alors le clerc devait forcément connaître la combinaison. Celui ou ceux qui ont volé le manuscrit l'ont obligé à l'ouvrir puis l'ont buté.
— David m'a juré qu'il ne lui avait jamais donné la combinaison. C'est pour ça qu'il m'a appelé. Il ne comprend pas. Et il voulait me prévenir qu'il en avait parlé aux flics » – je n'ai fait aucune remarque – « et qu'ils allaient sans doute me contacter. »

Je suis resté assis quelques instants, immobile, à réfléchir. Je ne voyais pas comment les Quintana, puisque je n'arrivais pas à les détacher de toute cette histoire, auraient pu voler le manuscrit si le clerc de notaire ne connaissait pas la combinaison.

Pascal a fini par rompre le silence.

« Ou peut-être que tout ça n'a rien à voir.
— Comment ça ?
— Peut-être qu'on se fait des idées, avec les Quintana, là », a dit Pascal.

Je comprenais bien qu'il tentait de se rassurer, mais il n'avait peut-être pas tort.

« Tu as vraiment confiance dans ton pote ?
— Ouais. C'est un bonhomme, David. On se connaît depuis qu'on est tout petits. J'ai jamais eu la moindre bisbille avec lui. Pourquoi ?
— Une des solutions que j'entrevoie au problème, c'est qu'il ait lui-même volé le manuscrit. Indépendamment de la mort de son clerc, hein, je ne vais pas l'accuser de meurtre.
— Enfin, il ne ferait pas ça ! l'a défendu Pascal. Et il n'a pas besoin d'argent, David. Il est notaire, il est à l'abri. Non, je ne vois pas pourquoi il s'abaisserait à une telle saloperie.
— Il a une belle bagnole, d'accord, mais si ça se trouve, il est criblé de dettes. T'en sais rien, si ?

— Non, j'en sais rien, a avoué mon cousin.

— Le truc qui me chiffonne, c'est que si c'est lui qui a pris le manuscrit, il aurait essayé de faire passer ça pour un vol. Je ne sais pas, il aurait abîmé le coffre, ou ne l'aurait pas refermé. Il était bien fermé quand les gendarmes sont arrivés.

— Ouais. Ou alors, a suggéré Pascal qui semblait voir d'un nouvel œil son ami, il avait emporté les feuilles, tranquille, avant que son clerc se fasse buter. Et le meurtre a changé la donne.

— C'est la théorie la plus simple, j'ai dit en me levant du canapé. Il va falloir que tu le rappelles et que tu le secoues un peu, je pense. Pour être sûr que ce n'est pas lui qui a joué au con.

— Ouais. »

Pascal a repris le téléphone et a commencé à pianoter sur l'écran avec le pouce.

« Pas maintenant, lui ai-je dit. Laisse-le respirer. Tu verras ça demain. Si c'est lui qui a le manuscrit, il ne va pas l'abîmer pendant la nuit. »

J'ai ouvert un placard bas derrière le canapé et en ai tiré la vieille bouteille d'Aberlour qui paraissait ne jamais vouloir se vider.

« Enfin, j'espère... », ai-je conclu en prenant des verres qui séchaient près de l'évier.

J'ai servi un whisky à Pascal et me suis rassis près de lui.

« Tu ne sors pas ce soir ? La serveuse ?

— Elle m'a proposé de passer après le boulot, mais bon...

— Bon quoi ? » me suis-je étonné en buvant une petite gorgée.

Le whisky avait un goût âcre prolongé par une sorte de vapeur qui semblait émaner de terre pour remonter dans le nez. Je n'aurais su dire s'il était bon ou mauvais, je n'y connaissais rien dans ce domaine.

« Ben rien. On s'est vu une ou deux fois et c'était chouette.

— Tu t'es déjà lassé, c'est ça ?

— C'est pas une question de se lasser. Juste que je sens qu'elle attend plus de moi que ce que je peux lui offrir. Et je suis pas là pour donner de faux espoirs. Les choses étaient claires depuis le début, mais j'ai l'impression qu'elle rêve peut-être que ça puisse changer.

— Alors, tu arrêtes avant qu'il y ait des frais.

— Voilà », m'a dit Pascal comme si je venais de découvrir une vérité fondamentale.

Il a allumé la télé avec la télécommande et a avalé une gorgée d'Aberlour.

« Putain, ce whisky est vraiment dégueulasse.

— Je ne sais pas depuis quand il est là. Depuis mon père, j'imagine.

— Je croyais qu'il s'y connaissait en whisky, moi, le tonton.

— Il ne s'y connaissait pas en grand-chose. Peut-être en femmes et en romans policiers. Et encore. Médiocre en tout. »

Pascal n'a pas eu à zapper bien longtemps avant de s'arrêter. La 2 diffusait une rencontre de l'équipe de France de rugby.

« Tu crois qu'on est mieux, nous ? » a-t-il demandé, fataliste.

J'ai essayé de nous voir comme de l'extérieur, façon voyage astral à la Doctor Strange : deux cousins d'âge moyen assis dans un vieux canapé à boire du mauvais whisky devant un match à la télé.

Je n'ai rien répondu.

Le lendemain matin, quand Pascal est sorti de la chambre qu'il occupait depuis presque une semaine, je finissais un bol de Chocapic en lisant le journal sur ma tablette. Il n'était pas loin de 9 heures. J'étais déjà revenu d'une courte promenade avec Monk.

« Tu manges encore ces merdes ? » m'a-t-il reproché, sans préambule et les cheveux ébouriffés, en entrant dans la cuisine. « Depuis tout gamin, tu avales ces trucs remplis de sucre. C'est pas bon pour toi, mon p'tit Alex.

— M'en fous, c'est délicieux », ai-je rétorqué, la bouche pleine.

Il s'est servi une tasse de café et s'est assis en face de moi.

« Ne me dis pas que tu t'enfiles toujours des Pépitos, quand même, a-t-il repris.

— J'adore, l'ai-je titillé. Non, sans déconner, trempés dans de la crème Jock chaude, c'est un régal.

— Tu ne grandiras jamais.

— Venant d'un mec qui vit dans son camion… »

Je n'allais pas tarder à demander à Pascal quand il allait repartir.

Une question de jours. D'heures. Je n'osais pas encore, mais je le sentais arriver. J'adorais mon cousin, évidemment, mais comme à chaque fois que nous nous voyions plus d'une semaine, la tension finissait par monter, d'abord impalpable puis étouffée, jusqu'à devenir insupportable. Une remarque anodine se transformait en attaque personnelle, et un petit reproche pouvait prendre des proportions épiques. Nous ne nous étions jamais vraiment engueulés, mais il nous était arrivé plusieurs fois de ne plus pouvoir nous encadrer. Du tout. Nous cessions alors de nous adresser la parole.

Et cela ne datait pas d'hier. C'était déjà le cas quand, enfants, nous passions quelques jours de vacances chez nos grands-parents à Pont-Canal. Dès que nos deux bulles commençaient à s'interpénétrer, nous explosions. Nous étions de la même famille et nous nous apprécions beaucoup, mais nous n'étions tout simplement pas compatibles.

Il suffisait que l'on se sépare pour que tout soit oublié et que je sois heureux de revoir Pascal, deux semaines ou un mois plus tard.

Nous n'en étions pas là, mais la pression augmentait peu à peu.

« Faut que je passe à la gendarmerie, ce matin, m'a-t-il dit. Ils viennent de m'appeler. Rapport au manuscrit – la seule chose qui a été volée, apparemment.

— Ils n'auraient qu'à fouiller chez ton pote pour le retrouver, peut-être.

— Je l'ai appelé en suivant, tu penses. Il m'a juré ses grands dieux qu'il n'avait pas piqué les pages. Mais c'était bizarre…

— Pourquoi ? »

Il a bu une gorgée de café, lentement, avant de me répondre.

« Je sais pas. Il semblait presque s'en foutre que je lui demande ça. Moi, à sa place, je serais outré qu'on ose m'accuser ainsi. Mais lui, bah…

— C'est un notaire, le gars, lui ai-je fait remarquer, il doit être habitué qu'on l'accuse d'être un voleur.

— Non, y'avait un truc qui n'allait pas.

— Son clerc s'est fait buter, quand même. On peut comprendre qu'il ne soit pas encore tout à fait à fond.

— Mouais, a dit Pascal, sans paraître convaincu. En tout cas, moi, je suis sûr qu'il n'a rien à voir là-dedans. Et puis y'avait déjà des gars qui voulaient voler des choses dans mon camion, non ? »

Je l'ai regardé un instant en cherchant ce que je pourrais rétorquer. Si le notaire n'avait pas fait le coup, les suspects les plus évidents demeuraient en effet les frères Quintana.

Mais je n'avais pas envie de penser à eux. J'ai repris ma lecture. Pascal a terminé son café et a disparu.

Je suis resté encore une heure à m'occuper de la maison. Un peu de vaisselle, un coup d'aspirateur dans le salon et la cuisine, toutes ces choses que je ne faisais pas assez, mais tout de même trop.

J'ai préparé mon sac à dos avec les affaires habituelles - carnet de notes, stylos, chargeur de téléphone et divers papiers - et j'y ai ajouté le livre emprunté à la médiathèque. Quand j'ai quitté la maison, le camion de Pascal n'était plus là. Je l'imaginais à la gendarmerie, dans la pièce où j'avais dû moi aussi répondre à quelques questions, l'année précédente.

Avant de partir, j'ai laissé Monk sortir. Il a remué la queue. Tout roulait entre nous.

Sur le trajet de Castelnau, l'eau avait beaucoup baissé. Il n'y avait plus que quelques lacs, d'immenses mares dans la plaine, plaques marron lisses comme des miroirs. Les murs des maisons portaient les marques de la crue jusqu'à un mètre de hauteur. Devant les entrées, des tas informes aux teintes brunes, restes de meubles détruits par l'inondation, donnaient une idée des dégâts. Pas une habitation n'était épargnée.

On ne faisait pas dans la dévastation brutale, dans le coin. Pas de tornade ni d'orage cévenol. Le fleuve montait lentement, comme un implacable Titan avançant sans se soucier des faibles créatures qui vivaient là. Puis il repartait, avec la même lenteur, laissant derrière lui des champs enrichis de nouveaux sédiments et des humains désemparés. De la catastrophe qui prenait son temps. Au rythme de Castelnau.

Je me suis garé près de *L'Esplanade* et j'ai terminé le trajet jusqu'au marché à pied, sous un ciel redevenu bleu. Le printemps tentait une percée qui puait l'échec.

Il était question de faire un papier sur le tatoueur installé dans les halles. Cette vieille connaissance qui, à l'époque du lycée, jouait de la guitare dans un groupe punk, gravait depuis une quinzaine d'années des symboles maoris bidon et des portraits de Johnny dans la peau de moutons qui se croyaient rebelles mais ne faisaient que suivre le troupeau. Il n'avait jamais eu les honneurs d'un article dans le journal, et j'estimais que le temps était venu d'aller visiter sa petite échoppe qui donnait sur la place du Marché. Lorsque j'en avais l'occasion, je m'occupais ainsi des « figures locales ». Claire était débordée – Claire était *toujours* débordée – et je savais mieux qu'elle à qui m'intéresser, ces visages que la majeure partie de la population de Castelnau croisait et identifiait sans vraiment les connaître. J'aimais offrir un peu d'envers du décor au paysage sans relief de la ville, montrer la face cachée de quelques spécimens, comme ce professeur de piano qui avait combattu en Bosnie ou ce chauffeur de taxi ancien joueur de football professionnel à Nancy.

Comme mon tatoueur n'était pas là, je me suis replié vers *Les Arcades*. En fin de matinée, le marché battait son plein et le bar qui le jouxtait débordait de petites grappes d'amis qui se retrouvaient autour d'un café ou d'un demi, des paniers en osiers pendus au bout du bras ou des caddies à leurs pieds. J'ai glissé un coude sur le comptoir et j'ai commandé un allongé, en espérant que William, le graveur sur peau, ne décide pas d'ouvrir sa boutique après le déjeuner. Il me semblait pourtant lui avoir envoyé un message pour le prévenir de ma visite.

J'ai bu mon espresso et j'ai regardé battre le cœur de la ville au rythme des achats de tomates, des discussions animées, des cafés torréfiés sur place et des dégustations de fromages. Les visages que je voyais ne m'étaient pas tous inconnus, loin de là. J'ai même repéré Marie, au loin, qui semblait un peu perdue avec son tote-bag d'où dépassaient deux poireaux. Vision incongrue. Le marché était plutôt l'apanage de Vincent, qui aimait flâner entre les étals et rapporter les légumes de la semaine.

Je suis tombé sur elle en quittant le bar, quelques minutes plus tard. J'avais décidé de ramener le livre de Céline à la médiathèque puis de retenter le coup avec le tatoueur.

Lorsqu'elle m'a interpellé, j'ai aussitôt reconnu sa voix et me suis retourné en sachant que j'allais me retrouver en face d'une belle femme. Marie vieillissait comme tout le monde, mais cette maturité, qui incitait certaines actrices à se défigurer au botox, n'entamait en rien son charme. Elle changeait, certes, mais elle demeurait somptueuse. Et je ne voyais pas ce qui pourrait l'empêcher de le rester.

Il m'arrivait de me demander ce qu'elle foutait, mariée avec mon meilleur ami Vincent, cet ado attardé au magnétisme plus proche de celui de Jacques Villeret que de Ryan Gosling. Mais si je poussais plus loin ce raisonnement, je risquais de me confronter à des questions auxquelles je n'avais pas envie de répondre. *Qu'est-ce qu'une femme comme Samira m'avait trouvé, à moi, Alexandre Lolya, à qui tout venait si facilement qu'il ne faisait jamais d'effort et se laissait vivre, porté par un vent d'opportunités et de chance qu'il ne méritait pas ?* Comme ce vent avait depuis tourné, je préférais me rappeler la beauté des instants envolés. Peu importait que j'en sois digne ou non.

Ce dont j'étais sûr, c'était que Vincent aimait Marie et, aussi étrange que cela puisse paraître, que la réciproque était vraie. Je ne les enviais pas, mais les observais avec un regard uchronique, en m'interrogeant : aurais-je connu le même genre de bonheur, moi aussi, si Samira n'était pas morte ?

Le volume des cheveux de Marie, lorsqu'elle les portait détachés comme aujourd'hui, accentuait l'ovale de son visage, l'affinait davantage. Son imperméable bleu clair descendait jusqu'à des bottes de cuir marron soigneusement usées.

Je l'ai saluée et elle m'a demandé ce que je faisais là, à la sortie d'un bistrot à onze heures et demie du matin. J'ai mentionné la médiathèque et l'ai aussitôt regretté.

« Tu vas voir Adeline, c'est ça ?

— Non, j'ai un bouquin à rendre.

— Ouais, d'accord. Tu l'as raccompagnée ou non, l'autre soir ? Elle n'a rien voulu me dire. »

J'ai pêché le livre de la Pléiade dans mon sac et, pour toute réponse, me suis contenté de le lui montrer.

« Elle est sympa, hein ? a dit Marie après un coup d'œil dédaigneux au volume.

— Elle est sympa. Pas mon genre, mais sympa.

— Parce que tu as un genre, toi, maintenant ? »

Je me suis retenu de lui avouer : « Oui, les femmes comme toi. » À la place, j'ai demandé :

« Mais pourquoi c'est toi qui fais le marché ? Je croyais que c'était le boulot de ton homme.

— Je l'ai laissé se reposer. Il avait besoin de dormir.

— Vous vous êtes couchés tard ? »

Elle s'est mordu la lèvre inférieure une seconde avant de répondre :

« Il fait des cauchemars. Pas toutes les nuits, mais presque. Il ne t'en a pas parlé ? »

J'ai secoué la tête.

« Il ne me dit rien. Enfin, si, on parle un peu, mais jamais de...

— Vous n'avez jamais évoqué le sujet depuis qu'il est revenu de l'hôpital ?

— À part sur le ton de la rigolade, non. Il m'a dit qu'il était remis.

— Il est remis, a dit Marie en insistant sur chaque mot. Physiquement. Pour le reste... »

La sonnerie de mon téléphone a retenti. Je me suis excusé auprès de Marie et j'ai regardé qui m'appelait.

Claire.

J'ai décroché sans réfléchir. Elle ne me dérangeait jamais pour rien.

« Ouais ?

— J'suis à l'agence, là. Et y'a un taré qui veut te voir. Il dit qu'il te connaît.

— Qui est-ce ? »

Derrière la voix de Claire, j'en ai perçu une autre, familière.

« Alexandre ! C'est Mimiche. Faut qu'on se capte, ça urge.

— C'est bon, ai-je annoncé à Claire, j'arrive.

— Je dois me barrer, là, m'a-t-elle répondu. Je lui demande de t'attendre en bas de l'agence. »

J'ai raccroché et me suis excusé auprès de Marie.

« Je suis vraiment désolé, mais...

— Va, m'a-t-elle dit en me posant une main sur l'épaule.

— Merci, mais faudra qu'on reparle de tout ça. »

Elle a acquiescé sans presque bouger la tête, en fermant simplement les yeux, un air sans doute un peu plus grave qu'elle l'imaginait.

Il y avait cinq ou six cents mètres à parcourir à pied entre la place du Marché et l'agence du journal, près des boulevards. Tout le centre de la ville à traverser.

J'ai hâté le pas et rejoint Mimiche en cinq minutes. Il m'attendait à côté d'un tourniquet de cartes postales devant la Maison de la Presse. Pas de trace de Claire.

« Qu'est-ce qui se passe, Mimiche ? »

Il paraissait speed, paniqué. Plus que d'habitude, en tout cas.

« C'est Pascal...

— Quoi, Pascal ? » ai-je dit en lui intimant d'un geste de se calmer, car il parlait fort et attirait les regards des passants.

« Ben, je l'ai croisé tout à l'heure. Il m'a dit qu'il sortait de chez les flics.

— Les gendarmes...

— Ouais, bon, il était allé les voir à propos d'un truc en rapport avec un livre, j'ai pas bien compris, puis je sais pas pourquoi, mais je lui ai dit que j'avais vu les frères Quintana. Comme tu m'en avais parlé...

— Tu les as vus ? Ils sont toujours à Castelnau ?

— Ouais. Enfin, j'en ai vu qu'un, Fabrice, le plus âgé des deux. Heureusement que je l'ai repéré de loin, avec sa dégaine de desperado. J'ai vite changé de trottoir pour pas qu'il me voie, j'te jure.

— Pourquoi ?

— S'il me chope, il va m'éclater la gueule, ce connard. Il m'en veut toujours et ça m'est revenu : c'est parce qu'il croit que je lui ai volé une photo de sa nana. N'importe quoi. Alors je l'ai quand même suivi de loin, parce que je voulais savoir à quoi m'en tenir. S'il va dans un troquet que je fréquente, par exemple, j'ai pas envie de tomber sur lui, si tu vois ce que je veux dire. »

Je repensais à ma rencontre avec Quintana devant la gare.

« Je vois très bien ce que tu veux dire.

— Je l'ai suivi, donc, et j'ai vu qu'il est entré dans une résidence près de la gare, là. » Il m'a montré une vague direction, comme si je ne savais pas où était la gare. « Avec les balcons rouges, un peu, tu vois ? »

J'ai acquiescé. Un bâtiment de deux étages qui datait des années 70, le genre d'immeuble qui, malgré des rénovations décennales, paraissait toujours décrépit, à quelques dizaines de mètres de la gare. Il ne donnait pas directement sur les boulevards, mais sur une place rongée par un parking.

« Il avait une clé de la porte, a poursuivi Mimiche. Et il est entré.

— C'était quand, ça ?

— Hier.

— Et donc, aujourd'hui, t'as croisé Pascal.

— Et j'ai eu le malheur de lui dire où j'avais vu Quintana entrer. »

Mimiche semblait prêt à se flageller. Il parlait toujours trop, mais en l'occurrence, je ne voyais pas où était le problème.

« Ouais, bon, tu me le dis aussi, c'est pas grave.

— Ce qu'il y a, c'est qu'il est parti là-bas.

— Là-bas où ? Dans l'immeuble aux balcons rouges ?

— Ouais. Il m'a dit qu'il allait voir si ces connards lui avaient pas tiré son manuscrit.

— Merde. »

Cette fois, le problème m'apparaissait bien plus évident.

J'ai entraîné Mimiche en direction de la résidence en question. Nous avons tourné à gauche juste après le café de la Poste – dont j'ignorais toujours pourquoi il s'appelait ainsi, car il se situait à plus d'un kilomètre du bâtiment de la poste en question – et marché quelques centaines de mètres sur les boulevards. J'observais attentivement tous les gens que nous croisions, m'attendant à chaque instant à revoir la trogne patibulaire de Fabrice Quintana.

« Tu n'as pas accompagné Pascal ?

— Non, j'ai préféré te prévenir. J'ai pas ton numéro de téléphone, alors je me suis pointé au journal.

— Tu as bien fait, merci », l'ai-je rassuré.

Nous nous sommes arrêtés en face de la résidence, devant une vitrine peinte en blanc et décorée d'un antédiluvien panneau « À vendre ». Protégés par l'étendue des quatre voies de circulation du boulevard et par une rangée d'arbres sur le parking en face, nous pensions pouvoir observer notre cible sans être vus.

Je cherchais Pascal du regard, en me demandant ce qui lui était passé par la tête depuis notre conversation matinale et sa visite chez les gendarmes.

« Il est entré, tu crois ? ai-je interrogé Mimiche.

— Aucune idée. Même s'il avait voulu sonner, il n'aurait pas su dans quel appart se trouve Quintana.

— S'il est encore là.

— T'as qu'à l'appeler », a proposé Mimiche.

J'ai sorti mon téléphone et me suis ravisé en repensant à la fois où j'étais resté coincé dans le grenier de ma voisine tandis qu'un homme dangereux se douchait en dessous. Claire avait alors tenté de me joindre et si mon portable n'avait pas été réglé sur vibreur, les choses auraient pu très mal tourner.

« Mieux vaut éviter », lui ai-je répondu sans plus d'explication.

Je n'imaginais pas forcément Pascal enfermé au fond d'un placard dans l'appartement de Quintana, mais il était préférable de ne prendre aucun risque.

En réalité, je ne comprenais pas ce qu'avait pu faire mon cousin. S'était-il planqué quelque part ? Avait-il tenté d'entrer dans l'immeuble ? Ou est-ce que Mimiche avait mal saisi et Pascal n'avait aucune intention d'aller voir s'ils n'avaient pas volé son manuscrit ?

« Tiens, regarde », m'a dit Mimiche en me montrant, d'un geste vif de la tête, l'immeuble puis en se retournant aussitôt vers la vitrine peinte, dos au boulevard.

J'ai tout de suite reconnu l'homme qui venait de sortir de la résidence. C'était Fabrice Quintana, celui aux couilles duquel j'avais été obligé de présenter mon genou.

Il a pris sur sa gauche pour emprunter la rue Magdeleine, qui débouche sur le grand bâtiment où se trouvaient autrefois les Nouvelles Galeries. Puis il a disparu en s'engageant sur une voie perpendiculaire.

« C'est bon, tu peux te retourner, ai-je dit à Mimiche qui ne paraissait pas rassuré. Viens. »

Je suis parti sans hésiter vers le boulevard et l'ai entendu me suivre. Sur le terre-plein central, il m'a demandé :

« Tu fais quoi, là, Alexandre ? »

Je n'ai pas répondu. J'avais repéré Pascal. En face. Devant l'entrée de l'immeuble aux balcons rouges. Il devait être caché dans les parages et s'était précipité pour retenir la porte de la résidence avant qu'elle ne se referme après le passage de Quintana.

Il a pénétré dans le bâtiment pendant que je finissais de traverser. Je l'ai appelé, mais le bruit des voitures a dû couvrir ma voix. Il a disparu à l'intérieur.

J'ai dû attendre que deux véhicules passent avant de foncer vers les portes transparentes. Je suis arrivé trop tard, elles étaient closes.

Mimiche m'a rejoint pendant que je regardais les noms à l'interphone.

Mounaris. Tonel. Di Filippo. Léonard. Krigstein. Certaines sonnettes n'étaient associées à aucun patronyme.

Et pas de Quintana.

Le bruit d'une porte coulissante, au-dessus, nous a fait lever la tête. Une femme, la vingtaine, legging noir et sweat Fila épais, est sortie sur son balcon du deuxième étage, une cigarette au bec. Elle l'a allumée avant de nous jeter un bref coup d'œil puis de se replonger dans l'écran de son téléphone.

« Qu'est-ce qu'il fout, Pascal ? a demandé Mimiche.

— Il fait chier. »

J'ai appuyé sur un bouton au hasard. Tonel. Pas de réponse. Puis un deuxième…

Mimiche s'est alors placé devant moi et a fait glisser son index sur les deux rangées d'interphones.

Je me suis tourné vers lui, interloqué. Il s'est contenté de hausser les épaules.

Au-dessus, sur le balcon où la femme fumait sa cigarette, quelqu'un a lancé :

« Putain, ils sont casse-couilles, ces gamins. J'ai entendu sonner chez les voisins en même temps qu'ici. »

Une voix d'homme, avec un accent différent de celui de cette partie du Lot-et-Garonne. Un accent qui venait de Toulouse, de Perpignan, voire de Montpellier, en tout cas plus au sud.

Celui qui avait parlé est sorti sur le balcon et en l'apercevant, je me suis tourné – comme Mimiche l'avait fait deux minutes plus tôt – vers la porte, la tête baissée.

C'était l'autre Quintana, le petit frère. J'avais eu le temps de distinguer un bas de survêt bleu, son nez tordu et ses cheveux attachés en arrière.

« C'est pas des gamins », a dit la femme qui fumait sur le balcon et qu'il venait de rejoindre.

Je suis resté orienté vers les sonnettes en espérant qu'il ne m'avait pas vu lorsqu'une voix féminine et âgée a dit dans l'interphone :

« Oui ?

— Bonjour madame, j'ai un colis... », ai-je improvisé.

Un buzz a retenti et j'ai poussé la porte. Je suis entré dans la résidence et me suis retrouvé dans un hall clair, un bloc de boîtes aux lettres sur le mur de droite, un escalier qui descendait – sans doute jusqu'à un parking ou des caves – face à moi, et un autre qui montait dans les étages sur la gauche. Pas d'ascenseur.

J'ai foncé vers l'escalier devant moi sans me soucier de Mimiche. En grimpant, j'ai appelé mon cousin :

« Pascal ! »

Ma voix a résonné bien trop fort dans le puits de la cage d'escalier. J'ai vu apparaître, un peu plus haut, une tête penchée au-dessus de la rambarde et tournée vers moi.

« Qu'est-ce que tu fous là ? m'a demandé Pascal en essayant de se montrer plus discret que moi.

— Toi, qu'est-ce que tu fous là ? ai-je dit en continuant à monter.

— L'autre con s'est barré. Je me suis dit que... »

J'étais arrivé au premier étage et Pascal était encore au-dessus. Peut-être au deuxième. Là où se situait le balcon du frère Quintana.

« Y'a toujours son… », ai-je commencé avant d'entendre une porte s'ouvrir.

Il y eut ensuite un silence d'une demi-seconde puis des pas dans l'escalier.

Je suis resté figé sur le palier un instant avant de voir descendre Pascal à toute vitesse. Tout en repartant dans l'autre sens, moi aussi, j'ai compris que le frère avait dû sortir de son appartement, attiré par nos voix peut-être, et qu'il était tombé nez à nez avec mon cousin.

J'ai dévalé les marches le plus vite possible, ma panique attisée par la course de Pascal et par l'inconnu. J'ignorais ce qu'il avait vu, là-haut, avant de foncer. Est-ce que l'autre connard le poursuivait avec une machette ? Ou est-ce que mon cousin avait pris peur pour rien ? J'ai glissé en arrivant sur le dernier palier intermédiaire avant le rez-de-chaussée et me suis rattrapé de justesse à la rampe. Quelques mètres plus bas, je me suis retrouvé dans le hall que j'avais quitté dix secondes plus tôt. Sans cesser de courir, j'ai tourné la tête vers la gauche et les boîtes aux lettres, pour tenter de voir si Mimiche était toujours là. Dans ma vision périphérique, j'ai repéré une silhouette, encore floue, qui venait d'entrer par la porte de la résidence.

Je ne sais plus si j'ai eu le temps de reconnaître Fabrice Quintana avant de recevoir son poing sur la pommette gauche, ou si j'ai reconstruit la scène plus tard. Je me souviens nettement, en revanche, d'un drôle de bruit, pas celui de l'impact, mais celui de l'air s'échappant de mes poumons et produisant une sorte de « houf » en quittant ma bouche.

La surprise m'avait empêché de ralentir et mon élan avait sans doute accentué encore la force du choc. Le coup m'a projeté par terre où ma tête a cogné le sol de faux marbre. À moitié sonné, j'ai tout de même senti un grand coup de pied dans le ventre qui m'est apparu, juste avant que je perde connaissance, comme sa façon de se venger de mon genou dans ses couilles.

En attendant pire.

# 8

Je ne suis pas resté très longtemps dans les vapes. Je ne saurais dire combien exactement, mais moins d'une minute. Quand j'ai rouvert les yeux, j'étais ramassé en boule par terre dans le hall de la résidence aux balcons rouges. J'ai d'abord senti le froid du sol contre ma joue, prologue à la souffrance, simple prélude avant que mes nerfs n'envoient des informations plus fâcheuses à mon cerveau. Puis une douleur chaude près de mon œil gauche, comme si on m'avait collé un petit objet bouillant quelque part entre la tempe et la pommette, ou peut-être sur les deux.

J'avais aussi mal au ventre, mais d'une façon différente. On aurait dit que le coup de pied de Quintana m'avait déplacé des organes, complètement désorganisé les entrailles.

Le cri qu'a poussé alors Pascal m'a aussitôt permis de relativiser. C'était un hurlement de souffrance et d'horreur comme je n'en avais jamais entendu. Dans la vraie vie, en tout cas. Les films que je regardais avec Vincent ne comptaient pas.

Il en chiait visiblement beaucoup plus que moi.

Quand j'ai tenté de me redresser pour voir ce qui mettait mon cousin dans cet état, j'ai eu l'impression que quelqu'un s'était amusé à me saisir la tête à deux mains pour la secouer dans tous les sens. J'ai envisagé de me recoucher en espérant que ça passe, mais un deuxième cri de Pascal m'en a dissuadé. Je suis resté immobile un instant, le temps que cesse une brève vague de nausée.

Je suis parvenu à ne pas vomir, alors j'ai tourné le regard vers l'endroit d'où venaient les hurlements.

Pascal était assis contre le mur entre les deux escaliers, encadré par les deux paires de jambes du duo de frères debout devant lui.

Il se tenait une main sur laquelle deux doigts formaient un angle improbable avec les autres. Les Quintana lui avaient retourné l'index et l'annulaire jusqu'à les briser. Je comprenais mieux d'où provenaient ses cris.

« On continue ?

— Saint-Pardoux, a marmonné Pascal. Un garde-meuble à l'entrée du village. »

Fabrice Quintana s'est tourné vers son frère et lui a dit :

« Va chercher la caisse. »

J'ai de nouveau essayé de me redresser, mais, une fois à quatre pattes, j'étais incapable de bouger. Le monde tournait autour de moi. Je sentais que, si je parvenais à me lever, je ne tiendrais pas longtemps debout.

J'ai entendu un des Quintana quitter la résidence.

« Qu'est-ce que vous voulez ? » a demandé Pascal, entre deux sanglots, à celui qui était avec nous.

« Ta gueule », a répondu le plus âgé des deux frères.

Je suis resté dans la même position une minute ou deux – estimation non-contractuelle – puis me suis assis. Fabrice Quintana est allé ouvrir la porte et a regardé dehors.

Pascal avait cessé de gémir. Nous avons échangé des coups d'œil choqués ; deux loques à terre. Mon cousin se tenait la main droite, grotesque avec ses doigts retournés, comme s'il n'en revenait toujours pas. Les deux frères nous avaient confirmé qu'ils n'avaient rien à foutre de rien, aucun scrupule. Ils avaient pété le majeur et l'annulaire de Pascal dans le hall même de la résidence où ils vivaient. Quelqu'un aurait pu entrer à l'improviste, un habitant de l'immeuble aurait pu entendre. Peu leur importait.

Ils venaient de nous montrer qu'ils ne craignaient rien ni personne. Mais aussi qu'ils agissaient avant de réfléchir.

Fabrice Quintana est retourné dans le hall en bloquant la porte en position ouverte. Une voiture était arrêtée dehors, devant la résidence, le moteur en marche.

« Debout », a-t-il ordonné.

Pascal s'est exécuté puis s'est approché de moi.

« On reste ici, ai-je dit en tournant les yeux vers lui.

— Quoi ? a dit Quintana.

— Je peux pas me lever », ai-je menti.

J'avais mal à la tête, mais je me sentais mieux qu'une minute auparavant et pouvais sans doute tenir sur mes jambes.

Encore une fois, Quintana a agi d'une façon que j'ai d'abord considérée comme impulsive, mais qui s'est avérée, il faut bien l'avouer, d'une efficacité redoutable. Il a passé une main dans son dos et a sorti un pistolet coincé à l'arrière de son jean. Il ne l'a même pas pointé sur moi ; c'était inutile. Il s'est contenté de le tenir au bout de son bras et a répété :

« Levez-vous. »

Il m'a fallu un peu plus de temps qu'à Pascal mais je me suis tout de même remis debout. J'ai fait bien attention à ne pas remuer la tête trop vite et j'ai fini par me stabiliser sur des jambes flageolantes. Au passage, j'ai jeté un coup d'œil sur l'arme du moustachu. Je m'y connais à peu près autant en pistolets qu'en soutiens-gorges – je n'en vois que chez les autres –, mais celui-ci m'a paru impressionnant. D'un noir mat, il semblait lourd dans la main de Quintana et il s'en dégageait, d'aussi près, une légère odeur métallique. Cette saloperie puait la mort.

Nous avons suivi l'homme armé sans faire d'histoires jusqu'à une voiture arrêtée devant l'entrée de la résidence, un véhicule sombre et assez compact, dont je n'ai pas relevé, sur le moment, le modèle ou la marque. Le frère de Fabrice Quintana nous attendait derrière le volant. L'aîné nous a ouvert la portière arrière en silence.

Nous sommes montés sans même envisager de nous enfuir. Je ne me sentais pas du tout en état de courir, et je savais que notre ravisseur n'hésiterait pas à nous descendre en pleine rue.

Pendant que nous nous asseyions sur la banquette, le moustachu s'est installé sur le siège passager. Puis son frère a démarré en trombe. J'imaginais que nous partions vers Saint-Pardoux, au garde-meuble où Pascal avait entassé les affaires récupérées. Que voulaient-ils là-bas ? Recherchaient-ils toujours le manuscrit ? Dans ce cas, ils seraient déçus.

J'ai baissé les yeux vers la main droite de mon cousin et ses phalanges déformées qui commençaient à gonfler.

« Un doigt te suffisait pas ? Pourquoi t'as pas craché le morceau après le premier ? » ai-je demandé spontanément.

Pascal m'a regardé avec un air de colère rentrée et a répondu :

« Parce qu'il a enchaîné direct, sans attendre que je réponde.

— Fermez vos gueules, derrière », a lancé Quintana. Il s'est retourné vers nous et j'ai soudain eu l'impression d'être un gamin à qui un parent, ou un oncle sur les nerfs, allait faire la leçon, histoire d'établir les règles du voyage. « On va faire ça en vitesse et sans problème si vous vous tenez à carreau et que vous nous cassez pas les couilles. »

Il ne nous a pas menacés, car il savait qu'il avait pris l'ascendant sur nous, que nous étions complètement à sa merci, impuissants. J'ai essayé de me rassurer en me disant qu'ils nous relâcheraient dès qu'ils auraient récupéré ce qu'ils voulaient - s'ils le trouvaient -, mais sans vraiment y parvenir. J'avais conclu, logiquement, que je n'avais pas d'organes déplacés dans l'abdomen, mais la douleur devait masquer le creux d'angoisse que j'aurais dû ressentir.

« Donnez-moi vos téléphones », a ordonné Fabrice Quintana.

Nous avons obéi. Il a baissé la vitre et les a jetés par la fenêtre sans même un regard. Nous n'avons pas protesté.

Le petit frère, dont le prénom n'avait pas été prononcé, a emprunté les boulevards puis a tourné à gauche pour prendre la rue René Cassin. Nous sommes vite sortis de la ville. Pascal et moi n'étions pas serrés à l'arrière, mais la voiture, de l'intérieur, ne paraissait pas très grande. J'ai remarqué le logo Volkswagen sur le tableau de bord et j'ai compris qu'il s'agissait d'une Polo ou d'une Golf. Dans une autre situation, j'aurais trouvé le moyen d'en rire. J'ignorais s'ils avaient volé ce véhicule ou si c'était le leur, mais leur choix ne m'étonnait guère. Ce modèle correspondait bien à cette paire de connards. Une fois sur deux, quand je m'énervais au volant, c'était parce qu'un vingtenaire dans une Golf compensait son manque d'amour ou de réussite en essayant de conduire comme un pilote de rallye sur des routes partagées.

Vincent avait une expression pour ça : « bagnole de kéké ». J'ignorais pourquoi ce modèle précis attirait autant les débiles légers qui cherchaient à prouver leur virilité, mais j'en avais plusieurs fois fait les frais. Je n'avais pas forcément imaginé les Quintana à bord d'une telle voiture, mais je devais avouer que cela respectait une certaine logique.

J'ai posé ma tête, douloureuse et lourde, contre le plastique qui entourait la vitre arrière et j'ai regardé le paysage défiler. Succession de maisons, le cimetière puis des champs cultivés, quelques anciens séchoirs à tabac et des fermes.

Je me sentais vidé. J'étais passé brusquement dans un autre monde, un univers obscur où l'on cassait des doigts pour obtenir des réponses et où l'on sortait des flingues comme d'autres des téléphones portables.

Après dix minutes de trajet en silence – même les deux frères n'avaient pas échangé un mot –, nous sommes arrivés aux abords de Saint-Pardoux. Pascal a guidé le conducteur jusqu'à un petit bâtiment gris clair, d'un étage, posé non loin d'un silo à grain.

Une fois la voiture garée sur un terrain boueux qui faisait office de parking, le moustachu nous a ordonné de descendre du véhicule. Il est allé pêcher un pied-de-biche dans le coffre puis nous a fait signer d'avancer vers le bâtiment.

J'ai repéré une caméra, montée dans l'angle du mur, un dispositif de sécurité sans doute relié à une alarme. Devant la porte principale en acier, Pascal a sorti son portefeuille de sa poche et en a tiré, en grimaçant, un petit bout de papier sur lequel était inscrit le code de l'entrée. Ses doigts n'avaient pas gonflé davantage, mais ils étaient désormais violets.

Il a tapé des chiffres et les deux frères nous ont dit de passer devant. À l'intérieur, du béton ciré et des rangées de box fermés par des portes battantes gris clair. Et personne à part nous.

La présence même de ce bâtiment, dans un village comme Saint-Pardoux, qui devait totaliser deux cents habitants, me laissait perplexe. J'imaginais qu'un agriculteur avait réhabilité une ancienne construction pour se faire un complément de revenu. Cette ambiance stérile, inhumaine, me rendait mal à l'aise.

« C'est le 23, tout à fait au bout », a annoncé Pascal.

Fabrice Quintana m'a surpris. Il a demandé à mon cousin s'il avait la clé au lieu de s'attaquer directement à la serrure avec son pied-de-biche.

Pascal a sorti un trousseau de la poche de son blouson et lui a montré la clé correspondante. L'autre a ouvert le box.

Il est entré dans les huit mètres carrés qu'avait loués mon cousin pour ranger toutes les affaires que nous avions stockées dans le camion quelques jours plus tôt. Avec un peu de retard, les frères Quintana allaient récupérer ce qu'ils étaient venus chercher sur le parking de la gare.

Nous sommes restés à l'extérieur avec le cadet, sous un néon qui donnait à son visage un teint de cadavre. Éclairé par la lumière blanche du couloir, l'aîné a fouillé parmi les meubles, les cartons de livres et les bibelots pendant deux ou trois minutes, puis il est ressorti en tenant quelque chose à la main. Il a montré à son frère une lampe à l'abat-jour en vitrail, style Art déco. Un bel objet que Pascal avait mis de côté en espérant le revendre un bon prix.

« C'est ça », a dit Fabrice Quintana sur un ton catégorique.

Il a baissé le panneau basculant pour refermer le box et a enlevé la clé qu'il a empochée sans prendre la peine de verrouiller. Puis il s'est dirigé vers la sortie et son frère nous a fait signe de lui emboîter le pas.

Une lampe. C'était ça qu'ils cherchaient l'autre soir ? Peut-être qu'elle valait plus cher qu'elle n'en avait l'air. Je n'y connaissais rien en antiquités. Et les Quintana, ces deux rustres, ne devaient pas être beaucoup mieux renseignés que moi. Alors pourquoi voulaient-ils récupérer cet objet précis ? Et surtout, comment savaient-ils qu'ils allaient le trouver dans le camion de Pascal ?

Nous sommes sortis du bâtiment et Fabrice Quintana est allé ranger la lampe et le pied-de-biche dans le coffre de la voiture.

J'ai alors repensé au manuscrit. Nous avions fait une trouvaille de valeur chez le père de Bertrand Grandpierre. Et ce n'était pas cette lampe, mais les feuillets de Céline. Les avaient-ils déjà récupérés dans le coffre-fort du notaire, en tuant le clerc au passage ?

Ou alors ils ne cherchaient, depuis le début, que cette lampe et n'avaient rien à voir avec ce qui s'était passé à Saint-Martin…

« Et le manuscrit ? ai-je dit pendant que l'aîné des Quintana rabaissait le hayon.

— C'est quoi, le manuscrit ? a-t-il répondu.

— Je croyais que vous vouliez le manuscrit que nous avons trouvé. »

Il a ouvert la portière du côté passager et s'y est appuyé d'un coude.

« On n'a pas été engagé pour ça. »

Soit il mentait, soit son frère et lui n'avaient rien à voir avec la disparition des feuillets.

Mais il disait probablement la vérité, car il n'en avait plus rien à foutre, maintenant. Leur mission était accomplie et ils allaient récupérer l'argent que leur commanditaire leur avait promis, puisqu'ils ne bossaient visiblement pas pour leur propre compte.

« Montez », a-t-il ajouté en levant son pull pour montrer le pistolet toujours coincé dans son pantalon, mais contre son ventre désormais.

« On les laisse pas là ? » a demandé son frère.

Le moustachu a fait non de la tête.

J'ai posé sans réfléchir une main sur l'épaule de Pascal et nous sommes retournés dans ce qui était bien, maintenant que je la voyais de l'extérieur, une Golf.

S'ils nous abandonnaient ici, nous pourrions vite prévenir les gendarmes. Mais que risquaient-ils, après tout ? Ils nous avaient malmenés et nous avaient pris une lampe. Rien d'autre. *Big deal.* La maréchaussée n'allait pas sortir le grand jeu pour ça. Il ne fallait pas compter sur des barrages et des hélicos. Un brigadier poli noterait les infos sur un petit carnet et m'assurerait que ses collègues et lui feraient tout leur possible. Peut-être qu'ils se bougeraient un peu plus si je leur parlais du manuscrit volé chez le notaire. Même si je commençais vraiment à croire qu'ils n'avaient rien à voir là-dedans.

Pascal et moi sommes donc montés dans la voiture. Puis une idée m'est venue. Comme ça. Nette et réaliste. Ils n'allaient pas simplement nous abandonner quelque part après nous avoir délestés de nos portables. Je les imaginais bien nous administrer une bonne branlée, histoire de nous laisser un souvenir. Voire peut-être pire. Je me sentais comme un malade du cœur à la perspective de jouer un match de squash.

Le plus jeune des deux frères a démarré et repris la direction de Castelnau. J'ai regardé Pascal, qui n'avait pas l'air particulièrement paniqué. Vexé et marqué par la douleur, mais pas aussi effrayé que je l'aurais cru. Peut-être que je me faisais des idées et qu'ils allaient nous relâcher quelque part sans nous faire plus de mal.

« C'est quoi, cette histoire de manuscrit ? » a brusquement demandé Fabrice Quintana depuis le siège passager, sans se retourner.

« On a trouvé un manuscrit là où on a récupéré tout ce bordel, a dit Pascal.

— Un genre de livre, c'est ça ?

— Ouais, a répondu mon cousin.

— Et pourquoi il m'a parlé de ça, l'autre ?

— On croyait que c'était vous qui l'aviez pris, ai-je expliqué.

— On l'aurait pris où ?

— Chez un notaire », j'ai dit avant que mon cousin ne réponde.

Devant, l'aîné des Quintana s'est tourné vers son cadet en écarquillant les yeux. En réaction, l'autre a détourné un instant le regard de la route et a plissé les lèvres avec l'air de quelqu'un qui ignorait le sujet de la conversation.

Ils ne savaient rien. C'était évident. Ils n'en avaient qu'après cette lampe qui valait sans doute beaucoup moins que les feuillets de Céline. Puis l'un des deux frères a dit quelque chose que je n'ai pas entendu, car un choc et un bruit étrange, comme du métal qui craque, ont tout interrompu.

Tout s'est déroulé à une vitesse folle. Mon crâne est venu cogner l'appui-tête du siège conducteur et a rebondi dessus. Puis le haut de mon corps s'est retrouvé projeté contre la vitre à ma gauche. Le tout en un dixième de seconde. Ba-bam.

Quand la voiture s'est immobilisée, l'instant d'après, son capot était tourné vers le ciel.

J'ai examiné mon environnement immédiat et j'ai croisé le regard de Pascal, tout aussi choqué que moi. J'ai compris que nous avions été percutés par l'arrière et que le véhicule avait fait un tête-à-queue avant de se planter dans un fossé.

Après les secondes d'intense accélération du crash, un silence trouble est retombé dans l'habitacle. Le moteur de la Golf tournait encore, au ralenti. Par-dessus, j'ai perçu un autre son : celui d'une deuxième voiture qui démarrait. Ou de quelqu'un qui essayait de la démarrer, plus exactement. Sans y parvenir. Le raclement rauque du moulin ne donnait rien.

« Mate-moi ce connard », a dit Fabrice Quintana en regardant sur sa droite.

Il ne s'adressait pas à moi, mais j'ai tout de même obéi.

Sur le bitume, une berline rouge, Renault ou Peugeot, une de ces voitures de Français moyen qui encombraient les routes mais dont seuls les abonnés à *Auto Plus* différenciaient les modèles, le pare-chocs enfoncé, la carrosserie du capot réduite de moitié. Derrière le volant, Mimiche s'échinant sur la clé de contact avant de tourner le regard vers nous.

Quintana a ouvert la portière de la Golf et s'est extirpé du véhicule et du fossé comme un rongeur soudain libéré d'une cage. Son frère est resté un instant immobile puis, les deux mains serrées sur le volant, il a lentement relevé la tête. Je ne le voyais que de dos, mais je l'imaginais groggy. Aucun airbag ne s'était déclenché. Peut-être un vieux modèle de Golf. Ou peut-être que ces bagnoles de merde étaient conçues pour faire le plus de mal possible à leurs occupants en cas d'accident. On avait déjà vu pire, avec les Allemands.

Dehors, Mimiche avait dû comprendre qu'il ne parviendrait pas à démarrer ; voir arriver le grand moustachu avec qui il s'était retrouvé derrière les barreaux l'a sans doute décidé à adopter une autre stratégie. Il est sorti de sa voiture et s'est enfui en direction de la seule maison que je pouvais distinguer du fossé où je me trouvais. Une petite bicoque posée près du passage à niveau, ancienne maison de garde-barrière. Il a tenté d'en ouvrir la porte, fermée, puis s'est retourné pour s'apercevoir que Quintana le poursuivait toujours, taureau en furie. Il a alors contourné la baraque en courant. Je l'ai vu, au passage, taper du plat de la main contre un volet clos. Un geste qui m'a paru futile. Je n'avais pas encore compris le désespoir dont il témoignait.

Près de moi, Pascal a ouvert sa portière et m'a fait signe de le suivre dehors. Nous nous sommes extirpés de la Golf en prenant appui des mains sur le talus humide, et un pied de mon cousin a glissé dans l'eau au fond du fossé. Il en a sorti sa chaussure trempée en pestant.

Une fois sur la route, j'ai tenté de me repérer. Nous étions au passage à niveau entre Saint-Pardoux et Castelnau, à l'endroit où la voie départementale, jusque-là parallèle aux rails, obliquait à 90 degrés vers la gauche pour les traverser et reprenait ensuite sa trajectoire initiale, après un autre virage vers la droite. Des champs, quelques maisons cernées de vastes terrains, un bout de forêt près des rails dans la direction de Saint-Pardoux et des serres en verre à l'opposée. Pas de véritable abri, pas de solution évidente.

Un cri effrayé m'a fait tourner la tête en direction de la bicoque du garde-barrière. Cent mètres après la maison, Fabrice Quintana avait rattrapé Mimiche qui, mis au sol par son poursuivant, tentait de se relever. Mais l'autre l'en empêchait. Les coups de pied pleuvaient sur Mimiche qui, les bras levés, se protégeait comme il pouvait. Quintana frappait et hurlait. Un barrage d'insultes, que je ne comprenais pas bien de là où je me trouvais, et un bout de phrase : « volé mes affaires ». Le moustachu était déchaîné. Son frère, qui s'était extirpé du véhicule après nous, s'est mis à courir vers lui.

Quand la chaussure de Quintana a heurté de plein fouet le visage de Mimiche, j'ai cru percevoir un bruit de craquement. En y repensant maintenant, je me dis que j'étais trop loin pour l'entendre et que mon cerveau avait dû reconstituer ce son affreux en voyant la trajectoire de la tête de Mimiche, projetée vers l'arrière et soulevant son corps pour retomber sur un des rails de la voie ferrée. Je m'attendais à ce que le moustachu sorte son flingue et, dans sa rage, abatte l'homme à terre comme un chien. Il ne l'a pas fait. Il avait compris avant moi que c'était inutile.

Le train arrivait dans mon dos. Je l'ai entendu avant de me retourner et de le voir : le TGV venant de Toulouse et fonçant vers Bordeaux. Le cadet des Quintana a rejoint son frère et je me suis élancé à mon tour dans leur direction. J'ai repensé à cette scène du *Superman* de Richard Donner où le jeune Clark Kent, encore adolescent, court à la vitesse d'une locomotive dans les plaines du Kansas, près de Smallville. La magie des effets spéciaux de 1978 dissociait le mouvement de ses jambes du reste de son corps. Un décalage temporel que je ressentais, moi aussi. Mais à l'envers. J'étais loin d'aller assez vite.

Heureusement, le petit frère s'est approché de Mimiche et s'est penché sur lui. Il a tourné la tête vers le TGV qui arrivait à mon niveau dans l'affreux grincement de ses freins. Il allait le traîner hors de danger.

Fabrice Quintana a posé une main sur l'épaule de son cadet et l'a doucement ramené vers lui pour le relever, sans effort ni contrainte, avant qu'il puisse aider Mimiche. Le plus jeune a de nouveau regardé le train avec un air désespéré que je n'oublierai jamais. Sous l'impulsion du moustachu, les deux frères ont fait un pas en arrière. Sur les rails, Mimiche s'est tourné lentement, sans doute groggy, comme je l'avais été une heure plus tôt dans le hall de l'immeuble aux balcons rouges. Il était presque parvenu à se mettre à quatre pattes.

Je me suis arrêté, les jambes coupées. J'ai senti Pascal arriver près de moi. J'ai suivi des yeux le train, qui ralentissait encore, mais roulait toujours trop vite… jusqu'à ce qu'il passe devant les Quintana.

Mon cousin m'a tiré par le bras en me criant :

« Faut s'barrer, Alex ! »

Je lui ai emboîté le pas au moment où les deux frères nous repéraient, près de la maison du garde-barrière, à deux cents mètres à peine.

Nous sommes partis en courant. Superman avait déserté mon esprit. Je ne pensais plus qu'à Fabrice Quintana qui ordonnait à son cadet de laisser un homme mourir.

# 9

Ils ne criaient pas, mais c'était tout comme. Nous les sentions sur nos talons.

Je me suis retourné et ils étaient bien à nos trousses. Sans doute plus jeunes et nettement plus en forme que nous. Et bien décidés à rattraper les dangers que nous étions devenus à leurs yeux. Témoins d'un meurtre.

Nous courions à en perdre haleine, mais je voyais qu'ils gagnaient du terrain. Ils ne tarderaient pas à nous avoir. Et pas une bagnole en vue sur cette route merdique. Un samedi après-midi pluvieux de février, à Castelnau, les hommes regardaient sans doute un Irlande-Angleterre du tournoi des six nations pendant que leurs femmes achetaient des broutilles inutiles au centre commercial Leclerc, à l'autre bout de la ville.

Il fallait bifurquer. Je l'ai fait en espérant que Pascal me suive.

Je suis entré dans le jardin d'une habitation par un portail ouvert, avec l'intention d'aller me réfugier dans la maison. Il y avait une voiture garée dans une allée devant un garage. J'imaginais que la porte n'était pas verrouillée.

Mais après ? J'allais débarquer avec mon cousin chez des retraités à moitié endormis devant le rugby sur leur canapé. Ou chez une mère de famille qui attendait que ses enfants se réveillent de la sieste. Puis nos deux amis énervés ne tarderaient pas à suivre et nous ne serions pas les seuls dans la merde. Nous y entraînerions des inconnus qui n'avaient rien demandé.

Je me suis donc ravisé. J'ai longé le pavillon et me suis retrouvé sur la partie arrière du terrain – petite terrasse et fil à linge – face à une haie épaisse. Bloqué.

Je me suis arrêté un instant, j'ai tourné la tête de tous les côtés, à la recherche d'une issue. Repartir en arrière était inenvisageable. Pascal m'a rejoint.

Notre seule option était ce petit cabanon en bois, dans le coin du jardin, où le maître des lieux devait ranger sa tondeuse, ses outils et ses vélos peut-être, et dont le toit dépassait de la haie.

J'ai pris de l'élan, j'ai sauté pour m'accrocher au rebord du toit et je me suis relevé à la force des bras. Une fois posté dessus, je me suis retourné et j'ai tendu une main pour inviter mon cousin à me rejoindre. Poussé par l'adrénaline, il a effectué un bond impressionnant et s'est retrouvé à mon niveau sans avoir besoin de mon aide.

Je me suis redressé sur un côté pentu de ce toit de fausse tuile en espérant ne pas passer au travers et j'ai vu les frères Quintana pénétrer dans le jardin.

« Hé, qu'est-ce que vous foutez là ! » a crié un vieil homme chauve sur la terrasse une porte-fenêtre ouverte derrière lui.

« Rentrez chez vous et fermez tout ! lui ai-je répondu. Et appelez les gendarmes. On a des connards au cul ! »

Puis j'ai sauté par-dessus la haie pour atterrir dans un champ. Mes pieds se sont enfoncés de vingt centimètres dans la terre meuble et humide. Pascal est arrivé juste après et a perdu l'équilibre. Il s'est retrouvé à quatre pattes et a hurlé de douleur quand sa main blessée a touché le sol.

Je l'ai aidé à se relever et nous sommes repartis en courant, ralentis par le poids de la boue collée à nos chaussures. Devant nous, un corps de ferme gris se confondait presque avec le ciel. Un vieux séchoir à tabac en bois, posé à côté, me paraissait plus proche, plus accessible. J'ai foncé dans sa direction.

J'entendais Pascal haleter près de moi. Nous n'allions pas pouvoir continuer ainsi très longtemps.

J'espérais que nos poursuivants allaient se lasser avant nous. Même si, au fond de moi, j'en doutais. Nous jouions peut-être nos vies, mais eux aussi. Si nous témoignions de ce qu'ils avaient fait à Mimiche, ils risquaient de passer une bonne partie de leur existence derrière des barreaux. Alors que s'ils se débarrassaient de nous, en revanche…

En approchant du séchoir, j'ai essayé de discerner ses portes. Elles se confondaient avec les murs, mêmes planches de bois foncé, mais j'ai repéré une immense barre métallique horizontale placée au milieu de la façade de la bâtisse et sur laquelle les battants pouvaient glisser. S'ils n'étaient pas verrouillés.

Mais qui fermait son séchoir à tabac ?

Quand j'ai atteint l'entrée, j'ai tiré sur une des poignées rouillées et une porte s'est déplacée sur ses rails. Pascal a aussitôt foncé à l'intérieur, puis j'ai fait de même. Avant de refermer le battant, j'ai jeté un coup d'œil en arrière et il m'a semblé voir le haut du crâne d'un des deux frères qui commençait à pointer au-dessus du toit de la cabane de jardin. J'ai espéré qu'ils ne nous avaient pas repérés. Et qu'ils ne s'en étaient pas pris au vieux dont nous avions traversé le terrain.

Dedans, il faisait sombre. La pâle lumière du dehors passait par de minces interstices entre les planches et donnait à l'atmosphère un côté aqueux.

La culture du tabac avait périclité depuis longtemps dans la région. L'usine de la SEITA, fermée depuis des décennies, était en cours de réhabilitation pour devenir un centre d'animation, une maison des arts ou un de ces lieux à la mode, je ne savais plus très bien. Mais rien n'avançait, l'argent manquait et les administrations municipales successives se refilaient le dossier comme une patate chaude.

Il n'y avait plus de tabac dans les champs, donc, et plus non plus dans les séchoirs. Mais beaucoup d'agriculteurs avaient conservé ces bâtiments de bois. Ils pouvaient encore être utiles et ils faisaient partie du paysage. Certains les retapaient même pour en faire des chambres d'hôtes.

Dans celui-ci, on entreposait du fourrage. Je n'avais pas vu d'animaux en arrivant, mais il y avait peut-être du bétail un peu plus loin. Dans tous les cas, ce séchoir était rempli de balles de foin entassées les unes sur les autres. J'ai vite compris à quoi servait le tracteur d'élevage garé sur un côté lorsque j'ai levé les yeux et découvert une mezzanine dans la soupente, simple plancher de bois sur lequel d'autres balles rondes étaient stockées. Dans le passage entre les empilements au sol, une échelle permettait d'y accéder.

Pas le genre d'endroit où jeter un mégot, mais nous pourrions peut-être nous y cacher.

Pascal n'a pas réfléchi longtemps et a entrepris l'ascension des barreaux. Avant de le suivre, j'ai repensé à l'extérieur, à la boue et à nos traces qui conduisaient tout droit jusqu'au séchoir. Mais une autre inspiration m'a aussitôt rassuré : nous n'avions pas laissé d'empreintes reconnaissables dans cette terre détrempée. Nos pieds avaient creusé des trous près d'autres trous semblables. Il aurait fallu être un trappeur du niveau de Davy Crockett pour nous retrouver. Et en Lot-et-Garonne, on faisait davantage dans le genre chasseur aviné.

J'ai suivi Pascal à l'étage en espérant ne pas avoir rationalisé ma peur. Si les Quintana entraient dans le séchoir, ils finiraient par nous trouver. Peut-être qu'ils croiraient que nous avions continué à courir pour rejoindre une autre route et arrêter une voiture. Peut-être était-ce ce que nous aurions dû faire.

Je me suis assis derrière une balle de foin près de mon cousin, dans un silence pesant. Il avait entouré ses genoux de ses bras et se tenait la main, dont deux doigts partaient dans une direction singulière. J'imaginais qu'il devait beaucoup souffrir, il ne grimaçait pourtant pas, ne se plaignait pas. Cette pause m'a permis de m'apercevoir que j'avais moins mal à la tête. La proverbiale adrénaline, sans doute. Mais l'adrénaline ne faisait rien pour la peur, en revanche. Il aurait suffi d'une olive stratégiquement placée dans mon anus pour que je produise de l'huile première pression à froid.

Pour ne rien arranger, je gardais un mauvais souvenir de ces bottes de paille. Lors d'une sortie scolaire à la campagne avec le collège, en sixième ou en cinquième, peut-être, dans un but que j'ai oublié – ce qui prouve bien l'utilité de certaines sorties scolaires –, mes copains de classe et moi nous étions retrouvés dans un champ parsemé de ce style de meules, amalgames monstrueux d'un mètre quatre-vingts de hauteur et avoisinant les deux cents kilos (je m'étais renseigné depuis). Le jeu vers lequel le désœuvrement et le manque de surveillance nous avaient poussés consistait à monter sur une de ces meules à tour de rôle. Pour certains, les camarades faisaient la courte échelle. Quand mon tour était venu, un des gamins qui m'accompagnait avait eu la bonne idée de pousser la balle pour la faire rouler. Avec l'aide d'un ou deux autres enfants, il y était parvenu et je m'étais retrouvé à marcher sur la botte pendant qu'elle tournait et avançait dans le champ. Mais quand la vitesse de rotation était devenue trop grande, je n'avais plus réussi à suivre le rythme et, avant de perdre complètement l'équilibre, j'avais décidé de sauter de la balle. J'étais retombé sur mes pieds, sans dommage. Toutefois, la chute d'une telle hauteur m'avait coupé le souffle. Littéralement. Comme si l'on m'avait tassé les poumons. Pendant quelques instants, j'avais eu beau tenter de respirer, l'air ne rentrait plus dans mon corps. Des points blancs étaient venus parsemer mon champ de vision…

J'avais ouvert les yeux une poignée de secondes plus tard sur un fond de ciel bleu et les visages de mes potes penchés au-dessus de moi, inquiets. J'étais allongé sur le dos, dans l'herbe, et j'avais perdu connaissance quelques secondes. Je m'étais relevé, les membres encore flageolants. J'en voulais à mes camarades et à ces saloperies de balles de foin.

Enfermé dans ce séchoir, entouré de leurs descendantes, j'essayais de ne pas y voir un mauvais présage. Pas facile lorsqu'on vient d'assister à la mort horrible d'un être humain.

Il a dû s'écouler cinq ou dix longues minutes avant que Pascal et moi envisagions de parler à voix basse.

« Merde, a-t-il fini par me dire, comme s'il avait soudain eu une révélation. On aurait dû pousser l'échelle après être montés.

— Parce que tu crois qu'ils sont pas capables de la relever ? Non, ça aurait été un réflexe de panique. S'ils entrent et qu'ils voient que tout paraît normal, ils ne vont peut-être pas chercher plus loin, ai-je menti à Pascal.

— Putain, s'ils nous trouvent… »

Il a baissé la tête et a ajouté, encore moins fort :

« On va crever, Alex. Comme Mimiche. »

Cette fois, je n'ai pas eu le courage de tenter de le rassurer. Tant qu'il demeurait assez calme pour ne pas nous mettre en danger, le ménager ne servait à rien.

C'est à ce moment-là que nous avons entendu du bruit dehors. Quelqu'un qui s'acharnait contre la porte du séchoir... puis parvenait à l'ouvrir.

Nous sommes restés figés comme des statues. L'idée qu'il puisse s'agir du propriétaire des lieux ne nous a même pas traversé l'esprit. Pour nous, c'était forcément les deux frères Quintana.

Nous avons vite été fixés.

« Max », a lancé la voix de Fabrice, le moustachu, comme s'il désignait quelque chose ou donnait un ordre.

Nous avons ainsi découvert que le cadet s'appelait Max. Et, en effet, nous percevions la menace.

Nous étions pris au piège. Avec cette sensation de n'avoir pas d'autre solution qu'attendre la fin, aucun moyen d'agir.

Le bois de l'échelle qui menait à l'étage s'est alors mis à grincer. Quelqu'un montait. Dès qu'il serait en haut, il nous verrait. Nous étions cachés du rez-de-chaussée par la paille, mais rien ne nous dissimulerait à une personne qui arriverait à notre niveau.

Je n'avais pas compté les barreaux en grimpant, mais j'avais l'impression qu'il était presque au sommet. Je commençais à me dire qu'il me fallait faire quelque chose, n'importe quoi, que je ne pouvais pas rester planté là comme un con et mourir sans avoir au moins tenté un coup, lorsque Pascal s'est levé d'un bond et a foncé vers l'échelle. Une seconde plus tard, il s'est emparé des deux montants qui dépassaient de la mezzanine et a tendu les bras pour les envoyer dans le vide.

J'ai entendu un homme pousser un cri puis, un instant après, heurter le sol dans un bruit étonnant, que j'associe, encore aujourd'hui, à celui que pourrait faire un sac de patates de cinquante kilos qui frappe un plancher. Un râle plus faible a suivi, puis plus rien. J'ai repensé à la fois où j'étais tombé dans les pommes après avoir sauté de la meule de paille cylindrique.

Pascal est tout de suite revenu vers moi pour se mettre à l'abri. Il n'a pas eu le temps de me rejoindre avant que les coups de feu ne commencent à résonner. Trois, très rapprochés, tirés à l'aveugle par le Quintana restant, qui ont transpercé le plancher de bois et frôlé mon cousin.

Comme si, après les minutes de calme qui avaient précédé, tout se déclenchait à la fois, j'ai entendu le bruit lointain d'une sirène de gendarmerie. Quelqu'un avait signalé l'accident ou la mort de Mimiche… Ou alors l'homme dont nous avions traversé le jardin m'avait écouté. Ces coups de feu allaient attirer les forces de l'ordre vers le séchoir. Si nous parvenions à tenir encore un peu…

L'un des deux frères, il m'a semblé que c'était le moustachu, a marmonné quelques mots dans sa barbe et s'est remis à tirer dans la direction où, selon lui, avait disparu Pascal. Nous avons longé le couloir que délimitaient, sur notre droite et notre gauche, les balles de paille et nous nous sommes collés à la cloison latérale. Mais le deuxième coup de feu se rapprochait déjà dangereusement.

Nous n'avions rien. Pas d'arme. Aucun moyen de nous défendre. Un tir allait bien finir par nous toucher. Et nous nous viderions de notre sang en répandant notre odeur de mort dans ce séchoir qui sentait, jusqu'ici, la campagne. Dormeurs du val de Garonne.

Puis j'ai repensé à mes camarades du collège qui avaient poussé la balle de paille sur laquelle j'étais monté. Celle-ci pouvait rouler, contrairement à celles qui se trouvaient près de nous, posées sur la face plate. Mais nous étions deux adultes en danger de mort. Nous pourrions peut-être faire glisser une botte de paille de deux cents kilos.

J'ai appliqué mes deux paumes contre la plus proche et j'ai poussé en direction du bord de la mezzanine en regardant Pascal. Il a vite compris ce que je faisais et m'a imité.

Au départ, nos pieds ont glissé sur le plancher et la paille n'a pas bougé d'un millimètre. Peut-être que le foin y était plus tassé et qu'elle pesait davantage.

J'ai décollé les mains, prit une grande inspiration et je me suis arc-bouté pour appuyer plus fort. J'ai alors cru que le projectile que je venais d'entendre siffler m'avait transpercé le pied.

En baissant les yeux, j'ai vu qu'il avait fait un trou dans le plancher entre Pascal et moi, à quelques centimètres de ma chaussure gauche.

Nous avons redoublé d'efforts et la paille a fini par bouger. D'abord très peu, puis un peu plus comme si elle glissait plus facilement une fois lancée.

Elle avançait petit à petit vers le bord et n'allait plus tarder à tomber. Pascal avait le visage tout rouge et il poussait avec le bas de sa paume, presque au niveau du poignet pour épargner ses doigts cassés.

Quand la botte de paille a basculé dans le vide et a heurté le sol dans un sourd fracas, nous avons reculé vers le centre du séchoir pour nous mettre à l'abri derrière la suivante. J'ai jeté un coup d'œil vers le rez-de-chaussée et aperçu Fabrice Quintana qui traînait son petit frère, visiblement inconscient, en le tenant par les aisselles pour l'éloigner de la mezzanine.

Notre tentative ridicule nous avait au moins fait gagner quelques secondes. Nous avons enchaîné en poussant une autre botte de paille et en nous repliant derrière la suivante. Cela dit, nous ne pourrions pas continuer ainsi longtemps. Il ne nous en restait plus qu'une avant de nous retrouver à l'ancien emplacement de l'échelle, une zone sans protection.

Mais nous n'avions pas le choix.

Au moment où nous nous apprêtions à pousser la dernière balle de paille, les sirènes de gendarmerie ont résonné de nouveau. Beaucoup plus proches.

J'ai posé une main sur le bras de Pascal pour qu'il cesse son effort. Quintana devait les avoir entendues aussi.

J'ai penché la tête derrière la masse de paille qui me masquait le sol et j'ai regardé vers le bas. La porte du séchoir était entrouverte et le moustachu courait vers la sortie. Plus près de nous, Max, puisqu'il s'appelait ainsi, était étendu sur le dos, les yeux toujours fermés.

J'ai refusé de me sentir soulagé. Rien n'était fini. L'autre connard était peut-être parti pour faire leur fête aux gendarmes avant de revenir nous buter.

Je suis resté une minute ou deux ainsi, puis je me suis assis au bord de la mezzanine, les pieds dépassant dans le vide. Le plus jeune des Quintana, étendu en bas, respirait, je le distinguais d'ici. Au moins, Pascal ne l'avait pas tué en poussant l'échelle.

Je me suis retourné vers mon cousin, affalé contre la rangée de paille du fond. Il ressemblait à un fantôme ou un junkie décharné. J'avais l'impression qu'il avait vieilli d'un coup. Puis j'ai vu ses doigts, deux tiges déformées qui pendaient, brisées, au bout de son bras, et qui devaient lui faire un mal de chien. J'ai repensé à Mimiche et au train, à Fabrice Quintana qui empêchait son petit frère de le sauver. J'ai tenté d'interrompre le flot d'images qui défilait dans ma tête avant d'en arriver au moment où un être humain se faisait découper en morceau par des dizaines de tonnes d'acier lancées à pleine vitesse.

Et j'ai eu envie qu'ils meurent. Tous les deux. En commençant par ce Max, allongé par terre et inconscient. Je voulais qu'il se soit cogné le crâne assez fort pour tomber dans le coma et crever, là, sous mes yeux. Il ne méritait que ça.

La douleur dans mon ventre est revenue. Ou je me suis peut-être de nouveau aperçu de sa présence après l'avoir oubliée. J'ignorais si elle résultait du coup de pied reçu un peu plus tôt ou s'il s'agissait d'une souffrance plus psychosomatique. Une tumeur psychique déclenchée à l'idée que je venais de penser comme eux.

Qu'à cet instant, je ne valais pas mieux que ces salauds.

J'ai fini par me dire que Fabrice Quintana ne reviendrait pas. Qu'il s'était simplement échappé en abandonnant son frère, comme l'ordure qu'il était.

Et au soulagement qui a déferlé s'est mêlé du regret. J'aurais aimé qu'il soit encore dans le coin. Qu'il se soit attardé et m'attende afin que l'on puisse régler nos comptes. Mais sans armes. Rien que lui et moi. Comme des sauvages. Puisqu'il n'était plus humain à mes yeux.

Quand les gendarmes nous ont retrouvés, grâce aux indications du vieux, ils ont relevé l'échelle et nous avons pu rejoindre le rez-de-chaussée du séchoir. J'ai eu peur que Pascal ne s'évanouisse en descendant, mais il a attendu d'arriver en bas pour être pris de vertiges. Je l'ai rattrapé et accompagné jusqu'au sol. Il n'a pas perdu connaissance. Autour de nous, des gendarmes recevaient des infos par talkies-walkies et tiraient des têtes aussi longues que le masque de *Scream*. Plusieurs ambulances étaient en route, et des renforts convergeaient pour retrouver le frère manquant. Je leur avais fait un résumé succinct en indiquant que l'homme qui nous avait ciblés venait à peine de s'enfuir.

Je me suis assis sur les talons et j'ai posé la nuque de Pascal sur mes cuisses.

« Pourquoi t'as fait ça ? lui ai-je demandé. Pourquoi tu t'es jeté comme ça sur l'échelle ? »

Il a fermé les yeux un instant, a dégluti comme si la douleur devenait insupportable puis a répondu :

« Perdu pour perdu… »

C'était d'une logique implacable. Et je me suis alors demandé pourquoi je n'avais pas agi ainsi avant lui.

Perdu pour perdu.

Je suis monté dans la même ambulance que Pascal. Pour l'accompagner, mais aussi parce que les gendarmes tenaient à ce que je me fasse examiner. Le jeune Quintana – dont le véritable prénom était Maximiliano, d'après un des képis qui s'était renseigné – est parti dans un autre véhicule en direction des mêmes urgences. Apparemment, il avait les deux jambes brisées. Au minimum. Il ne l'avait pas volé.

À l'hôpital, mon cousin a été vite emmené pour qu'on s'occupe de ses doigts cassés. J'ai été forcé d'attendre sur un lit dans une petite pièce.

Seul avec moi-même dans cette salle aux teintes de néon qui n'avaient rien de naturel et qui me rappelait toujours de mauvais souvenirs, j'ai essayé de reconstituer le parcours de Mimiche. Il s'était enfui de la résidence aux balcons rouges au bon moment et nous avait vus nous faire enlever par les Quintana. J'imagine qu'il n'avait eu aucun mal à se procurer une voiture pour nous suivre à bonne distance. Je le savais doué pour voler des bagnoles, mais pas expert en filatures. Puis il avait décidé d'agir, de tenter quelque chose pour nous sortir de là. Et il n'avait rien trouvé de mieux que de nous rentrer dedans. Au risque de se retrouver dans la même merde que nous.

J'ignorais s'il nous avait vraiment sauvés, mais il n'avait pas hésité à se mettre en danger pour nous aider. S'il avait su comment cela se finirait...

J'ai réprimé une soudaine envie de vomir, mais la bile est tout de même venue me brûler la gorge.

Un interne est passé me faire un rapide check-up. Léger trauma crânien – j'avais l'habitude – mais rien de cassé au niveau de la pommette. Un gros bleu sur lequel il ne servait déjà plus à rien de mettre de la glace. Contusions au ventre et au torse, mais pas de côte brisée. J'avais même un peu moins mal au bide.

Un gendarme d'une section de recherche venu d'Agen a débarqué à son tour et s'est présenté : adjudant-chef Costello. Un mètre soixante-quinze, brun, enrobé. Un Français moyen. Comme si Clavier avait joué Pinot simple flic.

Il m'a confirmé que Mimiche était mort. Je ne lui avais rien demandé. Puis j'ai dû tout lui raconter avec force détails. Depuis le début, c'est-à-dire depuis le jour de l'inondation et l'altercation autour du fourgon sur le parking de la gare. J'ai même évoqué le manuscrit qui avait disparu du coffre-fort du notaire. Ça n'avait peut-être rien à voir, mais je ne voulais pas qu'on m'accuse d'avoir caché quoi que ce soit.

Quand j'en suis arrivé à la lampe récupérée au garde-meuble et rangée dans le coffre de la Golf, il m'a appris qu'elle n'y était plus. Quintana s'était échappé et avait réussi à reprendre ce qu'il était venu chercher. Gagnant sur toute la ligne.

Je lui ai demandé s'ils allaient mettre longtemps à l'arrêter. Il m'a répondu qu'il était confiant. Que toutes les forces étaient sur le pont. Le blabla habituel.

Son frère, lui, avait déjà touché le gros lot. Il allait directement en prison et ne pourrait peut-être plus jamais passer par la case départ : la chute du haut de l'échelle lui avait cassé les jambes, mais aussi abîmé la colonne vertébrale. Il risquait de ne plus jamais marcher.

L'appartement où les Quintana se trouvaient était loué par une fille avec qui fricotait le plus jeune. Originaire d'Agen, elle travaillait dans un secrétariat médical qui regroupait plusieurs disciplines, du kiné au psychologue. Les gendarmes avaient retrouvé un peu de cocaïne chez elle, mais rien d'autre. Elle ne trempait visiblement pas dans leurs affaires. D'après elle, les deux frères avaient simplement passé quelques nuits dans son appartement. Sans lui expliquer la raison de leur présence à Castelnau.

J'ai fait de mon mieux pour donner le plus de détails possible à l'adjudant-chef Costello, et il a tout enregistré sur son téléphone en prenant parfois quelques notes. Je ne savais pas ce qu'il valait, mais il m'inspirait confiance. Je me disais que Quintana n'irait pas bien loin. Et qu'une fois sorti de l'hôpital je pourrais enfin me reposer.

Mais cette journée de merde était loin d'être finie.

## 10

Je regardais le mur blanc de la chambre dans laquelle on m'avait probablement oublié, en essayant de m'ôter de l'esprit l'image du train qui roulait inexorablement, lorsque Claire a débarqué. Prévenue par les gendarmes, elle s'était rendue sur les lieux de l'accident avant de prendre enfin des nouvelles de son collègue.

« Vous avez foutu un sacré bordel dans le trafic SNCF, avec vos conneries », a-t-elle annoncé en entrant dans la pièce.

J'ai tourné le regard vers elle, sans bouger la tête, et elle a dû comprendre que je n'étais pas d'humeur. Elle est comme ça, Claire, toujours sur le même registre. Peu importe l'état d'esprit de son interlocuteur. Cette fois, pourtant, elle n'a pas insisté et s'est presque mise à me parler comme si j'étais un être humain digne d'intérêt.

Elle m'a résumé ce que lui avaient raconté les forces de l'ordre – qui correspondait à ce que j'avais vécu – et m'a demandé des précisions. Je ne lui en ai pas donné. Qu'ajouter ? Que les Quintana nous avaient débarrassés de nos portables ? Que je m'étais mis à courir comme un con en voyant le train arriver ? Que la paille dans le séchoir sentait étonnamment bon ?

Il y avait toutes ces sensations désormais gravées irrémédiablement en moi. Des sensations que je préférerais oublier, mais qui, je le savais, ne me quitteraient jamais. Je me souvenais encore parfaitement de l'odeur du café et des beignets dans la salle d'écriture de Melbourne lorsque quelqu'un avait allumé la télé où l'on annonçait une tuerie de masse à l'université où travaillait Samira.

Claire est restée une quinzaine de minutes puis elle m'a dit qu'elle repartait à l'agence rédiger une dépêche sur les événements de l'après-midi. Je lui ai demandé d'attendre avant de citer le nom de Mimiche. Je ne savais pas encore si les gendarmes avaient réussi à contacter sa famille. Ni même s'ils avaient essayé.

J'ignore combien de temps je suis demeuré ensuite seul dans cette pièce. Au moins une éternité ; une éternité interrompue de temps à autre par des infirmières qui venaient voir si je n'avais besoin de rien.

Non, je n'avais besoin de rien. À part peut-être de sortir de là. Ou qu'on me retire le cerveau de la boîte crânienne. Je ne voulais plus penser, plus réfléchir, me déconnecter.

L'éternité s'est achevée lorsqu'un interne a débarqué pour m'annoncer que je pouvais aller voir Pascal dans la chambre où on l'avait installé. Allongé sur le lit, il sommeillait à demi. Il a ouvert les yeux en m'entendant entrer et a levé le bras pour me montrer l'énorme attelle qui recouvrait ses deux doigts brisés.

« Magnifique, ai-je commenté. Tu vas garder ça combien de temps ?

— Un mois et demi. Mais celle-ci est provisoire. Ils vont m'opérer demain matin. Me foutre des plaques, si j'ai bien compris. Mais à Bordeaux, avec un spécialiste de la main. On me transfère tout à l'heure. »

Une grimace.

« Tu vas rester chez moi pendant ta convalescence, ai-je annoncé. Tu ne peux pas conduire, de toute façon.

— On verra ça… »

Je me suis assis au bord du lit et il m'a demandé :

« Et toi, ça va ? Pas trop de dégâts ?

— Ils m'ont filé deux Efferalgan pour le mal de crâne. Je n'ai pas dit que j'avais perdu connaissance.

— T'es tombé dans les vapes ? m'a interrogé Pascal, surpris.

— Ouais, pendant que l'autre con s'amusait à te retourner les phalanges.

— J'ai pas bien fait attention, je t'avoue. »

Mon cousin a poussé un soupir. Nous sommes restés silencieux pendant une dizaine de secondes et j'ai dit :

« Mimiche… il est…

— Ouais. Ces enculés.

— Le plus jeune a essayé de faire quelque chose, mais son frère l'en a empêché.

— Ils l'ont laissé se faire… »

Pascal avait les larmes aux yeux.

« Pour rien », a-t-il ajouté.

J'ai baissé la tête un instant. Je ne voulais plus penser à tout ça, mais cela m'était aussi impossible que de remonter le temps. Tout demeurait là – les coups, les tirs, les freins du train qui gémissaient. Pour rien, comme l'avait résumé Pascal. Pour une lampe que nous avions à peine remarquée.

« Et le manuscrit ? ai-je dit.

— Quoi, le manuscrit ?

— Ils n'avaient pas du tout l'air au courant et je n'ai pas eu l'impression qu'ils pipeautaient. Ils ne voulaient que la lampe, c'est tout. Depuis le début.

— Ouais. Elle n'avait pourtant rien de spécial. Elle était jolie, mais bon…

— On leur avait demandé de la récupérer, si j'ai bien compris ce qu'ils ont lâché. Alors pourquoi ne sont-ils pas allés la chercher dans la maison du père de ton pote directement ?

— Je sais pas moi, a répondu Pascal. Ils sont peut-être arrivés trop tard. Nous étions déjà passés.

— Ouais, peut-être. Si leur commanditaire, pour autant qu'il existe, a pigé comme toi que l'inondation risquait de faire des dégâts, il les a peut-être envoyés en catastrophe.

— Et t'as raison, on en revient à la question du manuscrit. Ils savaient que dalle là-dessus.

— Ce qui voudrait dire qu'ils ne sont pas du tout passés chez le notaire. Qu'est-ce qu'ils seraient allés y faire ?

— Attends, doucement, a dit Pascal, peut-être qu'ils nous ont menti.

— Non. Je suis pratiquement sûr du contraire. Ou alors, ils étaient super bons acteurs. Et pourquoi nous cacher des choses ?

— Pour protéger quelqu'un…

— Qui ? ai-je demandé. Non, je pense vraiment qu'ils ne sont venus que pour cette lampe et qu'ils n'avaient jamais entendu le mot « manuscrit » avant que je le prononce.

— Bon, admettons, alors ils sont passés où, ces feuillets ? Quelqu'un les a forcément tirés, non ?

— Ouais. Et la seule personne qui savait où ils se trouvaient, c'était ton pote le notaire, non ? »

Pascal a poussé un nouveau soupir. Beaucoup plus long que le précédent.

« En tout cas, ce n'était pas son clerc, a-t-il dit. Les gendarmes que j'ai vus ce matin ont fouillé son appartement et n'ont rien trouvé. Alors je ne sais pas…

— L'explication la plus simple est souvent la bonne. Parce que sinon, il faudrait aller chercher un truc alambiqué. Pour moi, ton pote a braqué le manuscrit.

— Mais qui a tué son clerc ?

— Alors, là, c'est une autre histoire. Si je suis l'idée de l'explication la plus simple, je dirais qu'il a profité du meurtre pour faire porter le chapeau du vol à l'assassin.

— Il n'aurait pas refermé le coffre, dans ce cas, non ?

— J'ai dit qu'il avait profité de l'assassinat, pas que c'était un génie. »

Mon cousin a fait une moue.

« Je n'y crois pas, moi, a-t-il affirmé.

— Il suffirait de lui demander, je pense. Mais moins poliment que tu ne l'as fait l'autre jour. Et il faudrait s'y coller avant que les gendarmes n'aillent lui poser des questions. Avant demain, quoi. »

Un petit sourire est apparu sur le visage de Pascal.

« C'est possible, mais bon… il est quelle heure, là ? »

Mon premier réflexe a été de chercher mon portable dans ma poche, avant de me rappeler qu'un Quintana l'avait jeté par la fenêtre d'une voiture. Alors, je l'ai fait à l'ancienne, j'ai regardé ma montre.

« 23 h 12 », ai-je dit, surpris qu'il soit déjà aussi tard.

Nous avions été emportés dans un vortex temporel qui, entre les médecins et les gendarmes, nous avait volé plusieurs heures de notre vie. La nuit était tombée depuis longtemps. Je ne m'en étais pas rendu compte ou je n'avais pas voulu l'admettre, la course du monde arrêtée, dans ma tête, par les événements de l'après-midi.

« À cette heure-là, il n'est pas dispo, a annoncé Pascal sur un ton péremptoire.

— Comment ça ?

— Monsieur Bordesoulles a ses petites habitudes. Tout le monde ne le sait pas, mais il me l'a raconté il y a quelques années. Tous les samedis soirs, il va à *L'Essentiel*... »

Mon cousin a laissé sa phrase en suspens. J'ai continué à le regarder sans comprendre.

« Il va à *L'Essentiel*, a-t-il repris, la boîte près de Lapoujade sur la route de Clarens.

— La boîte à cul, tu veux dire, le club échangiste...

— Voilà, c'est ça. Madame et lui aiment faire des rencontres.

— Ben alors, il est dispo, ai-je dit. Au contraire même, tu sais où il est. Il suffit d'aller là-bas pour lui poser la question.

— On peut pas débarquer comme ça. Qu'est-ce que tu crois ? Y'a des videurs. Il faut être habillé correctement, déjà. » Il a tendu sa main blessée vers mon jean sale et mon sweat moche. « Et puis deux gars peuvent pas entrer sans nana. Surtout un samedi soir.

— Putain, tu t'y connais vachement, en club échangiste, on dirait.

— J'ai pas l'air, comme ça, mais je lis. Et on me raconte des choses.

— Mais rien ne vaut l'expérience vécue, hein ? »

Il n'a pas relevé.

« Alors, on abandonne ? j'ai demandé. On laisse ce notaire se barrer avec un manuscrit qui vaut une fortune ?

— Je ne sais pas, moi. Qu'est-ce que tu veux qu'on fasse ? »

Je me suis soudain senti épuisé. Vidé. Il n'y avait sans doute plus rien à faire. Rien à part tenter d'avaler ce que nous avions vécu cet après-midi-là sans s'étouffer. Sans se noyer dans cette piscine de merde qu'un architecte dément avait construite sans y adjoindre d'échelle pour en sortir.

« Même si on le retrouve, ce manuscrit, ça va changer quoi ? a repris Pascal. On aura un peu plus d'argent. Et alors ?

— *Tu* auras un peu plus d'argent. Et je sais que tu t'en branles, mais… T'as pas envie qu'il y ait au moins un truc correct qui sorte de cette histoire ? De pouvoir te payer un nouveau camion, par exemple, au lieu que ton connard de pote rembourse ses dettes ou emmène sa femme en vacances aux Bermudes ? »

Pascal m'a regardé d'un air à la fois triste et résigné.

« Il me convient très bien, moi, mon camion… »

Qu'est-ce que je pouvais répondre à ça ?

J'ai laissé Pascal seul, en espérant qu'il dormirait quelques heures avant son transfert à Bordeaux, et je suis reparti vers la chambre où l'on m'avait abandonné un peu plus tôt afin de récupérer mon manteau et de quitter l'hôpital. Mais pour aller où ?

Je n'avais aucune envie de rentrer chez moi. Pas dans cet état, pas avec les images qui hantaient encore mon esprit.

Pour la première fois de la journée, un problème s'est résolu seul quand Vincent est sorti de la chambre au moment où j'allais y entrer.

« Ah, t'es là…, m'a-t-il lancé d'une voix tremblotante en me tombant dans les bras. On m'a dit que tu étais dans cette chambre et en ne te voyant pas, j'ai cru que…

— T'as cru quoi, andouille ? Que j'étais parti aux chiottes ? »

Il s'est reculé, a posé les mains sur les avant-bras en me regardant d'un air encore ému avant de lever les yeux vers le plafond.

« Mais… y'a pas de chiottes dans ces chambres ?

— Pas dans celles des urgences, non. On n'est pas censé y rester. Mais j'étais parti voir Pascal. Et là, vois-tu, je me casse. »

Je suis entré dans la pièce, j'ai pris mon manteau sur le siège près du lit, l'ai enfilé et suis ressorti dans le couloir sous le regard étonné de Vincent.

« Ils t'ont dit que t'avais le droit de sortir ? Claire m'a pourtant raconté que tu avais chargé…

— Claire ? C'est elle qui t'a prévenu que j'étais ici ?

— Ouais. Ce n'est pas toi qui lui as demandé de le faire ? »

J'ai secoué la tête. Décidément, des surprises venaient parfois des personnes dont on n'attendait rien.

J'ai longé le couloir sans me soucier de Vincent. Il allait à coup sûr m'emboîter le pas. C'était ainsi entre nous, je le suivais et il me suivait.

« Où tu vas, comme ça ? » m'a-t-il demandé.

C'était une excellente question. À laquelle je n'avais pas du tout réfléchi. Je voulais simplement quitter cet hôpital. Et pas forcément rentrer chez moi. Il y avait bien Monk, là-bas, qui devait avoir faim, mais qui devait aussi déjà dormir, rêvant qu'il poursuivait des lièvres dans l'immense plaine des songes canins. Je ne me voyais pourtant pas retourner dans ma maison vide et me planter sur mon canapé pour essayer de me calmer en buvant du whisky.

Alors je me suis tourné vers Vincent :

« Y'a quoi, comme troquet d'ouvert ? »

Nous avons marché jusqu'aux Arènes, le bar au coin des boulevards et de la rue de la poste, le saloon sur lequel un étranger tombait en premier s'il débarquait par le pont depuis la rive gauche. Des fumeurs dans la vingtaine s'encrassaient les poumons sur le trottoir élargi devant l'entrée. Nous sommes entrés nous coller au coin du comptoir, façon vieux du *Muppet Show*. Dans notre dos, de jeunes lycéens ou étudiants revenus au bled pour le week-end buvaient des IPA et flirtaient de plus en plus ouvertement, suivant la courbe ascendante de leur taux d'alcoolémie. La musique, moderne et supposément dansante, me paraissait d'une tristesse absolue. L'autotune niait l'humanité.

J'ai tout raconté à Vincent. En tout cas ce qui m'était advenu depuis la soirée chez lui (en omettant néanmoins mon passage chez Adeline). Quand j'en suis arrivé au train et à Mimiche, il m'a posé une main sur l'épaule et a levé l'autre pour commander une nouvelle pinte. Je n'avais pas fini la précédente. Il n'était visiblement pas question que je pleure dans un verre vide.

Je n'ai jamais su s'il s'agissait d'un genre d'effet tunnel, ou d'une dilatation de l'appareil oto-rhino-laryngologique, mais pendant une minute ou deux, je n'ai plus rien entendu, plus de voix, plus de musique, plus aucun autre bruit à part mes sanglots. Qui ont redoublé quand j'ai pris conscience que je ne pleurais pas pour Mimiche, le pauvre, mais sur ma propre impuissance.

Une fois remis, après avoir avalé la moitié d'une pinte bien trop vite, j'ai terminé mon récit en évoquant le manuscrit, le notaire et ses habitudes dans la boîte échangiste du coin. Évidemment, Vincent a souri. Mais pas pour la raison que je pensais.

Il a regardé sa montre et m'a annoncé :

« Il n'est même pas minuit et demi. Le temps qu'on arrive, la fête battra son plein. Je ne sais pas si on va retrouver ton manuscrit entre des capotes et du lubrifiant, mais on a une bonne chance d'obtenir des réponses. »

Depuis que je le connaissais, Vincent n'y allait jamais par quatre chemins. Cette fois, il voulait aller à *L'Essentiel.*

Le tourbillon qui m'a emporté alors avait tout de la tornade. Les deux pintes de bière m'avaient requinqué. À moins que ce ne soit le fait d'avoir pleuré. Je me sentais à la fois plus léger, vidé, et comme un minuscule oiseau pris dans de la glu sur une branche.

Vincent m'a entraîné jusqu'à chez lui sans que je proteste. Il était décidé. Et dans ces cas-là, il se transformait en une force irrésistible. Il m'avait fait le coup des dizaines de fois : il s'emballait pour quelque chose ou quelqu'un et se lançait dans une quête improbable pour récupérer un des rares exemplaires d'une antique cartouche de jeu vidéo ou pour retrouver la trace d'un obscur réalisateur de série Z philippin. Je n'avais pas vu cet éclat dans ses yeux quand j'avais parlé du manuscrit pendant la soirée chez lui. Évidemment, les feuillets étaient bien au chaud dans les mains de Pascal, elles n'avaient donc pas grand intérêt pour mon ami. Mais maintenant qu'il percevait un enjeu, un semblant d'aventure – et malgré le drame qui s'était noué cet après-midi –, il s'engouffrait dans cette brèche.

Je n'avais jamais su réfréner ses ardeurs, cette impétuosité dont j'étais souvent la queue de comète, et dont j'avais parfois fait les frais. Combien de situations improbables aurais-je pu éviter si je n'avais pas été ami avec Vincent ? Un jour, à l'adolescence, il m'avait embarqué en stop, sans réfléchir, jusqu'en Gironde, chez un passionné de cinéma qui vendait des affiches et avait laissé son adresse dans les petites annonces de la revue *Mad Movies*. Au retour, nous avions marché quinze kilomètres, les rares voitures qui passaient de nuit ne s'arrêtaient jamais et nous avions dû, dans le premier village que nous avions croisé, dégainer une carte téléphonique pour appeler la mère de Vincent. Elle avait fait un aller-retour de quatre-vingts kilomètres pour venir nous chercher, et je me souviens encore, à ce jour, de l'odeur des Gitanes qu'elle enchaînait au volant de sa Renault Supercinq.

J'avais vécu bien d'autres galères avec Vincent, lorsqu'il se mettait en quête de morceaux d'absolu – objets de collection, filles sur lesquelles il avait craqué, ou expériences nouvelles, comme ce week-end *new age* à dormir sous des yourtes, plagiat par anticipation du film *Problemos* –, mais cette fois-ci, mes réserves habituelles restaient en arrière-plan de mes préoccupations. Après le portrait post-traumatique que m'avait fait Marie de son époux, j'étais presque rassuré de le voir ainsi s'enthousiasmer pour ce manuscrit et pour la grotesque tribulation qu'il semblait promettre.

Avant d'arriver chez lui, je me suis tout de même senti obligé de lui transmettre les réticences dont m'avait fait part Pascal. Deux types comme nous, même bien habillés – ce qui était loin d'être notre cas – n'allaient pas rentrer dans une boîte échangiste un samedi soir. D'après mon cousin, seuls les couples étaient acceptés le week-end.

« Ça tombe bien, alors », m'a-t-il rétorqué avant de pousser la porte de sa maison.

Il est entré en trombe, m'a abandonné au salon en me disant de faire comme chez moi. Puis il est monté à l'étage et en est redescendu quelques minutes plus tard, tandis que j'examinais, pour la millième fois, sa collection de CD en songeant que tout ça manquait sérieusement de *hard bop*.

« C'est bon, Marie s'habille, m'a-t-il alors annoncé en me lançant un pantalon noir et une chemise grise. Essaie ça. Je vais enfiler une tenue correcte, puisque ça semble exigé. En revanche, il va falloir faire quelque chose pour ça. »

Il a désigné mes tennis Puma, désormais plus marron que bleu après avoir trempés dans la gadoue d'un champ quelques heures plus tôt.

« Attends... C'est quoi, l'idée, là ? Tu veux que je m'habille pour quoi ?

— T'es sûr que le coup que tu as reçu à la tête ne te provoque pas d'amnésie ? On vient d'en parler. » Il s'est alors adressé à moi comme à un sourd de quatre-vingt-dix ans. « On va gauler ton notaire à *L'Essentiel* pour récupérer le manuscrit de Pascal, tu sais, ton cousin. Germain. »

L'enthousiasme retrouvé de Vincent m'épuisait déjà. Je me suis laissé tomber sur le canapé avec les fringues dans les mains.

« Visiblement, tu as convaincu Marie de t'accompagner, c'est ça ? »

Il a hoché la tête.

« Alors je n'ai pas besoin de me changer, moi. Je suis seul, je ne vais pas pouvoir rentrer.

— C'est prévu, a aussitôt rétorqué Vincent. T'inquiète. Habille-toi, je vais mater si j'ai des chaussures à te prêter qui pourraient convenir. »

Je l'ai laissé repartir sans même mentionner que nous avions au moins deux pointures d'écart.

Puis j'ai enlevé mon pull.

La chemise était légèrement trop large, mais elle m'allait. En revanche, elle ne masquait pas les effluves de sueur rance qui émanait du t-shirt et de mon corps en dessous. Une odeur de fuite et de peur. Je me suis enfermé dans les toilettes du rez-de-chaussée - la salle de bains se trouvait à l'étage - et, devant la vasque lave-main, je me suis frotté le torse et les aisselles avec un savon liquide qui sentait la vanille. J'ai foutu de l'eau partout, comme il se doit.

Puis, de retour au salon, j'ai changé de pantalon et j'achevais juste de le boutonner lorsque Marie est apparue au bas de l'escalier. Il m'a fallu un moment pour la reconnaître, un instant de *male gaze* que je me suis efforcé d'écourter le plus possible. Elle portait une robe moulante noire qui descendait en dessous des genoux et ne laissait émerger qu'une mince bande de peau entre ses deux clavicules. On ne voyait rien, on devinait tout. Pas, ou très peu, de maquillage, les cheveux détachés, pieds nus… Elle était belle, quoi. Sans forcer.

« Vincent m'a raconté », m'a-t-elle dit, un air inquiet sur le visage. Ça va ?

— Mieux que Pascal, ouais, ai-je biaisé pour ne pas répondre à la question. Et toi ? Tu n'empêches pas ton homme de s'embarquer là-dedans ? »

Elle a haussé les épaules en traversant le salon vers la penderie de l'entrée. Je l'ai suivie du regard.

« Je suis contente de voir qu'il a envie de faire un truc. De sortir. Même si c'est aussi débile que ça. Et je préfère vous accompagner que vous laisser faire vos conneries habituelles à deux. »

Elle ne s'est pas retournée, mais j'ai tout de même imaginé ses traits se durcir. Elle a ouvert la porte coulissante et s'est baissée pour prendre une paire de chaussures à talons dans le placard.

« Et puis, ça peut être drôle », a-t-elle dit en revenant vers moi.

Elle a dû remarquer mon air surpris puisqu'elle a aussitôt ajouté :

« Même si je ne compte pas participer à toutes les activités qui sont organisées là-bas, hein. Mais ça fait un bail que je n'ai pas dansé. Tu danses, toi ? Je ne t'ai jamais vu enflammer la piste.

— Ça m'est arrivé », ai-je répondu sans me souvenir vraiment de la dernière fois où j'avais tenté de remuer mon corps en rythme.

Vincent a débarqué de l'étage, vêtu d'un ensemble veste et pantalon bleu assorti d'une chemise beige. Un costume qu'il ne devait mettre qu'à l'occasion de mariages (peut-être qu'il l'avait porté au mien). Il tenait une paire de chaussures à la main. Des mocassins à glands en cuir marron tout droit sortis des années 1980.

« Je n'ai trouvé que ça, m'a-t-il dit. Je ne sais pas d'où ça sort, mais ça devrait convenir. »

J'ai essayé les chaussures sous les yeux moqueurs de Marie. Elles étaient légèrement trop grandes et mon talon se soulevait hors du mocassin à chaque pas.

« Ça ne va pas, a-t-elle constaté en s'adressant à Vincent. Il faut que vous échangiez vos grolles.

— Pourquoi ? s'est défendu mon ami qui portait des brogues foncés.

— Parce que les tiennes tiendront mieux aux pieds d'Alex, avec les lacets. »

Vincent n'a pas tenté de lutter. Il savait qu'elle disait vrai. Et je savais que, s'il faisait mine de s'entêter, il finirait tout de même par accepter l'opinion éclairée de son épouse. C'était ainsi que cela fonctionnait dans leur couple. À lui les décisions impulsives et irrationnelles, tandis qu'elle se chargeait d'incarner la voix de la raison.

Vincent s'est assis et a retiré ses chaussures avec empressement. Elles m'allaient en effet beaucoup mieux. Avant que nous partions, Marie s'est approchée de moi et a redressé le col de la chemise dont j'avais hérité. Dans le sourire qu'elle m'a alors adressé, j'ai vu un peu de tristesse, peut-être même un peu de pitié. Je ne savais pas lire dans les esprits, mais si l'on m'avait demandé ce qu'elle pensait alors, j'aurais répondu : *« Le pauvre. Il faut toujours qu'il lui arrive des merdes. »*

« Te casse pas trop, lui ai-je dit. Pas la peine d'essayer de me faire beau. J'ai la gueule défoncée et je suis tout seul ; je vais sûrement vous attendre dans la bagnole. »

Son sourire s'est alors élargi. Elle savait quelque chose que j'ignorais.

Puis la sonnette de la porte d'entrée a retenti.

« Elle n'a pas traîné », a lancé Vincent en s'élançant pour ouvrir, les glands sautillant sur le cuir de ses chaussures.

Il est revenu dans le salon avec Adeline, robe rouge très échancrée, collants clairs et tennis blanches étincelantes aux pieds. Son expression taquine m'a alors évoqué celui d'une gamine qui se réjouit de la bêtise qu'elle vient de ou qu'elle s'apprête à faire. J'ai compris que Marie, non contente de suivre son époux dans son délire, avait également téléphoné à son amie pour lui demander de nous accompagner.

« Enfin, Alexandre, qu'est-ce que tu as encore foutu ? m'a-t-elle interrogé en fonçant vers moi et en approchant un doigt de ma pommette bleuie et gonflée. Tu as passé l'âge de te battre, quand même…

— Ce n'est pas à moi qu'il faut le dire, ai-je répondu en l'embrassant sur une joue.

— Non, sérieux, qu'est-ce que tu as foutu ?

— C'est compliqué. Nous en parlerons plus tard, si tu veux bien », est intervenu Vincent sur un ton définitif.

Adeline a fait un pas en arrière pour me regarder de pied en cap puis elle a hoché la tête d'un air entendu.

« Une nouvelle tenue, ça change parfois un homme, a-t-elle constaté.

— Tu n'es pas mal non plus, ai-je avoué. Mais c'est quoi, ça ? l'ai-je interrogée en désignant ses Nike.

— J'ai compris votre délire de ce soir, mais il n'est pas né celui qui m'obligera à porter des talons.

— Ça va passer crème, a déclaré Marie en entourant les épaules de son amie d'un bras complice. Ils ne doivent pas en voir souvent, des canons comme Adeline, là-bas.

— Bon, on y va ? a lancé Vincent depuis le couloir. Je conduis. »

Adeline a alors éclaté de rire.

« Non, mais c'est pas vrai ! »

J'ai suivi son regard jusqu'aux mocassins.

« On a sorti les glands ! est-elle parvenue à ajouter en riant.

— Alors, non ! s'est exclamé Vincent. Pour commencer, ça s'appelle des pampilles et…

— Ouais, super, l'ai-je interrompu en m'avançant vers lui. T'avais pas dit qu'on y allait ? »

Dans la Toyota de Vincent, je me suis retrouvé à l'arrière à côté d'Adeline, le regard irrémédiablement attiré par l'incongruité de ses tennis. Je devenais probablement fétichiste. Elle m'a demandé de lui raconter précisément ce que nous allions faire dans cette boîte dont elle connaissait le nom et la spécialité. Je lui ai détaillé le meurtre du clerc de notaire et l'absence du manuscrit dans le coffre. Elle savait déjà le début de l'histoire, mais j'ai complété mon récit par la tentative de vol des Quintana sur le parking de la gare. Il m'a ensuite fallu louvoyer pour parvenir à lui expliquer – sans détailler l'affreux après-midi que je venais de vivre – que

Pascal et moi, enfin surtout moi, pensions que le manuscrit était plus vraisemblablement en possession de David Bordesoulles, le notaire. Je ne sais pas si elle m'a cru, et peu m'importait. Elle était là, prête à nous aider à entrer dans ce club pour retrouver cet homme. Elle espérait danser, boire un peu, passer une bonne soirée. J'enviais son optimisme.

Il y avait quelque chose de rassurant dans sa présence. Une normalité qui contrastait avec ce que j'avais vécu quelques heures plus tôt. Elle incarnait la vie. La vie simple et sans complications, comme un instant au soleil avec une brise agréable, un de ces moments sans importance apparente, mais qui restent gravés. La vie en jupe avec des tennis aux pieds.

Ce n'est que plus tard que je me suis demandé comment Marie, ou Vincent – j'ignorais qui l'avait appelée – l'avait convaincue d'interrompre sa soirée, ou sa nuit si elle était déjà couchée, pour nous rejoindre dans ce délire. Peut-être lui avaient-ils raconté que j'avais besoin d'aide. Ou qu'ils partaient simplement s'amuser sur un coup de tête et récupérer le manuscrit au passage.

À ce moment-là, je ne savais même plus ce que je foutais dans cette voiture. Pour qui m'étais-je lancé là-dedans ? Pour Pascal ? Pour Vincent ? Pour moi ? Un peu des trois, sans doute. Mais je restais persuadé d'une chose : même contre une machine à remonter le temps et un billet d'entrée pour un concert de Coltrane, je n'aurais pas échangé ma place en compagnie de ces trois personnes contre une fin de soirée chez moi, seul.

Monk m'en voudrait certainement.

Quand Vincent s'est garé sur le parking de *L'Essentiel*, je me suis rendu compte que j'étais déjà venu. Avant d'être un club échangiste, dans les années 90, l'endroit était une boîte de nuit plus classique où les jeunes de Castelnau et des environs allaient continuer la fête après la fermeture des bars. Ambiance discothèque de province garantie : whisky coca, *Démons de minuit*, sportifs ivres et parfois bagarreurs. Le genre de lieu où je me sentais aussi à l'aise qu'un chevreuil à un banquet de chasseurs. À l'époque, la boîte s'appelait *L'Inédit* et elle portait mal son nom. Les filles s'y habillaient comme leurs mères au même âge et rêvaient d'y rencontrer des versions plus minces de leurs pères, sans se douter que les polos Eden Park qu'ils arboraient fièrement leur mouleraient bientôt la bidoche. Tout s'y terminait comme dans un rêve, l'odeur rance de la sueur, du vomi et de la clope mêlée aux beuglements imbibés reprenant en chœur *Les Lacs du Connemara*. On y venait en voiture, forcément, et l'on s'y tuait au retour, parfois. Dans des Golf, j'imagine.

Le gamin que j'étais alors – je devais avoir dix-sept ans et ne jurais que par Nirvana – détestait ce genre de night-clubs de tout son être. Il n'aurait pas rechigné à les passer au lance-flammes, persuadé de rendre ainsi service à l'humanité. Hormones et rébellion adolescente mal ciblée. Je savais désormais que *L'Inédit* accueillait sans doute autant de gens bien que de vrais connards. Que de bonnes âmes venaient là oublier de répétitives semaines de merde à trimer sans perspective.

J'y avais échoué un soir. À cause d'une fille, évidemment. Svetlana. À ma connaissance, elle n'avait rien de Russe, mais des cheveux châtain clair, un sourire désarmant et des seins sur lesquels je fantasmais comme lorsqu'on a dix-sept ans. Je ne me souviens plus des circonstances, mais je m'étais retrouvé dans une 2CV, en route pour une boîte de nuit avec elle, une de ses amies et un gars de ma classe de terminale au volant. Sans doute à la suite d'une de ces soirées du vendredi où les lycéens, pour célébrer l'arrivée tant attendue des vacances scolaires, envahissaient quelques bars du centre-ville.

Comme il se doit, Svetlana n'avait rien à foutre d'un type comme moi, et j'avais subi la nuit sur une banquette, à siroter les verres de whisky ou de gin que m'offraient les tables d'à côté – en plus d'être timide, naïf et rêveur, je n'avais pas un radis. Elle avait dansé, s'était bien amusée et quelqu'un avait fini par me ramener.

J'étais déjà venu, donc. Quand nous sommes descendus de la voiture, je me suis dit que la boîte devait avoir bien changé. Il n'en était rien.

À l'entrée, un moustachu bedonnant, aux allures de motard et qui faisait office de videur, nous a laissé passer avec un sourire forcé sans même s'attarder sur mon coquard ou baisser la tête vers nos chaussures. J'avais craint que l'habituelle politique du « pas de basket » ne s'étende aux pampilles, mais le portier n'avait d'yeux que pour les femmes qui nous accompagnaient. Il faut avouer qu'elles en jetaient. Avec elles, nous aurions sans doute pu entrer en bleu de travail. Le bref regard dédaigneux qu'il nous a adressé, à Vincent et moi, énonçait clairement la question qu'il devait se poser, et qui m'apparaissait comme tout à fait légitime : « Qu'est-ce que ces deux gugusses foutent avec ces deux déesses ? »

Deux mètres plus loin, une quarantenaire aux cheveux décolorés qui se dressaient sur sa tête nous a délestés de quarante euros chacun, en précisant bien que l'entrée nous donnait droit à deux consommations par personne. Passé le vestiaire et l'abandon de nos manteaux, nous avons débarqué dans une boîte de nuit banale, exactement sur le même modèle que celles qui existaient dans mon souvenir. Une piste de danse sur la partie gauche de l'espace, un bar, au fond, qui s'étirait sur une dizaine de mètres et des banquettes en cuir, des poufs et des tables pour compléter l'ensemble. Seule concession au caractère spécialisé de l'endroit, une barre de pole dance sur un côté de la piste. Avant d'entrer, je ne me rappelais plus la disposition des lieux deux décennies plus tôt, mais l'intérieur est réapparu aussitôt dans ma mémoire, comme si l'on avait soulevé un voile. Je me suis souvenu dans quel coin sombre j'avais passé la soirée vingt et quelques années plus tôt, et j'ai revu Svetlana dans son jean clair et son haut à fleurs multicolore en train de danser sur une chanson de S'Expresss.

Une fois sorti de mon anamnèse, la réalité a ressurgi. Quelques personnes se trémoussaient sur le dance-floor – manches de chemises remontées et mini-jupes – tandis que des petits groupes bavardaient, plus ou moins proches les uns des autres, un peu partout. On aurait dit la fin d'un mariage, mais une noce où toutes les femmes seraient très court vêtues. Il y avait de la tension et de l'épuisement dans l'air, à parts égales. Je devais compter pour un bon pourcentage de la fatigue.

« La position stratégique…, m'a soufflé Vincent à l'oreille.

— Le bar », ai-je répondu de façon automatique.

Adeline et Marie ne nous avaient pas attendus. Pendant que

nous examinions la salle comme deux cow-boys venant d'entrer dans un saloon, elles s'étaient approchées du comptoir et elles parlaient avec un serveur barbu d'une cinquantaine d'années en costume sombre.

« On vous a commandé des coupes de champagne, a dit Adeline quand nous les avons rejointes.

— Alex n'en boit pas, a expliqué Vincent suite à ma grimace.

— Il y en aura plus pour moi », a lancé Marie avant d'entraîner son amie sur la piste de danse.

Nous les avons regardées se mettre en action et se trémousser sur un vieux tube de Beyoncé jusqu'à ce que Vincent me demande :

« Tu sais comment ça marche, ici, toi ?

— Ben, comme une boîte, quoi, j'imagine. Puis il doit y avoir d'autres salles pour ceux qui veulent passer à la suite.

— Tu l'as vu, ton notaire ? Je ne sais pas à quoi il ressemble, moi.

— Non, pas encore. Mais tu ne pourras pas le louper, il est blond avec une queue de cheval ridicule. Un petit catogan à la con… »

J'ai balayé le club du regard. Sous la lumière froide et crue, des personnes de tous âges semblaient passer un bon moment. On buvait, on dansait, on parlait, on se caressait même un peu. Je ne me sentais pas aussi mal à l'aise que j'aurais pu l'imaginer.

« Ce n'est pas lui, là ? »

Vincent me montrait un cinquantenaire longiligne, un mètre quatre-vingt-dix au bas mot, qui portait en effet une queue de cheval grisonnante et qui s'était penché pour parler dans l'oreille de Marie.

« Non. Bordesoulle est plus jeune.

— Qu'est-ce qu'il lui veut à ma femme ?

— D'après toi ? »

Je l'ai regardé en haussant les sourcils puis me suis tourné vers le bar où le serveur venait de poser quatre coupes de champagne.

« C'est un peu la règle, ici, ai-je poursuivi. Et c'est plutôt flatteur, non, qu'un type approche ta nana ?

— Ouais, peut-être, a répondu Vincent avant de boire une gorgée, mais c'est aussi un peu vexant.

— Pourquoi ?

— Parce que personne n'est venu me parler, à moi... »

J'ai baissé le regard vers ses mocassins. Vincent a pouffé et a reposé son verre sur le comptoir.

« Pardon, a-t-il lancé au barman pour le rappeler vers nous. Un de mes amis m'a dit de le retrouver ici. Il fréquente l'endroit apparemment, alors vous le connaissez sans doute. David Bordesoulles. »

L'homme s'est contenté de faire non de la tête puis est reparti vers d'autres clients.

« C'est le moment où je suis censé allonger quelques billets négligemment sur le comptoir pour qu'il parle ? m'a demandé Vincent.

— Si tu tiens à perdre un peu de thunes, ouais. Si notre notaire est là, on va vite le trouver. Je vais aller faire un tour vers le fond, voir s'il n'est pas à une table. »

— Vise-moi ça », a dit Vincent en me tapotant le coude.

J'ai tourné la tête dans la direction qu'il venait de m'indiquer du menton. Un peu plus loin, un avant-bras et deux énormes seins posés sur le bar, une jeune femme commandait à boire. Blonde, en léger surpoids, elle portait une étrange panoplie de maîtresse de donjon qui évoquait davantage un cosplay qu'une soirée chez Sade, et ne devait pas avoir plus de vingt-cinq ans. Sa poitrine, surnaturelle, dépassait d'un bustier qui paraissait pourtant à sa taille. Elle devait atrocement souffrir du dos.

« Impressionnant, ai-je dit. Des implants, tu crois ?

— Les seins, je sais pas, mais les ongles, c'est sûr », a fait Vincent avec dédain. Elle avait des griffes effilées de plusieurs centimètres au bout des doigts. « Je comprends pas, ça...

— Quoi ?

— Ces filles qui jouent à Wolverine. Stella adore cette chanteuse, là, Adele. La nana pourrait entrer direct à l'école du professeur Xavier...

— C'est une mode. Toutes les stars de la pop actuelles sont comme ça. Les influenceuses...

— Comment elles font avec leurs petits amis ?

— Comment elles font quoi ?

— Allez, Alex, ne fais pas l'innocent. Tu veux me faire croire qu'elles ne leur mettent pas un doigt au cul de temps en temps ? »

Je l'ai regardé, ébahi. Il semblait sérieux. Je suis resté immobile à l'observer quelques secondes et il a avancé un peu la tête.

« Non, mais c'est vrai, quoi. T'imagines le carnage ? » a-t-il repris enfin.

J'ai jeté un coup d'œil à la fille. La sono m'a empêché d'entendre le tintement de ses ongles en plastique contre les deux verres de whisky coca dont elle venait de s'emparer. J'ai essayé de repousser l'image que Vincent avait tenté de me mettre en tête.

« Je reviens », ai-je dit à mon ami avant de partir explorer les confins de *L'Essentiel*.

J'ai vu quelques fêtards qui riaient aux éclats, des couples et même un trouple qui s'embrassaient lascivement, mais pas d'autre homme portant une queue de cheval.

Quand je suis retourné au bar, Vincent avait abandonné les verres de champagne sur le comptoir. Il était allé rejoindre les femmes sur la piste et tentait de suivre leur mouvement, aussi souple que le monstre de Frankenstein. M'est revenue cette phrase du poète toulousain : *est-ce nous qui dansons ou la terre qui tremble ?* Je me suis approché d'eux et leur ai annoncé que j'allais jeter un coup d'œil dans la *back-room*, à la recherche du notaire. Mais Adeline m'a retenu par le bras.

« Tu ne peux pas y aller tout seul… », m'a-t-elle expliqué en couvrant la voix du simili-italo-disco de Dua Lipa.

« Pourquoi ?

— Ils vont te prendre pour un mateur. T'es censé aller derrière avec d'autres, pas simplement pour te rincer l'œil. Tu piges ? Regarde… »

Elle m'a montré les trois personnes - deux hommes, une femme - que j'avais vus s'embrasser sur des banquettes s'éloigner vers une porte discrète à la droite du bar.

« Enfin, je crois », a-t-elle poursuivi en haussant les épaules.

Je lui ai fait signe de me suivre et je suis parti en direction des arrière-salles. Quand j'ai atteint la porte, entrouverte, Adeline marchait à mes côtés. Elle m'a adressé un petit sourire amusé, mais également rassurant. Je ne savais pas trop dans quoi je m'embarquais, avec la recherche de ce notaire et du manuscrit, mais au moins, je n'étais pas seul.

La *back-room* consistait en un long couloir assez large bordé, sur la droite, de cabines en enfilades dotées de rideaux. La première s'offrait aux regards : sur une banquette de velours, les trois personnes que nous avions vues entrer quelques secondes plus tôt s'échauffaient encore. La deuxième était vide. Sur une tablette, un petit panier en osier rempli de préservatifs aux emballages multicolores et un mince récipient contenant un liquide transparent qui devait être du lubrifiant. Un parfum d'encens flottait dans l'air et la musique de la boîte – un vieux tube de Softcell – nous parvenait depuis les enceintes de la piste.

Dans la troisième cabine, quatre personnes étaient en pleine action. Une femme chevauchait un homme sur un lit tandis qu'un autre couple s'adonnait à une levrette endiablée. Le grand fluet concentré sur le cul de sa partenaire a levé les yeux en nous entendant arriver et nous a considérés en souriant. Il semblait heureux d'être là, mais également ravi de notre présence, de nous savoir ici, à l'observer s'amuser avec une brune aux cheveux courts focalisée sur son propre plaisir.

Adeline m'a surpris en entrant dans la cabine. J'ai vu le regard du mince s'élargir encore avant de lire la déception sur ses traits. Ma camarade d'expédition s'est contentée de faire deux pas dans la pièce pour mieux examiner l'autre homme, au visage caché par le corps large et flasque de la femme à califourchon sur lui.

Elle s'est retournée vers moi en disant :

« Pas de catogan. »

Tels de vaillants explorateurs, nous avons poursuivi notre chemin.

Les deux dernières cabines nous ont offert des variations sur le même thème. Passée la surprise initiale, j'ai dû avouer que le concept était bien respecté. Dans le night-club, on pouvait boire, danser et sympathiser ; ici, on baisait.

Partout, les rideaux, ouverts, ne cachaient rien et Adeline n'a jamais hésité à s'approcher pour bien vérifier que le notaire n'était pas en vue. Elle me paraissait étrangement à l'aise. Comme elle devait l'être en toutes circonstances.

Notre tournée d'inspection d'à peine deux minutes ne m'a rien dévoilé d'extraordinaire, ne m'a rien appris que j'ignorais. Les clients de *L'Essentiel* se donnaient quelques frissons pour s'évader de leur routine. Je n'y avais rien vu de particulièrement attirant ou repoussant. Ils s'amusaient comme on le fait depuis que l'homme est singe.

Mais surtout, nous n'avions pas repéré notre notaire.

Nous sommes retournés dans la partie habillée de la boîte où Vincent et Marie, de nouveau au bar, finissaient leurs coupes de champagne et parlaient avec un couple que nous n'avions pas encore croisé. La femme, en talons hauts, mini-jupe en latex et chemisier noir en dentelle, caressait le dos d'un homme en veste bleu.

« Tout ça pour rien, ai-je dit à Adeline en montrant le catogan du nouvel interlocuteur de nos amis.

— On aura au moins vu l'envers du décor », a-t-elle rétorqué avec un clin d'œil.

Nous nous sommes approchés. L'homme qui trempait ses lèvres dans un verre - de whisky coca, apparemment - et dévorait Marie des yeux était bien David Bordesoulles, le notaire que j'avais vu anéanti devant son office la veille au soir. Une éternité.

Ses cheveux blonds paraissaient presque blanc à la lumière de la boîte, et il ressemblait à un de ces acteurs hollywoodiens de second plan dont on connaissait le visage, mais pas le nom. Il aurait fait un excellent homme de main pour le méchant dans un film avec Liam Neeson.

Adeline s'est dirigée droit vers Marie et je suis allé me planter entre Vincent et celle qui accompagnait le notaire.

« Bonsoir », a dit la bibliothécaire en prenant sa coupe de champagne sur le comptoir.

J'ai perçu du soulagement dans le regard de Marie.

« Bonsoir », a répondu la femme, cheveux méchés de rouge, qui continuait de caresser le dos de son homme. « Quel plaisir de voir de nouvelles têtes. Vous vous connaissez déjà ?

— Nous sommes venus ensemble, a expliqué Vincent.

— Et l'ambiance vous plaît ? a demandé Bordesoulles, qui partageait désormais son attention entre Marie et Adeline.

— La musique est correcte, a remarqué cette dernière avec un air mutin et cette envie de déconner qui semblait la caractériser.

— Vous n'êtes venus que pour la musique ? »

La femme aux mèches rouges n'y allait pas par quatre chemins. Elle n'était pas moche, même plutôt jolie avec un petit nez, de grands yeux verts et une bouche fine, mais il émanait d'elle une vulgarité qui s'accordait parfaitement au catogan et à l'air ébahi du notaire. Ce devait être son épouse. Je les voyais bien, tous les deux, manger des raviolis toute la semaine dans la cuisine de leur pavillon avec piscine, symbole du *softpower* du sud, et venir s'encanailler ici le week-end.

« Pas que..., a répondu Marie avec un sourire travaillé que ceux qui ne la connaissaient pas aussi bien que Vincent ou moi ne pouvaient imaginer contrefait.

— Je m'appelle Carole, s'est présentée la femme.

— David, a renchéri le notaire.

— Oui, je sais », ai-je alors dit.

J'avais passé une des pires journées de ma vie. Je n'avais pas envie de jouer.

Devant son regard surpris, j'ai repris :

« Vous êtes un ami de mon cousin... Pascal.

— Pascal... » Il m'a dévisagé un instant en semblant aller puiser dans les tréfonds de son esprit. « Ah mais oui ! Pascal Labardin. Il ne vit plus ici, c'est ça ? Il est juste de passage.

— Exactement », ai-je dit.

Autour de moi, tout le monde s'était tu. Seule une chanteuse disco continuait à beugler dans les enceintes de la boîte.

« Et il aimerait bien récupérer son manuscrit, ai-je poursuivi.

— Quelle histoire, ce cambriolage ! est alors intervenue Carole en posant une main sur l'épaule de son mari. Un véritable drame. Nous sommes justement venus ce soir pour essayer de nous changer les idées. »

Je n'avais pas quitté des yeux Bordesoulles. Son visage s'était décomposé lorsque j'avais mentionné le manuscrit manquant. Sous l'éclairage du night-club, il s'était transformé en fantôme. Une métamorphose digne des Blu-ray de Vincent : effets spéciaux de Rob Bottin ou Rick Baker.

« Pierre..., a-t-il murmuré.

— Désolé pour votre employé, ai-je dit. Je sais que ça doit être très compliqué pour vous. Mais je... C'est difficile à expliquer. Pascal et moi avons appris... » La gorge sèche, j'ai bu un peu de champagne. Toujours aussi mauvais. « Le manuscrit. Nous pensions qu'il avait été volé par deux types qui avaient déjà essayé de braquer le camion de Pascal. Or, il s'est avéré qu'ils n'y étaient pour rien. »

Bordesoulles a hoché la tête, le regard dans le vide. On aurait dit qu'il ne m'écoutait pas. Qu'il n'était déjà plus là.

« Et alors, où voulez-vous en venir ? » a lancé Carole.

Je me suis tourné vers elle, comprenant qui menait la danse dans le couple.

« J'aimerais simplement récupérer le manuscrit qui a disparu du coffre.

— Et vous accusez mon mari ? »

Sa voix était montée dans les aigus.

« Je n'accuse personne. Je parle à monsieur Bordesoulles. J'aimerais simplement piger ce qu'il s'est passé.

— Et qui vous dit que ce n'est pas Pierre qui l'a pris, votre manuscrit ? a-t-elle demandé.

— On l'aurait sans doute déjà retrouvé. Et pour ça, il aurait fallu qu'il sache qu'il se trouvait à l'abri dans ce bureau. Et qu'il ait la combinaison. » Je me suis tourné vers le notaire. « Vous étiez le seul à pouvoir ouvrir ce coffre, pas vrai ? »

Il a baissé la tête un instant, puis l'a relevée comme s'il venait de se réveiller, en clignant des yeux plusieurs fois. Il s'est ensuite adressé à moi.

« Pierre n'a pas pris les feuillets de Pascal. »

Ses paupières s'ouvraient et se fermaient comme s'il repoussait des larmes.

Sur ma gauche, Carole a fait un signe au barman. Je suis resté concentré sur David Bordesoulles.

« Alors, c'est vous ? C'est pas grave, hein ? On veut juste le récupérer. On ne dira rien à personne.

— Non, ce n'est pas moi.

— Allez, c'est bon, laissez-nous tranquilles, maintenant », est intervenue Carole.

Elle a pris son mari par le bras et l'a éloigné du bar.

« Si ce n'est pas Pierre ni vous, c'est qui alors ? » ai-je crié.

Ils ne se sont pas retournés et sont partis tout droit vers la sortie.

« Ils cachent un truc, c'est clair », a dit Vincent en s'approchant de moi.

Je me suis engagé à leur suite, mais je n'ai pas réussi à atteindre le vestiaire. Le videur de l'entrée m'a bloqué le passage entre deux tables désertes.

Je me suis arrêté un instant et j'ai planté mon regard dans celui du moustachu. Son épaisse carrure me fournissait deux informations importantes à son sujet : s'il m'attrapait, il ferait des dégâts. Mais il devait être trop lent pour y parvenir. Mon état de fatigue risquait toutefois de nous mettre à égalité. Et j'ignorais s'il ne cachait pas un taser, ou pire un couteau, sous sa veste.

« Qu'est-ce qu'il y a ? » ai-je demandé, le cerveau déjà passé en mode « réponse combat-fuite ».

« Tu emmerdes des clients. Ils s'en vont et ne veulent pas être suivis. »

J'ai compris pourquoi la femme de Bordesoulles avait fait un signe au barman : pour prévenir le videur. Privilège des habitués.

« C'est bon, il emmerde personne, est intervenue Marie en me rejoignant avec Vincent et Adeline. On discutait, c'est tout.

— D'accord, a fait le moustachu en croisant les bras. Alors retournez au bar.

— On peut encore aller où on veut, non ? » a déclaré Adeline.

J'ai contourné une des petites tables rondes qui m'évoquaient des champignons de jeu vidéo pour poursuivre mon chemin en évitant le videur. Il s'est tourné dans ma direction et m'a saisi par le bras. Par-delà la fatigue et la colère, je lui ai adressé un regard noir dans l'espoir qu'il comprenne que ce n'était pas vraiment le moment de me faire chier.

Derrière moi, ma bande s'est dispersée pour se diriger vers l'entrée. L'autre ne m'a pas lâché. Je suis resté immobile et j'ai vu arriver un deuxième homme, bien plus impressionnant que le premier portier. Évidemment, ils allaient toujours par deux. Celui-ci n'a pas eu le temps de parler.

« Les autres… », lui a dit le moustachu en désignant, de la tête, Adeline, Marie et Vincent déjà proches du vestiaire.

D'un mouvement sec, je me suis libéré le bras et j'ai repris ma route. Le second videur est resté planté là un instant, ne sachant pas vraiment comment réagir. Nous ne nous étions pas battus, n'avions pas causé le moindre trouble. Il devait s'interroger sur la nature du problème.

Puis le moustachu s'est élancé dans mon dos. J'ignore si mon épuisement m'avait doté d'une sorte de sixième sens, mais je peux jurer que je l'ai senti, plus que vu ou entendu, arriver. Quand je me suis retourné, il avait levé une main, prêt à l'abattre sur une de mes épaules.

Sans vouloir me chercher d'excuse, ce n'était pas une journée banale. J'avais atteint cette frontière de l'état second, cette limite imperceptible entre le conscient et le réflexe. Pour le dire autrement, mon cerveau n'était plus assez rapide pour maîtriser mon corps.

Alors, pour la première fois de ma vie, j'ai frappé le premier. Ma jambe est partie tout droit, talon en avant et le haut du buste légèrement incliné vers l'arrière – comme Claude me l'avait appris – pour aller cogner le genou gauche du videur qui n'a rien vu venir. Son articulation s'est pliée dans le mauvais sens. Il a poussé un cri étouffé par les « wahou wahou » de Muriel Moreno dans *L'amour à la plage* et s'est affalé sur une des tables.

J'ai repris mon chemin en espérant ne pas avoir fait trop de dégâts. Pour être tout à fait honnête, je n'étais pas non plus rongé par les remords. Je venais peut-être de venger des dizaines de clients malingres qui, dans cette boîte ou ailleurs, s'étaient mangé une pêche pour avoir bu un coup de trop ou pour un regard de travers.

Quand je suis arrivé au vestiaire, les Bordesoulles avaient remis leurs manteaux et avançaient sur le parking. J'ai accéléré le pas pour doubler mes amis qui s'étaient arrêtés à la sortie – stoppés dans leur élan par le froid ou ne sachant peut-être que faire – et j'ai rejoint le couple. Les yeux du notaire étaient rouges sous la lumière des néons formant le nom de la boîte.

« Hé, on n'a pas fini ! » j'ai lancé.

Carole Bordesoulles s'est retournée.

« Il vient de vous dire qu'il ne l'a pas, votre manuscrit.

— Alors, il sait peut-être où il est passé ? Il l'a déjà revendu, c'est ça ? Ou c'était votre clerc qui l'a volé ? »

Le notaire a virevolté et foncé droit vers moi.

« Pierre n'a rien volé, ok ? C'est moi qui… »

La colère qui voilait son visage s'est évanouie en un instant. Son épouse, qui s'était précipitée pour le retenir de s'en prendre à moi, s'est arrêtée et a incliné la tête sur un côté. Elle avait compris quelque chose que j'ignorais encore.

« Qui quoi ? ai-je demandé doucement.

— Il ne faut pas parler de Pierre comme ça, c'est tout, a-t-il dit en contenant à peine ses pleurs.

— C'était toi ? » a dit Carole d'une voix tremblante.

Je n'étais pas sûr qu'elle parlait du manuscrit.

Il s'est tourné vers elle et les larmes se sont mises à couler sur les joues de David Bordesoulles.

Il ne s'agissait pas du manuscrit.

Vincent s'est approché de moi, le deuxième videur sur les talons.

« Ça va ? » m'a demandé mon ami.

J'ai acquiescé.

Le regard du portier est allé de David Bordesoulles à sa femme. Lui aussi semblait confus. Les situations un peu complexes ne devaient pas être sa spécialité ; dans son activité du week-end, il s'agissait de laisser entrer ou non, de frapper ou pas. La scène qui se jouait là planait à un autre niveau. Du drame et des non-dits hantaient le parking.

Carole est restée figée quelques secondes, à observer son mari avec incrédulité, colère. Il a baissé la tête. Puis elle est partie en trombe, a traversé le parking jusqu'à sa voiture.

« C'était vous ? ai-je demandé. C'est vous qui avez tué Pierre ? »

Il a levé les yeux vers moi et n'a pas eu besoin de répondre. Son visage disait tout. Ce qui le bouffait de l'intérieur depuis la veille avait trouvé le moyen de monter à la surface.

« Je ne sais pas où il est, ton manuscrit, ok ? a-t-il enfin lâché. Je voulais le tirer à ce branleur de Pascal. Avec la thune, j'aurais pu aider Pierre à rembourser ses dettes et…

— Et quoi ? l'a encouragé Vincent.

— Quand je suis allé le chercher, il n'était plus dans le coffre. »

Derrière le notaire, un SUV bleu foncé a démarré et s'est dirigé vers la route en faisant crisser ses pneus. Carole Bordesoulles n'a pas daigné jeter un regard vers nous.

« Pierre n'en connaissait même pas l'existence, ok ? Ce n'est pas lui qui l'avait pris. Et il était si déçu. Je lui avais promis que j'avais un plan pour tout arranger. Régler ses problèmes. »

Le notaire s'exprimait d'une voix entrecoupée de sanglots.

« Il s'est mis en colère et… », a-t-il conclu sans rien ajouter.

Vincent a rejoint Marie et Adeline à l'entrée de la boîte. Il a croisé le premier videur qui se dirigeait vers nous en boitant et l'a intercepté. Je ne sais pas ce qu'il lui a dit, mais le portier m'a jeté un regard noir, a sorti son portable de sa poche et a composé un numéro.

Devant moi, David Bordesoulles pleurait comme un homme dont la vie vient de tomber dans l'abysse. Ne sachant quoi faire d'autre, je lui ai posé une main sur l'épaule. Il n'a pas réagi. Au bout d'une minute, je lui ai pris délicatement le bras et je l'ai ramené vers le vestiaire de *L'Essentiel*.

Les gendarmes n'allaient pas tarder.

Mais je n'avais toujours aucune idée d'où était passé le manuscrit de Pascal.

# 11

Deux gendarmes sont arrivés une demi-heure plus tard, sans trop savoir ce qui les attendait. Nous avions installé David Bordesoulles, brisé, dans la voiture de Vincent. En état de choc, il ne nous avait rien dit de plus. Le deuxième videur s'est attardé autour du véhicule avec nous.

Adeline a fini par retourner dans la boîte. Il faisait trop froid. Marie l'a accompagnée et nous sommes restés là, entre hommes, à faire comme si nous supportions mieux la température que les femmes.

Nous avons expliqué aux membres des forces de l'ordre ce qu'il s'était passé, ce qu'avait exprimé le notaire à propos du meurtre de son clerc. L'un d'eux lui a demandé si ce que nous lui avions raconté était vrai, et il a confirmé.

Son collègue, plus âgé, m'a confié que si Bordesoulles n'avait pas craqué cette nuit, il l'aurait fait le lendemain ou dans la semaine.

« Ces gens-là, m'a-t-il expliqué, ceux qui ne sont pas des assassins, ils ne supportent pas ce qu'ils ont fait. Ça les ronge. Ils finissent toujours par avouer. »

Il était près de trois heures du matin quand nous avons quitté la boîte pour rentrer chez Marie et Vincent. J'avais l'impression d'être éveillé depuis une semaine. Pendant le trajet retour en voiture, je me suis demandé pourquoi Carole, l'épouse du notaire, était partie ainsi en abandonnant son mari au moment où il aurait eu grand besoin de son soutien. Il restait une zone d'ombre dans cette histoire. Quand j'ai raconté la scène aux femmes et que j'ai évoqué cette question à voix haute, Adeline, qui avait pris place à mes côtés sur la banquette arrière, s'est tournée vers moi :

« Elle s'est barrée parce qu'il l'a trahie.

— En tuant son employé ?

— Il ne devait pas y avoir que ça, a-t-elle répondu. Ils devaient coucher ensemble.

— Quoi ? Le clerc et sa femme ? » a demandé Vincent qui conduisait.

« Ou le notaire avec son clerc…, a postulé Marie. Crime passionnel. Ce sont les plus fréquents, a-t-elle poursuivi avec toute son autorité d'avocate.

— Mais ce n'est pas logique, suis-je intervenu. Ils fréquentaient un club échangiste, j'ai du mal à imaginer sa femme jalouse.

— Ce n'est que du sexe, a dit Adeline sans détacher les yeux de l'arrière de l'appui-tête. Alors que, d'après ce que tu nous as raconté, ça allait plus loin entre Bordesoulles et son clerc. Il devait y avoir des sentiments. »

J'ai laissé l'hypothèse pénétrer mon cerveau fatigué. Puis Adeline a repris :

« Ce n'est pas à toi que je vais apprendre la différence entre le cul et l'amour, Alexandre. »

J'ai souri en secouant légèrement la tête. Devant, ni Vincent ni Marie n'ont relevé.

Nous avons raccompagné Adeline à sa voiture. Avant qu'elle ne nous quitte, je l'ai remerciée de nous avoir suivis dans ce délire à la Vincent. Elle m'a pris dans ses bras et m'a murmuré : « Désolé pour tout ce qui t'est arrivé aujourd'hui. » Quand elle m'a relâché, j'ai acquiescé en comptant sur la pénombre pour masquer le mélange indescriptible d'émotions que devait trahir mon visage.

Une fois chez lui, Vincent n'a pas voulu me laisser partir. Il était très tard, j'étais trop épuisé. Je n'ai même pas tenté de lutter. Je me suis effondré dans le lit de la chambre d'ami et ne suis rentré à mon domicile que le lendemain matin.

Un dimanche.

Il s'était remis à pleuvoir. Pascal était encore à l'hôpital. Monk, lui, était ravi de me revoir. Je me suis recouché et j'ai dormi jusqu'à 17 heures.

Une fois debout, je n'ai pas cessé de penser à Mimiche, à sa famille, à Pascal et aux tirs qui avaient résonné dans le séchoir, à la silhouette du jeune Quintana – Maximiliano – allongée par terre, et aux bottes de paille. J'avais mal au dos. J'ignorais comment j'avais réussi à dormir sans faire de cauchemars.

J'ai écouté un Sonny Rollins puis le *Somethin' Else* de Cannonball Adderley allongé sur le canapé. J'avais envie d'alto. D'envolées. Pendant une heure ou deux, j'ai essayé de croire à la musique, d'y croire vraiment, en espérant me sentir un peu plus vivant.

Monk s'est couché à mes pieds. Il puait comme j'aime. L'odeur du chien de campagne, du labrador rustique qui passe sa vie dehors et que l'on ne lave qu'une fois ou deux par an, quand tout va bien. C'était l'odeur de chez moi. La mienne, presque.

J'ai laissé la journée s'achever sans rien faire. J'ai à peine mangé. Il y a bien eu quelques coups de fil sur mon téléphone fixe : Claude, le *sensei*, pour me prévenir qu'il n'arrivait pas à me joindre sur mon portable et que l'entraînement de demain était annulé. Je ne lui ai pas demandé pourquoi et me suis bien gardé de lui préciser que je n'étais absolument pas en état de participer à une telle activité physique. Si les maux de tête avaient décru, les contusions sur mon abdomen me donnaient l'impression que quelqu'un me marchait constamment sur le ventre. Claire prenait des nouvelles et me prévenait qu'elle avait rédigé un long article pour l'édition de lundi sur les événements de la veille et la mort de Mimiche. Fabrice Quintana était toujours en fuite. Elle allait avoir besoin de moi cette semaine. Il y avait l'annonce à venir de la fermeture du Lactarium, une institution de Castelnau rapatriée dans un grand hôpital bordelais. Je lui ai dit que je pouvais m'en occuper si elle le voulait.

« Tant mieux, m'a-t-elle répondu. J'ai plein d'autres trucs à faire et je me suis tapé la compét' de BMX en plus de tout le bordel d'hier. »

Sa façon de dire merci, sans doute. *Le bordel d'hier.* C'était bien résumé.

Tout ça pour une lampe, jolie certes, mais qui ne m'avait pas paru particulièrement extraordinaire. Il y avait des morts inutiles et insensées – j'en savais quelque chose –, mais celle de Mimiche se plaçait directement dans le haut du tableau. Une lampe et quelques affaires volées en prison. Absurde.

J'ai appelé Pascal à l'hôpital à Bordeaux. On l'avait opéré le matin. « Un dimanche, tu te rends compte ? Y'a un chirurgien qui a loupé la messe ou une partie de golf. Mais ça pressait, mon p'tit Alex. » Tout s'était bien passé. On le ramènerait le lendemain. Il aurait peut-être quelques séquelles, moins d'agilité dans les doigts. « Je m'en fous, je ne suis pas Garcimore », a conclu mon cousin qui paraissait d'une humeur excellente.

Les antidouleurs, peut-être.

Je lui ai narré la fin de la soirée de la veille. Je n'avais pas retrouvé le manuscrit, et son ami notaire avait craqué et avoué le meurtre de son clerc. Nous ignorions encore pourquoi. Je me demandais si nous le saurions un jour. J'ai évité de raconter à Pascal que Bordesoulles avait sérieusement envisagé de piquer les feuillets de Céline pour aider son employé à rembourser ses dettes. À la réflexion, je n'aurais peut-être pas dû épargner mon cousin. Son pote était un vrai connard, il était peut-être temps qu'il l'apprenne.

La soirée s'est déroulée en pilotage automatique. J'ai mangé des pâtes et regardé le DVD de *Planète interdite* qui traînait là depuis que je l'avais trouvé chez Noz, il y avait bien un été ou deux. J'ai essayé de lire avant de dormir. Je n'ai réussi ni l'un ni l'autre.

J'ai dû fermer l'œil vers 2 heures du matin. Et me suis réveillé un peu avant 7 heures.

Après un café, j'ai entrepris mon planning de la semaine en allant consulter le fichier Excel partagé en ligne avec Claire. Il y avait le Lactarium, donc, puis d'autres bricoles : un article sur les apprentis de la Cité de la formation, sacrés champions de France de toilettage la veille, et un autre sur deux vaches mortes, dont une dépecée dans un champ. J'aurais aimé surcharger l'agenda, mais la matière n'était pas suffisante. Et comme je ne prévoyais pas encore l'avenir...

Monk m'a ensuite emmené me promener. Je l'ai suivi dans des terrains environnants, sur plusieurs chemins dans les sous-bois, et j'ai fini par siffler le rappel pour retourner à la maison. Après les deux dernières journées et mes petites nuits, je n'étais pas prêt à parcourir la campagne jusqu'à Clarens. J'avais mal aux jambes et le souffle court. Le chien m'a regardé sans paraître surpris, ni déçu. Nous étions dehors, ensemble, il ne pleuvait pas. Cela suffisait à son bonheur.

Arrivé à l'agence du journal, je me suis assis à mon bureau et j'ai lu l'article sur la mort de Mimiche que Claire avait rédigé dans l'édition du jour. Elle ne mentionnait ni le nom de Pascal ni le mien et évitait de trop s'étendre sur les deux suspects. J'ignorais dans quel état se trouvait le jeune Quintana, mais je n'imaginais pas les gendarmes le ménager beaucoup. Tant que son frère restait dans la nature, ils ne le lâcheraient pas. Quant à l'aîné, il avait sans doute déjà eu le temps de s'éloigner de Castelnau avec son butin. S'il avait bien un commanditaire, il lui remettait peut-être la lampe en ce moment même.

J'ai décidé de m'attaquer en premier au concours de toilettage et j'ai appelé la Cité de la formation. On m'a convié sur-le-champ. J'étais libre, les gagnants aussi. L'école en question, dont je découvrais l'existence, se trouvait près des HLM de Tombelot, dans une minuscule partie des anciens bâtiments qui appartenaient autrefois à la SEITA, le principal fabricant de cigarettes en France. Une grande partie des paysans de la région avait longtemps cultivé le tabac, et la Société d'Exploitation Industrielle des Tabacs et des Allumettes employait aussi pas mal de citadins dans ses usines. Une de mes grands-mères y avait travaillé, à l'époque où l'entreprise était encore une régie d'État, et y manufacturait à la chaîne des Gauloises ou des Gitanes. Pourtant, asthmatique, mon aïeule ne fumait pas.

La formatrice en toilettage qui m'a reçu à l'entrée rayonnait de bonheur. Ses poulains avaient gagné le concours et, pour couronner le tout, le journal venait faire un article. J'aurais aimé qu'elle soit contagieuse. Et puis je tombais bien, c'était la semaine où ils se trouvaient au centre et pas sur leurs lieux de stage. Je suis resté presque trois quarts d'heure dans leur salle de classe, sorte de copie étrange d'un véritable salon de coiffure, et j'ai appris qu'il existait plusieurs catégories dans ce genre de compétitions : l'« épilation », l'« autre poil » ou la « toilette de salon ». J'ai noté tout ceci sans chercher à comprendre. Mon hôtesse a toutefois bien insisté : il ne fallait pas oublier que le centre de formation avait été classé meilleure école catégorie BTM. La prochaine échéance était « Les Ciseaux d'or », un concours international qui se déroulait à Palavas-les-Flots. Tant de poésie était magique. Ces humains étaient si enthousiastes que j'étais à deux doigts d'emmener Monk se faire toiletter pour les voir sourire davantage. Le ridicule m'amusait ; j'étais toujours fatigué.

Avant de démarrer ma Punto pour repartir à l'agence, j'ai plongé une main dans ma poche droite, là où je rangeais mon téléphone. Histoire de vérifier mes messages.

Mais le portable n'était plus là. Pendant un instant, j'avais oublié que Quintana l'avait balancé par la fenêtre de sa Golf samedi.

J'ai fait un petit détour à l'Intermarché implanté sur la route du cimetière pour y acheter un téléphone chinois à quatre-vingts euros qui allait sans doute me foutre à découvert et tomberait en panne assez vite. J'allais devoir recompiler tout mon carnet d'adresses. Une plaie.

Claire mettait à jour le site du journal quand je suis revenu à l'agence. Elle s'est levée à mon arrivée et m'a demandé si ça allait.

« Et toi, ça va ? » lui ai-je répondu, surpris de tant de sollicitude.

« Oui, oui », a-t-elle dit avant de se rasseoir sans rien ajouter.

Elle s'est remise à pianoter sur son clavier pendant que je sortais mes notes de mon sac à dos, puis s'est arrêtée avant de se tourner vers moi.

« Non, mais sérieux, a-t-elle repris, ça va ? T'as eu un sale week-end…

— Honnêtement, je préférais être à ma place qu'à ta soirée de hipster, là. »

Sa tentative de sourire s'est soldée par un rictus grotesque.

« Mais merci de demander, ai-je ajouté. J'ai vu mieux, franchement, mais ça remonte à si longtemps que j'ai fini par m'habituer.

— Je connais ça », a-t-elle dit avant de regarder son écran.

Je me suis alors rendu compte que j'ignorais tout d'elle. Je savais simplement à quel point elle pouvait se montrer détestable. Je n'avais jamais cherché plus loin, ne lui avais jamais posé la moindre question. J'ai compris également qu'aux yeux de ceux qui ne me connaissaient pas, je pouvais apparaître aussi fermé et désagréable qu'elle.

« Au fait, il y a encore eu un cambriolage avec effraction d'un coffre-fort, a-t-elle annoncé. Tu veux t'en occuper ? Comme c'est toi qui as fait le dernier, peut-être que…

— Euh…

— Je vais me mettre sur le meurtre de Saint-Martin, à la place. Apparemment, le coupable a avoué.

— Oui, j'ai appris. Le notaire. »

Elle n'a pas cherché à savoir comment j'étais au courant. Tant mieux. Je n'avais aucune envie de lui raconter.

« Et les gendarmes ont retrouvé l'arme du crime, en plus.

— Hein ? ai-je réagi.

— Enfin, c'est la femme du notaire qui l'a retrouvée dans le coffre de la voiture de son mari. Un trophée de tennis.

— Quoi ? Il a buté son clerc avec une coupe qu'il a gagnée en jouant au tennis ?

— Ouais, a dit Claire avec une grimace. Tu sais, la base en marbre, quoi.

— Je vois très bien, oui.

— Un crime improvisé. Il a pris ce qu'il avait sous la main. La coupe était pleine de sang. Il n'avait pas pris la peine de la nettoyer. Sa femme l'a apportée aux condés après ses aveux. »

Je comprenais désormais pourquoi l'épouse de Bordesoulles avait capté aussi vite que son mari était un assassin. Savoir qu'il se baladait avec un « objet contondant » ensanglanté dans sa bagnole était de nature à faire naître quelques soupçons.

« D'accord, ai-je dit après un instant de silence, tu as l'air beaucoup plus au point que moi sur le meurtre. Je vais m'occuper du coffre. C'est où ?

— Des richards à Lagassat. »

Elle m'a envoyé un courriel avec l'adresse et le numéro de téléphone du propriétaire, un certain Corbin.

Avant d'entamer mon article, j'ai expédié un mail à mes contacts dont je voulais récupérer les coordonnées téléphoniques en leur expliquant que j'avais perdu mon portable.

Je me suis retenu d'introduire une pointe d'ironie dans le papier sur les toiletteurs et suis resté très informatif : les faits, rien que les faits. Je me sentais proche de la race canine, mais je passais plus de temps à essuyer les pattes pleines de boue de Monk qu'à l'emmener se faire nettoyer les poils ou couper les griffes. Pas question pour autant de laisser mon mauvais fond prendre le dessus. Ces jeunes bossaient dur et, d'après les résultats du concours, très bien. Ils ne méritaient pas d'être moqués par un raté trentenaire qui pigeait pour la rubrique des chiens écrasés d'un journal de la Presse Quotidienne Régionale.

Quand j'ai levé les yeux de mon écran, Claire avait disparu. Il était presque treize heures. En partant travailler, ce matin, j'espérais que reprendre ma routine de correspondant local occuperait suffisamment mon cerveau pour m'éviter de penser à Mimiche, à Pascal, aux Quintana, au notaire et au manuscrit. La seule stratégie que je connaissais. Et qui avait plus ou moins réussi.

Il n'était pas question pour moi d'aller manger à *L'Esplanade*. La perspective d'écouter les habitués échafauder des théories sur le fait divers du week-end m'enchantait autant qu'une visite dans un bar à chats avec Marine Le Pen. Et j'entendais déjà les interrogations auxquelles je n'avais pas envie de répondre à propos de ma pommette contusionnée.

J'avais « couvert », deux semaines plus tôt, l'ouverture d'un nouveau restaurant indonésien par un jeune homme propre sur lui qui était tombé amoureux de cette cuisine au cours d'un voyage. Un peu présomptueux, il n'avait pas encore tout à fait fini ses études à Bordeaux, mais se voyait déjà franchiser son idée. Il proposait néanmoins des plats appétissants à base de poulet frit, de bœuf ou de riz dont les noms faisaient rêver : nasi goreng, dadar gulung, asimani. Trois minutes de voiture m'ont suffi pour rejoindre son échoppe dans un de ces petits complexes commerciaux de quartier périphérique. Le jeune homme m'a reconnu et a tenté de me faire la conversation en me préparant mon plat à emporter. J'étais le seul client, ce qui, à cette heure et dans cette zone résidentielle, ne m'étonnait qu'à moitié. Alentour, on trouvait plus de maisons avec jardinet que d'entreprises. Les employés de la pharmacie ou de la boulangerie proches rentraient probablement déjeuner chez eux, comme la plupart des habitants de la ville. C'était ainsi, à Castelnau et dans les cités de même taille : des temps de trajets aussi courts offraient de la chair à audimat aux reportages terroir du journal de treize heures.

Sans doute amadoué par l'ennui profond qui se dégageait du regard triste du restaurateur/étudiant, j'ai fait l'effort de répondre à ses questions autrement que par oui ou non. Puis j'ai ramené mon riz frit à l'agence et l'ai mangé en papillonnant d'une vidéo à l'autre sur YouTube. Un peu de Charlie Rouse période tardive et une interview d'un grand écrivain dont Vincent ne cessait de me parler, mais que je n'avais toujours pas lu : Alan Moore. Sa théorie sur l'espace-temps considéré comme un bloc solide m'a étonnamment déprimé. Savoir que toutes les merdes qui me tombaient sur le coin de la gueule allaient recommencer encore et encore, à l'infini, n'était pas le genre d'idées dont j'avais vraiment besoin aujourd'hui.

Il me fallait m'occuper de quelques formalités. Prévenir la compagnie auprès de laquelle je souscrivais mon forfait de portable qu'ils devaient annuler mon ancienne ligne et m'envoyer une nouvelle carte SIM. Le téléopérateur que j'ai eu au bout du fil a bien essayé de repérer le téléphone qui était passé par la fenêtre, mais comme je le pensais, je n'avais jamais activé la localisation. J'allais devoir passer deux ou trois jours sans portable. Peu pratique pour le boulot. Pour le reste, je m'en sortirais très bien.

J'ai ensuite profité du fixe de l'agence pour appeler Emmanuel Corbin, le propriétaire du dernier coffre fracturé en date.

Il m'a proposé de venir en fin d'après-midi. Cette histoire de vol m'a rappelé celle d'Aude Virtanen. J'étais parti de chez elle trois jours plus tôt pour me rendre sur la scène de l'assassinat de Pierre Paléologue, le clerc de Bordesoulles, en lui disant que je reviendrais une autre fois. Où avais-je foutu le post-it sur lequel elle avait inscrit son numéro ? Probablement resté dans la poche d'un pantalon passé à la machine.

Puisque j'avais quelques heures devant moi, je me suis attaqué au papier sur la fin du Lactarium à Castelnau. J'ai appelé les administrateurs du nouveau pôle dans une annexe du CHU de Bordeaux, puis je me suis rendu dans l'établissement proprement dit où j'ai recueilli plusieurs témoignages amers. Ce lactarium était le plus grand de France et le seul au monde à transformer le lait maternel en lait lyophilisé. Une des responsables du site m'a expliqué l'importance de cette innovation pour les prématurés. La fermeture ne touchait qu'une quinzaine d'emplois – certains bénéficieraient de la retraite, d'autres seraient recasés s'ils acceptaient de travailler ailleurs –, mais c'était tout un symbole. On privait Castelnau d'un domaine où la ville était à la pointe. On l'humiliait une nouvelle fois au profit d'une capitale régionale.

J'ai soigné mon article, en essayant de laisser transparaître une tonalité douce-amère – un sentiment que partageraient à coup sûr les lecteurs – sans avoir besoin de me forcer.

Vers 17 heures, j'ai quitté l'agence. Claire n'était pas revenue. Peut-être qu'il y avait eu du nouveau à la gendarmerie, ou alors elle télétravaillait. D'où ? Je l'ignorais. Nous étions tellement proches que je ne savais même pas où elle habitait.

Le trajet jusqu'à Lagassat, quelques minutes à travers des quartiers résidentiels en périphérie, m'a rappelé le parcours effectué dans la Golf des Quintana. Pour quitter la ville, ici, il suffisait de marcher un kilomètre dans n'importe quelle direction. Apparaissaient alors les pavillons de « banlieue », les zones industrielles, les centres commerciaux puis quelques rares champs. Des jeunes rentraient du collège ou du lycée à pied, certains rêvant sans doute de suivre les traces de leurs parents, d'autres d'échapper à l'attraction mortifère de ce trou noir au plus vite. Même si d'irrépressibles bouffées nostalgiques me rongeaient parfois, je ne les enviais pas. Il m'arrivait de repenser avec *saudade* à la période où, adolescent, tout me semblait encore possible sauf le pire, mais les lycéens d'aujourd'hui me paraissaient privés de cette insouciance. L'apocalypse qu'on leur promettait pesait bien plus que la fin de l'histoire que l'on m'avait vendue à leur âge.

Prendre à droite dans une vaste allée qui correspondait à l'adresse donnée par Claire m'a coupé de ma rêverie. J'ai pénétré dans un autre monde, un univers parallèle matérialisé par l'immense portail étincelant qui ouvrait sur un gigantesque parc aseptisé. Le quartier n'était pas peuplé de miséreux, loin de là, et l'on y voyait des villas de classe moyenne parfois associées à de belles voitures. Pas les vastes maisons de maître ou d'architecte accrochées au coteau de Belpech, certes, mais une population qui ne craignait pas les fins de mois.

La propriété dans laquelle je roulais désormais avait tout d'une anomalie au sein de cet environnement. Le parc englobait quatre ou cinq hectares, et il avait vraisemblablement fallu rogner sur les champs avoisinants pour ériger ce palace. Car il ne s'agissait pas d'une simple demeure, mais de tout autre chose. Une version lot-et-garonnaise de ce que les Américains qualifient de *MacMansions*, manoirs MacDo, ces baraques difformes aux ailes hideuses, aux tours mal placées, aux garages pour dix-sept voitures et aux affreuses colonnes devant l'entrée. L'exemple typique de ce dont sont capables des humains très fortunés, mais dénués du moindre goût.

La route goudronnée et peinte en rouge m'a conduit, après un grand virage contournant un court de tennis, un terrain de basket et un fronton de pala, jusqu'à une étrange habitation qui devait être la maison des propriétaires, mais m'évoquait une monstruosité venue du fond des abysses et transformée en pierre. Autour d'un bâtiment central ovale partaient trois ailes, une assez courte sur ma droite, une autre un peu plus longue avec trois garages à gauche, et une dernière, sur l'arrière, si allongée que son extrémité jouxtait le tennis. Les murs étaient de cette teinte rosâtre incongrue, brièvement à la mode dans les années 2000, quand des promoteurs ivres pensaient pouvoir faire remonter cette couleur de façade, normale à Montpellier ou Toulouse, jusqu'au nord d'Agen.

Depuis le parc, entretenu pour ne pas laisser la moindre chance à la nature, jusqu'aux murs de pierre qui sonnaient faux, tout me révulsait. Une piscine à débordement et un étang entouraient un magnifique pigeonnier rénové, édifice vestigial de ce qu'était peut-être l'endroit avant qu'un millionnaire dément décide de jouer au Lego avec de véritables grues.

J'ai à peine eu le temps de poser un pied hors de ma voiture qu'un homme est sorti de la maison et a foncé vers moi, la main tendue.

« Monsieur Lolya ? »

J'ai hoché la tête en observant cette apparition : petit, gros, fine moustache, vêtu d'un short et d'une chemisette hawaïenne, le propriétaire des lieux, la cinquantaine bien tassée, ressemblait à une version trapue de Thomas Magnum. Comme si quelqu'un avait réglé sa télé 4/3 en format d'image 16/9.

Je lui ai serré la main et j'ai dû le regarder d'un drôle d'air, car il a ajouté :

« Oui, je sais, pas une tenue de saison, mais il fait beaucoup plus chaud à l'intérieur, venez. »

Je l'ai suivi à travers la vaste entrée et il a refermé l'épaisse porte en bois après moi. Il faisait, en effet, une chaleur à crever. Il s'est frotté les paumes et a tendu un bras pour que je lui donne mon manteau qu'il a rangé dans un placard dissimulé derrière une immense glace.

L'intérieur, pour ce que j'en voyais, ressemblait à l'extérieur. Un hall spacieux aux carreaux blancs ouvrait sur un grand salon arrondi et cerné par une gigantesque baie vitrée qui laissait entrer la lumière pâle de cette journée d'hiver. Des canapés beiges en cuir – j'en comptais au moins cinq – tentaient de meubler cette pièce qui paraissait désespérément vide, neutre. Tout était blafard : les murs, le sol, les rares étagères sur lesquelles quelques photos donnaient l'impression que des réplicants vivaient ici.

« Avancez, avancez », m'a dit Corbin avec un accent du Sud prononcé.

Il m'a fait traverser le salon pour passer dans un couloir qui devait longer une des ailes que j'avais vues de l'extérieur.

« Moi, c'est Emmanuel, au fait. On ne va pas se donner du monsieur, hein ? »

Entre son sourire, sa tenue et son accent, je l'ai trouvé aussitôt sympathique. Certes, il vivait dans un environnement étonnant, où la fortune paraissait décupler le mauvais goût, mais il ne cherchait pas à prendre des airs, à faire semblant.

« Moi, c'est Alexandre », ai-je répondu.

Je mourais d'envie de lui demander d'où lui venait son argent. L'avait-il hérité ? L'avait-il gagné en bourse ? Au loto ? En minant du bitcoin ? Ou bien avait-il inventé un de ces gadgets improbables comme le houla hoop ou le Rubik's Cube ? Je ne l'imaginais pas trader à Londres, mais j'avais déjà vu plus surprenant.

Il m'a fait entrer dans une vaste pièce, au fond du couloir, qui servait visiblement de bureau. Sur une grande table en verre, quelques dossiers et trois écrans reliés à une tour de PC semblaient indiquer que l'on abattait du labeur, ici. Un minimum, en tout cas. Je me méfiais toujours des plans de travail trop rangés et propres. Ils cachaient quelque chose. Un amoncellement de bordel sur un bureau annonçait la couleur, au moins, il trahissait quelqu'un d'affairé, de débordé. Si des piles de documents ne menaçaient pas de s'effondrer, tout était sous contrôle. En Australie, quand je travaillais beaucoup, je devais presque déblayer mon bazar avant d'atteindre mon clavier ou mon ordinateur portable. J'étais au-dedans comme au-dehors : submergé. Tout avait bien changé depuis. Beaucoup moins de boulot et trop de temps pour penser.

« C'est là », m'a dit Emmanuel Corbin en désignant un coffre-fort carré d'un mètre de côté, porte ouverte, posé sur le carrelage blanc dans un coin de la pièce, près d'un canapé bas. « Les gendarmes m'ont expliqué que le voleur s'est servi d'un foret spécial, puis qu'il a fait sauter les fermoirs. Ce n'est pas très compliqué, apparemment. »

Il s'est accroupi et a orienté le battant pour me montrer le trou effectué à la perceuse.

« J'ai déjà vu ça, ai-je constaté en pensant au coffre d'Aude Virtanen. Et qu'est-ce qu'on vous a pris ?

— Ça apparaîtra dans l'article ? a-t-il interrogé en se relevant.

— Pas si vous ne le voulez pas.

— Alors non, je ne préfère pas, m'a dit Corbin avec une grimace clownesque, comme s'il était gêné de me demander ça.

— Aucun problème.

— Il y avait pas mal de bijoux à ma femme et des montres à moi. Deux Rolex et une Omega, une Speedmaster, vous savez, celles des astronautes…

— Qui représentent une sacrée somme, j'imagine.

— Ouais. Je ne suis pas en manque de pognon, hein, mais ça fait chier quand même. »

Il avait prononcé cette phrase comme auraient pu le faire des dizaines d'autres Castelnaudais. Si je n'avais pas vu où il habitait, je ne l'aurais jamais imaginé en possession d'une telle fortune. Corbin était un gars du coin que rien ne différenciait des autres gars du coin. En dehors de son compte en banque. J'étais désormais persuadé qu'il n'avait pas hérité de son argent.

« Mais vous n'avez pas une alarme ? Quelque chose ?

— Oh ! mais si, a-t-il dit en levant les mains, mais c'est ce con de drôle. »

Il a dû lire l'incompréhension sur mon visage puisqu'il a repris :

« Mon fils, Erwann, il a dix-neuf ans… Tous des branleurs, à cet âge. Mais lui, il a trop la belle vie, ici, il ne veut pas se barrer. Putain, moi, à dix-sept piges, j'étais déjà sur les chantiers. »

J'avais vu juste sur l'absence d'héritage.

« Bref, a-t-il poursuivi, ma femme et moi, on est partis en Toscane deux semaines. Puis Venise et tout le bordel. Et ce con d'Erwann, il s'est barré un week-end chez des copains, dans les Pyrénées, faire du surf des neiges ou je sais pas quoi, et il a oublié de mettre l'alarme.

— Les cambrioleurs ont eu tout le week-end, alors.

— Ouais.

— Et ils n'ont rien pris d'autre.

— Non. C'est ça qui est dingue. On dirait qu'il n'y avait que le coffre qui les intéressait. Ils n'ont pas touché aux ordinateurs, aux tablettes et à tout le reste.

— Les bijoux, c'est le plus facile à vendre, ai-je remarqué.

— Ouais, sans doute. » Puis après un soupir accompagné d'un léger hochement de tête : « Enfin, ça fait chier quand même. »

Il m'a reconduit dans le couloir et a lancé :

« Bon, ça va quand même pas nous empêcher de boire un coup, hein ! »

Emmanuel Corbin m'a alors montré l'insondable profondeur de son bar. J'ai dû déclarer forfait après le troisième whisky, par crainte de ne plus être en mesure de reprendre le volant.

Nous avons passé une bonne demi-heure à discuter de tout et de rien, de nos connaissances communes dans la ville et des équipes de sport locales, mais quand je suis remonté dans ma Fiat Punto, je ne savais toujours pas comment il avait fait fortune.

Au crépuscule, en traversant Castelnau pour rentrer chez moi à Bouleron, du Hank Mobley dans l'autoradio, j'ai repensé aux coffres d'Aude Virtanen et d'Emmanuel Corbin, fracturés de la même façon. Celui du notaire, en revanche, n'avait pas été percé. Et Bordesoulles jurait ses grands dieux que ni lui ni son clerc assassiné ne s'étaient emparés du manuscrit de Céline. Et si les voleurs avaient simplement trouvé la clé dans le tiroir du bureau du notaire et deviné la combinaison ? Et si – puisque les Quintana ne semblaient y être pour rien – les perceurs de coffres qui écumaient la région n'avaient pas seulement fait main basse sur des bijoux, mais également sur quelques feuillets de *Mort à crédit* ?

Puis l'intro de piano de *Carolyn* s'est échappée, céleste, des enceintes. L'esprit usé par le whisky, j'ai laissé les cuivres me conduire à bon port.

# 12

J'ignorais quand Pascal devait rentrer. Aujourd'hui ? Demain ? S'il me l'avait dit, je l'avais oublié. Mon cerveau ne fonctionnait pas de façon optimale. Surtout après les excellents whiskies d'Emmanuel Corbin. En arrivant chez moi, je m'attendais presque à trouver mon cousin dans le canapé, en train de s'enfiler un paquet de chips et de regarder une série débile.

Mais en prenant le chemin qui menait à ma longère, j'ai découvert la voiture de Vincent, un modèle hybride de chez Toyota. Mon ami patientait sur le banc de la galerie, Monk assis à ses pieds.

« J'allais encore poireauter un quart d'heure avant de me barrer, m'a-t-il lancé quand je suis descendu de ma Punto.

— Tu aurais pu faire comme quand on était ado et appeler sur mon fixe si tu tenais tellement à me joindre, lui ai-je dit en ouvrant la porte de la maison.

— Ça m'aurait bien avancé, ouais. Puis à l'époque, au moins, je pouvais discuter avec ta mère quand tu n'étais pas là.

— Elle t'aimait bien.

— Ton père en revanche…

— Il n'aimait pas grand monde. »

J'ai rangé mon sac dans la penderie de l'entrée pendant que Vincent retirait le sien de son dos et le posait sur la petite table du salon. Il en a sorti deux pizzas surgelées enveloppées dans une poche plastique et un Blu-ray.

« De quoi nourrir l'esprit et le ventre…, a-t-il expliqué.

— Je ne me rappelais pas t'avoir invité.

— Ça se fait, non ? Tu étais chez moi la semaine dernière. »

Il m'a jeté le Blu-ray que j'ai rattrapé contre mon torse. *Le Solitaire*, le premier film de Michael Mann.

« Je l'ai acheté il y a quelques mois, mais je n'ai toujours pas eu l'occasion de le mater, a dit Vincent.

— Si j'avais su que tu l'avais, je t'aurais invité depuis longtemps… »

Il est allé poser les pizzas à la cuisine puis est revenu s'installer dans le canapé. J'ai ramené une bouteille de pastis, de l'eau et des glaçons. Vincent savait où trouver des verres. Je lui ai fait un résumé des heures précédentes.

« Sacrée journée. Tu as autant de travail, demain ?

— Non. Mais ça ira, si ça t'inquiète. Je vais bien.

— D'accord, a-t-il dit d'un air peu convaincu. Tu sais quand sont les obsèques de Mimiche ?

— Je ne sais même pas si c'est décidé. J'imagine que les gendarmes ont dû ordonner une autopsie, si c'est possible dans ces circonstances. J'ai l'impression d'être complètement largué, sans portable.

— C'est pas mal, des fois, d'être un peu à l'écart du bruit du monde », a déclaré Vincent avant de boire une gorgée de l'épais 51 que je lui avais servi.

J'ai hoché la tête et, comme s'il lisait dans mes pensées, il a conclu :

« Surtout ces temps-ci. »

Après un autre verre de pastis et s'être partagé une quatre-fromages et une reine, nous avons lancé le film. Titre original *Thief* : Voleur. James Caan y jouait un cambrioleur spécialisé dans le vol de diamants. Il maniait la lance thermique pour s'attaquer à de monstrueux coffres-forts. Nous restions dans la thématique de la journée, certes, mais loin de notre voleur lot-et-garonnais qui s'en prenait à des blindages bien moins impressionnants. Mon esprit a tout de même associé les deux casseurs et j'ai imaginé James Caan en train de tirer les bijoux d'Aude Virtanen et l'Omega Speedmaster d'astronaute d'Emmanuel Corbin.

Puis, l'alcool et le rythme du long-métrage ont eu raison de moi. Vincent m'a réveillé en se levant du canapé. Le générique de fin défilait.

« Va te pieuter, tu seras mieux. »

J'ai acquiescé en bâillant. Je m'étais endormi sans même m'en apercevoir, sans doute rassuré par l'atmosphère familière d'un bon film en compagnie de mon meilleur ami. Comme si seul ce semblant de normalité me permettait de baisser la garde.

Vincent a récupéré son Blu-ray dans le lecteur et l'a rangé dans le boîtier qu'il a posé sur la table basse.

« Je te le laisse, si tu veux voir la fin.

— Merci.

— Appelle, au besoin.

— Je t'enverrai mon numéro par mail quand j'aurai reçu ma nouvelle carte SIM.

— Ça marche. »

Monk, plus poli que moi, l'a raccompagné jusqu'à la sortie. Quand Vincent a refermé la porte, je me suis demandé si ce genre de soirée lui faisait autant de bien qu'à moi. S'il parvenait, ne serait-ce que temporairement, à oublier ce qui lui était arrivé, à lui aussi, quelques mois plus tôt lorsqu'il avait failli mourir.

Je n'en étais pas persuadé.

Je me suis couché et me suis rendormi tout de suite. J'avais passé quelques jours tel Cary Grant dans *La Mort aux trousses*, à fuir le biplan de ma fatigue. Mais contrairement au héros hitchcockien, l'avion avait fini par me tomber sur la gueule.

Le lendemain matin, réveillé bien trop tôt, je me suis lancé dans une grande balade avec Monk. Comme souvent en cette saison, le ciel à peine menaçant s'est peu à peu chargé en nuages sombres et je suis rentré, une heure plus tard, trempé de la tête aux pieds. Le labrador, lui, semblait aux anges. Le poil luisant et les pattes couvertes de boue, il s'est jeté sur sa gamelle avec sa fougue habituelle.

Quelques mois plus tôt, il avait cessé de manger pendant plusieurs jours. Un comportement si étrange qu'il lui avait valu une visite chez le vétérinaire. Après examen, le spécialiste avait conclu qu'une femelle en chaleur du voisinage obsédait tellement mon chien qu'il avait arrêté momentanément de s'alimenter. Un autre mâle solitaire.

Après une douche brûlante et un gros petit-déjeuner, j'ai erré un peu sur internet, à la recherche d'informations sur les coffres-forts et la façon dont les voleurs s'y prenaient pour les ouvrir. La toile mondiale ne regorgeait pas de modes d'emploi pour perceurs de coffre. On trouvait bien plus facilement comment fabriquer une bombe artisanale. Ce qui en disait long sur notre monde.

Je ne m'étais pas lancé dans cette exploration du réseau par hasard, mais j'ignorais encore si le lien que j'avais établi reposait sur des bases solides ; voire si je n'imaginais pas tout ceci. Certes, un ou des cambrioleurs spécialisés dans les coffres écumaient la région, mais allais-je remettre la main sur le manuscrit de Céline si je les retrouvais ?

Les gendarmes devaient en savoir bien plus que moi. Personne n'avait pris la peine de m'indiquer s'ils avaient relevé des empreintes ou s'ils étaient sur une piste, mais ils ne devaient pas avoir besoin de faire appel à un moteur de recherche pour obtenir quelques informations sur le modus operandi de ce genre de malfaiteurs.

J'ai fermé le navigateur internet, ouvert mon traitement de texte puis, après avoir réchauffé une tasse de café, j'ai rédigé le court papier sur le cambriolage d'Emmanuel Corbin. J'étais en train de l'envoyer sur le site du journal quand deux coups brefs ont résonné à la porte.

Pascal n'a pas attendu que je réponde pour entrer. Après tout, il était ici chez lui pour un temps.

« J'suis rentré, mon petit Alex. Une ambulance m'a ramené. On fait raquer la Sécu. »

Les cheveux en désordre, comme si un géant les lui avait ébouriffés, il a levé son bras pour me montrer la grosse attelle qu'il portait à deux doigts de la main droite. J'espérais que les événements du week-end ne m'avaient pas recraché avec une aussi sale gueule. J'en doutais.

« Faut que j'aille me laver et retirer ces vieilles fringues qui puent, je n'avais pas de rechange à l'hôpital, m'a-t-il dit.

— Ah, c'est con, si tu m'avais prévenu, j'aurais pu t'en apporter.

— Jusqu'à Bordeaux ? Non, mais rassure-toi, je vais quand même avoir besoin de toi. » Il est resté debout à mes côtés, l'air épuisé. Il n'avait pas dû dormir aussi bien que moi. « Samedi, j'ai laissé mon camion à Castelnau. Et je n'ai jamais pu le récupérer.

— D'accord. Je t'emmènerai tout à l'heure. Mais tu pourras conduire, pour le retour ?

— Ça devrait aller. »

Il a disparu comme Kramer dans *Seinfeld* et m'a abandonné avec mon article à envoyer.

Deux heures plus tard, nous étions attablés au comptoir de *L'Esplanade*, en train de dévorer deux steaks presque aussi épais qu'un roman de Stephen King. La pluie avait condamné l'accès à la terrasse et la brasserie était bondée. Je n'avais pas prévu d'emmener mon cousin déjeuner dans ma cantine traditionnelle, mais en passant devant, une impulsion m'avait poussé à m'arrêter. Ce qui ne me disait rien la veille me paraissait de nouveau naturel. Tant pis si quelques habitués revenaient sur le drame du week-end au détour d'une conversation. Tout serait plus facile avec Pascal. Et il n'était pas contre l'idée de manger un morceau. Rien ne le pressait à récupérer son fourgon.

Après une entrée des plus classiques - œufs mimosa arrosés d'un demi - je lui ai posé la question à mille euros, sur laquelle, même si je n'étais pas sûr qu'il possède une réponse, je ne pouvais décemment pas faire l'impasse.

« Qu'est-ce qu'il t'a pris de monter comme ça dans l'immeuble où créchaient les Quintana ?

— Et toi, pourquoi tu m'as suivi ? » m'a-t-il rétorqué, vexé.

« Du calme, je ne t'accuse de rien.

— Toujours à me croire plus débile que je suis… »

Je suis resté silencieux un instant, troublé par cette réaction imprévisible de gamin pris en faute. Le bruit des couverts qui s'entrechoquaient et des conversations a plané entre nous trente secondes, puis Pascal a poursuivi :

« Je suis désolé, putain. »

Sa voix tremblait.

« Désolé de quoi ?

— Si j'avais pas fait le con en montant là-bas, Mimiche serait encore en vie. »

Je n'ai rien répondu. C'était sans doute vrai. Et je n'ai pas non plus rassuré mon cousin en lui expliquant que Mimiche craignait le grand Quintana, que leur prochaine rencontre aurait pu s'achever de la même manière sans que nous y soyons mêlés de près ou de loin. Je l'ai laissé continuer.

« Je ne sais pas même pas ce qui m'a pris. Où j'ai pioché le courage. » Il était au bord des larmes. « Je me disais que si je trouvais où ils créchaient, peut-être qu'on pourrait aller récupérer le manuscrit. Alors, je suis entré dans la résidence quand une vieille est sortie. Je suis allé regarder sur les boîtes aux lettres, mais il n'y avait pas les noms sur toutes.

— Tu cherchais Quintana ?

— Ouais.

— Un gendarme m'a dit qu'ils ne vivaient pas là. Ils squattaient juste chez une poule du plus jeune. Tu ne risquais pas de trouver leur blase.

— Je ne pouvais pas savoir. Je suis monté dans les étages pour mater à côté des sonnettes. Il y avait des noms, ouais, mais toujours pas de Quintana. Puis à un moment, une porte s'est ouverte et devine qui a surgi. »

J'ai avalé un morceau de mon steak et j'ai serré les dents. Pascal aussi avait l'air en colère.

Il n'y était pour rien. C'était moi, en sonnant à l'entrée, qui avais alerté la copine de Maximiliano Quintana et avais fait sortir l'autre de son antre. C'était moi qui avais foutu Pascal dans la merde en cherchant à le sauver.

Le sauver de quoi ? Il se débrouillait bien tout seul. Il l'avait bien démontré en se jetant sur l'échelle dans le séchoir à tabac.

Quant à Mimiche, j'avais beau me dire qu'il aurait peut-être subi le même sort s'il avait croisé par hasard les Quintana dans la rue, je n'y croyais pas vraiment.

J'ai lâché ma fourchette dans mon assiette et me suis frotté le visage à m'en arracher la peau.

« Je m'inquiétais pour toi, ai-je fini par raconter à Pascal, alors je suis entré dans la résidence. Je pensais venir à ta rescousse. »

Il a posé une main sur mon avant-bras.

« Je sais, mon petit Alex, je sais. »

Il a terminé son steak sans ajouter un mot. Je suis resté les yeux dans le vague, regardant plus ou moins les bouteilles d'alcool alignées derrière le bar de *L'Esplanade*. Michel, le patron, s'agitait. Il encaissait les additions, posait sur le comptoir des cafés ou des digestifs que les serveuses escamotaient pour aller les apporter à des clients pressés dans mon dos.

« Le problème, a dit tout à coup Pascal après avoir fini sa bière, c'est que l'autre connard est toujours en liberté.

— Il ne va pas rester longtemps dans la nature.

— Tu crois ? »

J'ai acquiescé. J'en étais persuadé. Fabrice Quintana ne parviendrait pas à s'échapper. Pas après ce qu'il avait fait. Les flics le recherchaient et il commettrait forcément une erreur. Je l'imaginais en train de se terrer dans une cave d'HLM, aux abois, façon Ben Laden du pauvre. Où étaient les snipers amerloques quand on avait besoin d'eux ?

« Un dessert ? Un café ? » nous a demandé Michel derrière le bar.

Nous avons commandé deux expressos.

« L'autre truc, quand même, a poursuivi Pascal, c'est qu'on se retrouve comme des cons, sans manuscrit.

— J'y ai repensé, justement. Je ne sais pas si je t'ai raconté, mais il y a eu une série de cambriolages, récemment, dans le coin.

— Non, tu ne m'en as pas parlé.

— Hier encore, j'étais chez quelqu'un qui s'est fait tirer des bijoux et des montres de luxe. Des cambrioleurs s'attaquent aux coffres et les percent pour les ouvrir. Rapides, efficaces. J'ai d'abord cru que c'étaient les Quintana qui avaient volé le manuscrit chez ton pote le notaire, mais on est maintenant sûrs que ce n'est pas eux. Ils ne savaient même pas de quoi on parlait lorsqu'on l'a mentionné dans la voiture… Puis on a appris qu'ils n'avaient rien à voir avec l'assassinat du clerc.

— Ça, je m'en remets pas », a alors lâché mon cousin avec cet air ahuri, enfantin, qui apparaissait par moments sur son visage. « David, je le connais depuis des dizaines d'années.

— Je ne sais rien des circonstances, j'ignore ce qui s'est joué ce soir-là, mais ça sent le crime passionnel à plein nez. Marie pourrait t'en parler, il lui arrive d'être confrontée à ce genre de cas.

— Marie, la femme de Vincent ? La belle renoi ?

— Oui, elle est avocate.

— Chanmé. »

Pascal s'exprimait parfois comme s'il avait dix ou quinze ans de moins.

« Le notaire nous a juré ses grands dieux qu'il n'avait pas pris le manuscrit et que son clerc non plus. Vu dans quel état il était alors, j'aurais tendance à le croire.

— Et sa femme ?

— Quoi, sa femme ?

— C'est peut-être elle qui a le manuscrit...

— Je viens de te dire qu'il y a une bande de perceurs de coffres qui écument la région et toi tu postules que c'est la nana de ton pote qui a fait le coup ?

— Je sais pas, moi..., a-t-il dit en haussant les épaules. Il n'a pas été percé, le coffre, non ? »

Michel est revenu et a posé deux cafés devant nous.

« Qui c'est qui a pas percé de coffre ? a-t-il demandé en tentant de s'insinuer dans la conversation.

— Tu ne lis pas le journal, toi, lui ai-je rétorqué.

— Uniquement la rubrique nécrologique...

— Tu ferais bien de faire gaffe à toute la thune que tu gagnes au black, si tu la mets dans un coffre, Michel, ai-je dit. Y'a des cambrioleurs que rien n'arrête...

— Si j'avais assez de pognon pour avoir un coffre, ça fait longtemps que je ne serais plus là à me faire chier avec des clients comme vous. »

Pascal a souri, découvrant la dynamique des échanges entre le patron de *L'Esplanade* et ses habitués.

« J'avais un fidèle dont c'était le boulot, a poursuivi Michel.

— Quoi ? De cambrioler ? me suis-je étonné.

— Non, les coffres. Il venait tous les samedis midi, le gars. Toujours seul. Discret. Il mangeait là où tu es assis, Alexandre. Et son boulot, c'était d'ouvrir les coffres.

— Sérieux ? Ça existe, ça ? j'ai dit.

— Ouais, c'était un mytho, non ? a demandé Pascal.

— Il ne m'a jamais parlé de son job. D'ailleurs, il ne parlait pas beaucoup. J'ai appris ce qu'il faisait dans la vie en découvrant un article dans le journal. » Sourire satisfait. « Tu vois, je le lisais en entier avant que tu y bosses, Alexandre.

— Comment ça, un article dans le journal ?

— Ils avaient fait un papier sur lui, qu'est-ce que tu veux que je te dise ? Comme il avait un boulot pas banal, voilà, quoi. En fait, son taf, c'était d'ouvrir les coffres-forts bloqués. Serrurier, à la base, mais spécialisé dans les coffres. Il intervenait dans toute la région sud. Mais il vivait ici. »

J'ai échangé un regard avec Pascal.

« Et il est où, maintenant, ce type ? j'ai demandé.

— Je sais pas. Il ne vient plus depuis un bail.

— Et comment il s'appelait ?

— Attends voir… » Michel a posé un doigt sur le menton, un geste étrange, à la fois réaliste et théâtral. « Frédéric. Ouais, c'est ça, Frédéric.

— Frédéric comment ?

— Aucune idée. S'il me l'a dit un jour, je ne m'en souviens pas. Ça devait être écrit dans l'article.

— D'accord, ai-je dit en tentant de masquer mon soudain intérêt, il date de quand, ce papier ? À peu près ?

— Je sais pas, moi. Dix ou quinze ans, peut-être », a dit Michel avant de repartir vers la caisse au bout du comptoir pour donner l'addition à un couple de clients.

Pascal a posé sa tasse de café en grimaçant. Il s'était brûlé la langue.

« Tu crois que… ? m'a-t-il demandé.

— Je crois rien du tout, mais ça vaut le coup de se renseigner. »

Pour une fois, j'ai évité de penser à mon découvert et j'ai laissé un pourboire avant de quitter la brasserie.

Il pleuvait beaucoup moins quand nous sommes sortis et j'ai raccompagné Pascal à pied jusqu'à son camion. En passant devant un magasin de décorations, les luminaires accrochés dans la vitrine nous ont donné la même idée.

« Et cette lampe ? m'a devancé mon cousin. Pourquoi ils voulaient à ce point cette lampe, les deux autres connards ?

— Parce qu'on la leur avait commandé, d'après ce qu'ils ont expliqué. Elle doit avoir de la valeur, j'imagine.

— Elle était jolie, oui, mais…

— J'ai un copain brocanteur. Il faudrait que je lui en parle. »

Nous avons fait quelques pas en silence - coiffeur, banque, boutique de téléphonie, tous fermés il n'était pas 14 heures - puis Pascal a demandé :

« Mais comment savaient-ils qu'elle se trouvait dans le camion, le premier soir ? Que nous l'avions récupérée chez le père de Bertrand ?

— Je ne sais pas. J'imagine que leur commanditaire les avait prévenus que la lampe était dans la baraque. Mais peut-être que nous sommes passés en premier et qu'ils nous ont suivis.

— Mouais, a fait Pascal.

— C'est peut-être comme toi, ai-je expliqué. Peut-être qu'on les avait alertés quelque temps avant qu'il y avait une lampe à récupérer, mais qu'ils ont été bousculés par les inondations. Ils se sont affolés au même moment que toi, et nous les avons devancés de peu. »

Nous sommes arrivés au camion et j'ai demandé à mon cousin, s'il était bien sûr de pouvoir conduire. Il m'a garanti que oui et je l'ai regardé démarrer et sortir du petit parking de la rue Lozes après une manœuvre approximative. Il a arrêté son véhicule, a baissé la vitre et m'a lancé :

« Je retourne au box à Saint-Pardoux voir avec le proprio comment ça va se passer pour le reste des affaires. L'autre connard de Quintana a gardé les clés du box qui est resté ouvert depuis. »

J'ai levé un bras et je suis reparti vers la rue piétonne à grands pas. Une grosse goutte venait de frapper ma nuque et ses sœurs la suivaient de près. Je commençais à me dire qu'il pleuvrait jusqu'à ma mort.

Le frisson qui est alors remonté le long de ma colonne vertébrale n'avait pas été uniquement provoqué par l'averse. L'idée de refaire le chemin jusqu'à Saint-Pardoux, de reprendre la route qui croisait cette maudite voie ferrée me nouait l'estomac. Pascal n'y avait visiblement pas pensé. Ou il était plus résistant qu'il ne paraissait. Ce qu'il tendait à démontrer chaque jour qui passait.

Je n'avais pas prévu de m'arrêter à l'agence, mais l'information dévoilée par Michel, le patron de *L'Esplanade*, avait changé la donne. Je courais en frôlant les bâtiments, allant d'une devanture où m'abriter à la suivante, quand une voiture a freiné à mon niveau et que la personne au volant a klaxonné.

Je me suis retourné sur une de ces Mini Cooper beige qui pullulent dans les banlieues des grands centres urbains et que j'ai tout de suite imaginée conduite par une mère de famille surmenée qui roule trop vite aux abords de l'école où elle vient déposer les petits Léo et Jade. La réalité était tout autre.

La vitre s'est baissée et Aude Virtanen, penchée vers le siège conducteur, m'a lancé :

« Je vous dépose ? »

J'ai répondu par l'affirmative, me sentant aussi couillon qu'Étienne Dorsay, et je suis monté, dégoulinant, dans le véhicule. Elle m'a jeté un regard difficile à jauger, à la fois choqué et narquois. Elle ne souriait pas.

« Vous allez où ? m'a-t-elle demandé sans préambule.

— Au journal. Rue Charles-de-Gaulle. Merci d'avoir eu pitié. C'est gentil. »

Elle a démarré sans un mot, en accélérant un peu trop, et a pris à gauche. Ce n'était pas exactement le chemin le plus rapide, mais je me suis abstenu de le lui faire remarquer.

« Vous vous êtes battu ? a-t-elle demandé.

— Disons que j'ai eu un week-end difficile.

— Désolée. J'ai essayé de vous appeler, mais vous ne répondez jamais.

— On m'a… volé mon portable. »

Elle s'est tournée vers moi, une seconde pour juger si j'avais une gueule à lui raconter des conneries. Je l'imaginais très douée pour ça.

« Un week-end vraiment difficile, alors…, a-t-elle constaté.

— Si vous saviez. Vous m'avez appelé pour… ?

— Vous êtes parti précipitamment, l'autre soir, et nous n'avons pas pu discuter de votre manuscrit. Je me disais que nous pourrions faire ça autour d'un dîner. »

J'ai sorti mon carnet de notes et un stylo du sac que j'avais posé sur mes genoux.

« Oui, bien sûr. Vous pourriez me redonner votre numéro ? J'ai perdu tout mon répertoire et je n'ai pas retrouvé le post-it où vous me l'aviez écrit. »

Elle l'a récité, soudain beaucoup plus détendue.

« Vous êtes libre ce soir ? a-t-elle demandé. Un restaurant vient d'ouvrir à Belpech et j'aimerais bien l'essayer. Vous pensez pouvoir vous y rendre où on vous a aussi volé votre voiture ? »

Je n'ai pas réfléchi longtemps.

« Non. Enfin, oui, je suis libre et j'ai une voiture.

— Et sans votre portable, on ne pourra pas vous appeler sur une *scène de crime*, cette fois. »

Elle avait prononcé cette expression sur un ton sarcastique, hautain, qui ne m'amusait pas vraiment. J'avais eu mon lot de scènes de crime, dernièrement, et je ne voyais pas ce que l'expression pouvait avoir d'ironique.

La mort différait pourtant selon les points de vue. Des connards avaient sans doute dû râler dans le train qui avait écrasé Mimiche, pour les quelques heures de retard que « l'accident de personne » avait occasionné.

Je n'ai pas répondu. Lui ai laissé le bénéfice du doute. J'étais à cran et elle n'avait pas pensé à mal. Elle ignorait ce qu'il s'était passé et que l'expression « scène de crime » avait pris un tout autre sens dans ma tête, depuis samedi. D'anonyme, elle était désormais indissociable du sort de Mimiche.

Lorsqu'elle s'est arrêtée devant les portes vitrées de l'agence, nous avons convenu du lieu et de l'horaire du rendez-vous du soir, je l'ai remerciée et je suis sorti de la voiture.

« À ce soir », lui ai-je lancé en exagérant mon enthousiasme.

Je ne sais pas si j'ai été totalement convaincant.

Puis je me suis redressé et, sous la pluie battante, j'ai regardé la Mini Cooper repartir, son arrière comme une figure arrogante.

Dans l'agence, Carine, la standardiste installée au rez-de-chaussée, a écarquillé les yeux en me voyant débarquer. Ma contusion au visage ne me faisait plus mal, sauf quand je la touchais, et j'avais donc oublié son existence.

Je l'ai rassurée en mentionnant une rencontre fortuite et brutale avec une porte de salle de bain et je suis monté dans le bureau que je partageais avec Claire à l'étage. Ma collègue, absente, avait bourré la corbeille à papier d'emballages de MacDo. De quoi raviver la haine polie que je lui vouais.

Il n'y avait plus de système d'archives à proprement parler dans les locaux. Nous avions bien les anciens numéros du journal jusqu'à l'avènement du site internet en 1996, mais ces exemplaires pré-numériques n'étaient pas indexés. Pour retrouver l'article mentionné par Michel, je n'avais que deux solutions : passer par l'onglet de recherche du site en tapant des mots-clés pertinents ou feuilleter tous les numéros datant d'avant l'informatisation.

D'après ce qu'avait dit le patron de la brasserie, le papier remontait à une dizaine ou une quinzaine d'années. Même s'il s'était trompé, il me restait de la marge. J'ai donc ouvert le site et entré les mots « serrurier » et « castelnau ». Une quarantaine d'articles me sont revenus. Certains avaient bien un rapport avec ma recherche – « Un serrurier dans le village », « Plombier, serrurier : comment éviter les arnaques ? », mais d'autres me paraissaient complètement incongru, sans aucun lien. Le mot serrurier devait apparaître dans l'article et le moteur de recherche avait répondu à ma requête, obéissant.

Il ne m'a fallu que quelques minutes pour trouver l'article que je cherchais : « Profession : Perceur de coffres-forts ». Il datait de 2004 et brossait le portrait d'un sexagénaire dont le titre résumait bien la spécialité. Il avait débuté le métier comme serrurier avant d'être embauché par une grosse société de sécurité qui vendait des coffres-forts, puis de se former à cette spécialité. Il intervenait ainsi pour dépanner des appareils bloqués chez des particuliers ou dans de grandes entreprises. Une ouverture dans une grande banque parisienne l'avait beaucoup marqué : il s'était alors retrouvé face à une montagne de billets. Sur la photo qui illustrait l'article, l'homme, visage fermé, posait devant un coffre-fort clos, un outil non-identifiable à la main. Il racontait quelques anecdotes, sans livrer de secrets, et indiquait tout de même qu'il pouvait ouvrir un coffre « comme dans les films », à l'aide d'un stéthoscope. Cela fonctionnait encore sur les vieux modèles. Mais le plus souvent, expliquait-il, il suffisait de percer. L'essentiel était de savoir où.

Le sujet de l'article s'appelait Frédéric Sauser et le papier publié saluait son départ à la retraite. Une retraite qu'il comptait bien passer à Castelnau.

J'ai refermé le site et ouvert un annuaire sur internet. Une adresse en ville correspondait au patronyme.

Cette sensation d'avoir percé l'écharpe pure d'un mystère s'est brièvement emparée de moi. À peine le temps que mon cerveau épuisé par nature ne remette les choses en perspective.

Est-ce que je croyais vraiment qu'un homme de soixante-quinze ans s'amusait à cambrioler les coffres de la région ?

J'avais déjà vu plus surprenant.

J'ai éteint l'ordinateur et quitté l'agence.

## 13

Personne n'a répondu à l'adresse indiquée, une maison individuelle près du lycée privé qui détonnait par son allure presque basque : volets et linteaux rouges sur une façade blanche. La villa paraissait pourtant habitée, contrevents ouverts. Mais pas de voiture garée devant.

La vieille dame qui vivait dans la bicoque d'en face, profitant peut-être d'une éclaircie, est sortie de chez elle, un caniche au bout d'une laisse.

Je l'ai saluée d'un signe de tête et lui ai demandé :

« Monsieur Sauser ? C'est bien ici ?

— Plus maintenant, m'a-t-elle répondu d'une voix aiguë. C'est sa fille qu'est là, désormais. Il est en maison de retraite, le pauvre.

— Ici, à Castelnau ?

— Je crois, oui… Allez Milou. »

Je n'ai pas relevé l'originalité du prénom de son chien et suis remonté dans ma Punto. Un troupeau de lycéens a envahi la rue. Ma montre affichait 17 heures. J'ignorais les horaires de visite des maisons de retraite, mais j'ignorais surtout dans laquelle se trouvait mon perceur de coffres.

Je devais retrouver Aude Virtanen à 19 h 30 à Belpech. Mais il me fallait me changer, enlever ce jean taché depuis la balade avec Monk dans la matinée. J'avais aussi quelqu'un à voir.

Sur la route de Boulcron, j'ai mis mon clignotant à gauche au niveau de Pont-Canal et me suis garé devant la péniche de Denis Pujol. Trop près, sans doute, car avant de couper le moteur, un klaxon m'a fait sursauter. Derrière moi, le brocanteur arrivait dans son utilitaire Renault. J'ai avancé d'une dizaine de mètres puis fait demi-tour sur un terre-plein pour lui laisser la place.

« Tu tombes à pic, Alexandre, m'a-t-il lancé en sortant de son véhicule, viens voir ça. »

Je me suis approché pendant qu'il ouvrait les portes arrière de son Kangoo van et s'écartait pour m'en montrer le contenu. Retenu par des sangles, un magnifique juke-box, monolithe rectangulaire aux teintes bleutées, occupait le centre du vaste coffre. Bien que couché sur le dos, il demeurait tout de même imposant, comme un bloc d'histoire populaire téléporté du passé.

« Année 50, petit, a-t-il poursuivi avec son réjouissant accent. Un Wurlitzer 2300.

— On nourrit la bête avec quoi ? ai-je demandé en lui serrant la main.

— Une centaine de quarante-cinq tours. Plutôt pour ceux qui aiment Elvis et les yéyés, en revanche.

— Et je tombe à pic pour quoi ? Il faut le sortir de ta bagnole ?

— Non. Je le laisse là jusqu'à demain. Je dois l'emmener à Bordeaux. J'ai servi d'intermédiaire pour un client. Tu en veux un pour tes disques de jazz ? J'ai des contacts…

— Non, merci. Pas sûr que le son me plaise. Et puis je n'ai pas tout à fait le budget. »

Denis n'a pas fait mine de compatir ou de proposer un prix d'ami. Brocanteur jusqu'au bout des ongles. Il a regardé sa montre puis il m'a tapé sur l'épaule avant de refermer les portes arrière du véhicule.

« Bon, ce n'est pas encore l'horaire réglementaire, mais puisque tu es là, on va quand même aller se jeter un petit apéro. »

Je tombais à pic…

J'ai hésité un instant, mais n'ai pu résister à son enthousiasme. Denis m'appréciait-il plus que je l'imaginais ou se sentait-il vraiment seul ?

Je l'ai suivi dans la péniche où régnait une chaleur de terrier. Avant même que j'enlève mon blouson et que je trouve une place sur une banquette, il avait sorti une bouteille de pastis et deux verres. L'eau était presque assez fraîche pour ne pas y ajouter de glaçons. Presque, mais pas tout à fait, obligeant Denis à aller pêcher des cubes gelés au fond de son réfrigérateur.

Après avoir trinqué, je lui ai raconté les événements du week-end, en omettant l'épisode boîte échangiste et notaire assassin. Je voulais seulement lui parler de la lampe que les Quintana étaient allés chercher dans le box de Pascal.

Il s'est roulé une cigarette le temps de mon récit, l'a allumée et a soufflé la fumée vers le plafond avant de commenter :

« J'ai eu vent de cette histoire, oui. Le collègue chez qui je suis allé récupérer le juke-box l'a entendue à la radio du coin. Tu as croisé de sacrées crevures, Alexandre. Désolé.

— Je t'avais parlé d'un manuscrit, la dernière fois. »

Il a hoché la tête en tirant sur sa clope.

« Je croyais que c'était ça que voulaient les Quintana, ai-je poursuivi. Mais ils n'étaient même pas au courant. Tout ce qui les intéressait, c'était cette lampe.

— Et elle était comment ? Tu peux me la décrire ?

— Jolie. Ancienne, visiblement. Avec l'abat-jour en verre coloré… »

Denis a sorti son téléphone de sa poche et s'est mis à pianoter dessus. Quelques secondes plus tard, il m'a montré le résultat d'une recherche Google avec des photos de lampes. Aucune ne ressemblait parfaitement à celle dont je me souvenais, mais toutes paraissaient partager un style, une méthode de fabrication. Elles étaient clairement de la même famille.

« Quelque chose comme ça ? m'a-t-il demandé.

— Ouais. Dans ce genre.

— Une lampe Tiffany, du nom de leur créateur, spécialiste du verre teinté. Les véritables datent de fin XIX^e^, début XX^e^.

— Les véritables ? Parce qu'il y en a des fausses ?

— Il n'y a presque que des copies, oui. Les vraies valent assez cher. Certaines ont atteint des sommes record. Tiens, regarde celle-ci, m'a montré Denis, plus de six cent mille dollars.

— Ce n'était pas celle-là.

— Évidemment, mais pour que quelqu'un la veuille au point

d'envoyer des gros bras comme ça foutre le bordel, elle ne devait pas être donnée.

— Tu penses que c'était une vraie ? ai-je demandé.

— Aucune idée. Il aurait fallu que je l'examine. On n'en voit pas passer des masses, mais les véritables sont reconnaissables. Alors, si c'en était une, elle est encore moins dans tes prix qu'un juke-box. »

Il n'y avait pas qu'un manuscrit ayant potentiellement de la valeur chez le père de l'ami de Pascal et plus tard dans son camion, mais aussi une lampe qui pouvait s'avérer hors de prix. Nous n'avions pas vidé des merdouilles chez le défunt, mais la caverne d'Ali Baba. Je n'avais jamais pensé à me renseigner sur le vieux Grandpierre. Il n'habitait pourtant pas un château, loin de là. Se pouvait-il qu'il possédait des trésors sans le savoir ? Où les avait-il depuis si longtemps qu'il ne les considérait plus que comme de vieilles possessions et pas comme des objets de valeur ? Tant qu'on ne la vendait pas, la lampe à plusieurs centaines de milliers d'euros ne valait peut-être pas, aux yeux de celui qu'elle éclairait, davantage qu'un luminaire Ikea. Elle était plus jolie, certes, mais sa lumière n'était pas pour autant céleste.

« Et on les trouve où, en général ?

— Dans des galeries d'art, surtout spécialisées en joaillerie. Les moins chères doivent démarrer autour d'une dizaine de milliers d'euros. Mais ça peut monter très vite.

— Si je voulais en acheter une, là, je devrais me tourner vers qui ?

— Je peux te sortir des adresses, mais il te faudrait aller à Paris. Tiffany était de New York et ses objets ne courent pas les rues en France.

— Je veux bien que tu te renseignes, oui. Merci Denis.

— Tu n'as pas d'autres détails sur cette lampe ? Forme, couleur ?

— Style lampe de chevet. Petite. Abat-jour arrondi et orange, je dirais. Mais je ne l'ai pas vue longtemps.

— Ouais, ça ne m'aide pas trop », a dit Denis en riant.

Puis il a ouvert la bouteille de Pastis pour me resservir avant que je puisse l'en empêcher.

Un soir, à l'époque où je venais tout juste d'obtenir mon permis de conduire, j'avais monté le coteau qui menait à Belpech en état d'ébriété avancée. Après quelques heures passées dans un bar de Castelnau à boire plus que de raison, j'avais tenu à ramener une copine sur laquelle j'avais des vues dans le petit village qui dominait la vallée. Une attitude présomptueuse dont j'avais réellement pris conscience en m'apercevant que je discernais deux bandes blanches, au lieu d'une, au milieu de la route. Je n'avais évidemment pas embrassé la nana.

En suivant ce même trajet, vingt ans plus tard, la présence d'un seul marquage au sol sur le bitume de la départementale m'a permis de relativiser : certes, les trois pastis bus chez Denis Pujol, bien trop tassés pour moi, avaient eu un effet certain sur la coordination de mes mouvements et m'avaient quelque peu désinhibé – je sifflotais un morceau entraînant de Weather Report en tenant le volant à deux doigts –, mais je ne risquais pas, a priori, de demander à Aude Virtanen pourquoi elle était venue avec sa sœur jumelle.

Sorti en zigzaguant de la péniche trois quarts d'heure après avoir posé les lèvres sur mon premier verre de pastis, j'avais promis à Denis d'être prudent sur la route et de l'appeler pour lui donner mon nouveau numéro de portable dès que je le connaîtrais.

Puis j'étais rentré chez moi. Monk avait faim. Moi aussi. J'avais croqué dans un morceau de pain de mie accompagné d'un fromage de brebis qui traînait au réfrigérateur depuis des semaines. Une migraine avait commencé à monter. Il ne fallait surtout pas que je m'assoie dans le canapé, au risque de me faire happer jusqu'aux tréfonds de la dimension des bitures. Je devais rester actif, alerte. J'étais sorti lancer la balle au chien en demeurant à l'abri de la sempiternelle pluie sous la galerie devant l'entrée. L'air frais m'avait fait du bien. J'avais bu beaucoup d'eau et m'étais regardé dans le miroir de la salle de bains. Les cernes sous mes yeux ne s'étaient pas estompées, mon nez était toujours aussi long, et il me semblait que la colonie de mèches blanches sur ma tête gagnait du terrain. La même sale mine que d'habitude. L'alcool n'avait rien aggravé.

Une amie australienne, collègue de Samira, m'avait dit un jour que je ressemblais à un John Lennon aux cheveux courts et sans les lunettes rondes. « Un John Lennon sans intérêt, quoi », avait répondu mon épouse en riant. « Tout dépend si tu sais jouer de la guitare », avait ajouté Elizabeth en haussant les sourcils. Samira avait grimacé.

Elle me manquait.

L'alcool l'avait fait revenir au premier rang de mes pensées. Voilà pourquoi je n'aimais pas me retrouver seul après avoir bu.

J'avais mis de la musique fort, un Charlie Parker gueulard et dégoulinant de beauté, avant de plonger dans le placard à vêtements de ma chambre. J'y avais dégotté un pantalon chino sans doute acheté dans l'hémisphère sud et un pull gris uni à col en V. Je n'avais pas de chemise propre.

J'avais nourri Monk avant de partir puis l'avais enfermé à l'intérieur de la maison pour la soirée.

Trompeuse ou non, l'impression d'avoir vaincu l'alcool m'avait accompagné durant le trajet jusqu'au restaurant. J'avais survécu à l'abattement post-guet-apens chez Denis.

Je me suis garé sur le petit parking des Délices du Pech – l'établissement où Aude m'avait donné rendez-vous – avec une assurance si peu coutumière qu'elle confinait à l'inquiétant.

Aude n'était pas arrivée, mais on m'a conduit jusqu'à une table réservée sur la terrasse protégée par une véranda, avec un magnifique panorama sur la vallée en dessous. Diverses teintes de gris s'étalaient entre les lueurs de l'éclairage public et des habitations. On y voyait à des kilomètres, comme ces jours où l'humidité ambiante apporte une définition parfaite aux contours lointains. Une plaine parsemée de lumières, tel un Los Angeles avorté. Je contemplais ma terre électrique. Celle d'où je sortais.

« Bonsoir. »

J'ai tourné la tête et l'ai découverte, en train de poser son manteau noir sur une chaise en souriant, peut-être soulagée de ma présence ici et pas sur une scène de crime. Elle gérait visiblement mieux ses lessives que moi puisqu'elle s'était changée ; chemisier vert pomme légèrement décolleté et jupe serrée beige qui descendait aux genoux. Elle avait troqué le côté naturel - perçu lorsque je l'avais rencontrée chez elle, dans son élément - contre un certain charme nordique, une froideur de surface, une glace qui ne demandait qu'à fondre.

« Vous aviez l'air dans la lune.

— Une lune colonisée, j'ai répondu en montrant le paysage.

— On m'avait parlé de la vue de ce restaurant. C'est joli, en effet. J'espère que le menu est à la hauteur. Vous avez faim ? »

Sa question m'a permis de constater que c'était le cas et je lui ai répondu par l'affirmative. Une serveuse est venue prendre nos commandes : cocktails sans alcool pour tous les deux, puis magret pour moi et poisson pour Aude. Une fois les formalités accomplies, elle n'a pas hésité à aller droit au but.

« Vous avez apporté votre manuscrit ? Ou des photos de quelques pages ? Cela permettrait à Martin d'avoir une idée plus précise.

— Martin ?

— Le libraire parisien à qui j'ai parlé. Il estime possible que vous ayez retrouvé un véritable manuscrit de Céline. Mais il ne peut en être certain sans voir à quoi il ressemble.

— Pourquoi possible ?

— C'est une longue histoire, mais en gros... Vous connaissez un peu la vie de ce Destouches qui avait pris comme pseudonyme le prénom de sa grand-mère ?

— Je suis au courant de sa haine des Juifs. De ses pamphlets antisémites. Un sale type. Pour être honnête, j'ai simplement survolé sa fiche Wikipédia. Loin d'être un expert, quoi.

— Je suis dans le même cas. Mon mari, lui, s'y était beaucoup intéressé. Tous les auteurs un peu prétentieux sont fascinés par cette ordure. Cette façon de rendre la noirceur, l'abjection, je crois qu'Edgar et sa clique en étaient jaloux. »

S'il y avait du mépris dans ses mots, je n'en ai pas perçu dans son ton.

« Depuis votre premier coup de fil, a-t-elle poursuivi, je me suis pas mal renseignée. Céline n'a pas fait qu'écrire des saloperies, il en a commis aussi. Pendant l'occupation, il aurait dénoncé des Juifs et des communistes à la Gestapo. En juin 44, pas rassuré, il a quitté en catastrophe son appartement en laissant énormément de papiers et de manuscrits pour suivre le gouvernement en exil à Sigmaringen.

— Ça, je savais, suis-je intervenu comme un gamin du premier rang aurait levé le doigt.

— Bien plus tard, quand il est revenu vivre en France, à Meudon, après un an de prison, il s'est mis à prétendre qu'on lui avait volé des manuscrits dans l'appartement qu'il avait abandonné en 44. Mais personne ne l'a vraiment pris au sérieux, jusqu'à ce qu'on retrouve pas mal de textes inédits et des papiers, dernièrement. Une histoire rocambolesque, avec un journaliste qui refuse d'expliquer où il a récupéré ces manuscrits et qui a attendu la mort de la veuve de l'auteur pour les ressortir.

— Vous croyez que les feuillets que nous avons trouvés ont été volés à cette même occasion ?

— Aucune idée, mais c'est probable. Il y a toujours eu des rumeurs. Des groupes de résistants, certains de la dernière heure, seraient passés les uns à la suite des autres. Impossible de savoir ce qu'il en est vraiment. Les témoins sont tous morts, aujourd'hui. »

La serveuse a posé deux verres à pied remplis d'un liquide multicolore aux teintes rouges et jaunes et s'est éloignée en lâchant dans un sourire travaillé son incantation rituelle et insignifiante : « Bonne continuation. »

Aude a levé les yeux au ciel. J'ai souri.

« Dites-moi, Alexandre. » Elle s'est emparée de sa paille du pouce et de l'index pour remuer son cocktail. « Puisque nous dînons ensemble et qu'il n'est plus question d'article dans le journal, nous pourrions peut-être nous tutoyer. »

J'ai acquiescé en repensant à tous ces films et séries américains de ma jeunesse dont les auteurs en charge de la version française avaient pour convention de passer au tutoiement entre deux personnages après leur première nuit d'amour.

J'ai tendu mon verre et Aude m'a imité pour trinquer. Puis elle a repris :

« Vous vous êtes renseigné sur celui chez qui vous avez récupéré le manuscrit ?

— Je croyais qu'on se tutoyait, me suis-je étonné.

— Je parlais de ton cousin et toi. »

Je l'ai laissée se demander si ma remarque était volontaire et j'ai goûté au cocktail. Très fruité, très acide, très bon. Il ne risquait pas d'aggraver mon ivresse ; mon ulcère, en revanche…

« Non, ai-je fini par répondre. Pascal m'a parlé du père d'un de ses potes de Strasbourg, mais je n'en sais pas plus. Lui-même n'a sans doute pas trop de détails. Cela dit, il serait peut-être temps de regarder de ce côté-là. Le vieux avait un manuscrit de Céline et une lampe Tiffany visiblement recherchée.

— Une vraie lampe Tiffany ?

— Tu connais ?

— Oui, j'en ai une. Enfin, une copie… Mais très jolie. Les vraies sont extrêmement chères. Vous n'avez pas vidé la maison d'un clochard…

— Pascal et moi… », ai-je précisé en me demandant si ce comique de répétition était son genre d'humour.

Elle a pris à son tour une gorgée de cocktail et a grimacé.

« C'est du sérieux, hein ? ai-je remarqué.

— Tu es sûr qu'il n'y a pas d'alcool, là-dedans ?

— Certain. Mais à bien y réfléchir, il y a peut-être du citron.

— Trop.

— Pour résumer, ton ami libraire spécialisé pense que ça pourrait être un vrai manuscrit, ai-je dit pour revenir au sujet.

— Oui. Même si la provenance est douteuse. Authentifiés, les feuillets pourraient valoir très cher. Le fils les laissera à ton cousin ?

— Pascal en est persuadé. L'accord était qu'il débarrasse la maison et qu'il récupère ce qu'il veut. À l'exception des photos et des papiers personnels.

— Aïe, a fait Aude. Ça risque de poser des problèmes d'interprétations.

— Non, aucun, ai-je dit avant de boire une gorgée de cocktail en m'efforçant de faire comme si de rien n'était. Le manuscrit a disparu. »

Je n'ai pas enchaîné sur l'explication et j'ai laissé Aude hausser les sourcils en tournant les paumes vers le haut, l'air de dire : Alors ?

Je lui ai tout raconté.

Elle ne savait presque rien. Tout juste que nous avions trouvé un manuscrit. J'ai donc recommencé à partir des inondations, de l'après-midi à débarrasser la maison du père de Bertrand Grandpierre et de la première rencontre avec les frères Quintana sur le parking de la gare. À l'assassinat du clerc de notaire, la serveuse est venue nous apporter nos plats. Aude paraissait avoir faim. Elle n'a commencé à pâlir que lorsque j'en suis arrivé aux doigts cassés de Pascal et à l'explication de mes contusions.

Elle m'interrompait parfois, pour demander une précision ou me faire répéter une partie qui lui semblait sans doute peu claire, ou incroyable. Mais elle m'écoutait avec attention et avec une surprise qu'elle ne parvenait pas à dissimuler.

Lorsque j'ai raconté la mort de Mimiche, en omettant tous les détails qui hantaient mes souvenirs, elle a posé sa fourchette et s'est couvert la bouche et le nez des deux mains. J'ai continué mon récit en essayant de ne pas me laisser déborder par l'émotion, mais ses réactions ne m'aidaient pas. Sur son visage, j'ai lu tour à tour l'horreur, la colère et la peine, échos retardés à mes propres sentiments.

Quand j'ai fini par conclure que nous n'avions plus le manuscrit et que ma seule piste, douteuse, retombait sur les cambrioleurs qui s'en étaient pris à son coffre, elle a bu quelques gorgées d'eau et a doucement reposé son verre.

« Désolée, a-t-elle dit.

— Ce n'est pas…

— Pour tout à l'heure, a-t-elle précisé. Dans la voiture. J'ai remarqué que tu t'es crispé à un moment. Mais je n'avais pas compris. C'est parce que j'avais ironisé sur l'expression “scène de crime”, c'est ça ? »

J'ai acquiescé.

« Désolée, a-t-elle répété. Si j'avais su, je… Non, vraiment je n'aurais jamais imaginé. »

Elle a légèrement détourné la tête comme pour cacher des larmes inexistantes.

J'ai laissé passer quelques secondes. La serveuse est venue ramasser nos assiettes.

« Tout s'est bien passé ? »

Aucun de nous deux n'a accepté de lui dire que non, tout ne s'était pas bien passé : la nourriture n'était pas très bonne et j'avais cassé l'ambiance. Je n'ai pas eu le cœur de lui refuser d'apporter la carte des desserts.

« Tu as une vie mouvementée », a remarqué Aude sans que je parvienne à déterminer si elle le disait avec admiration, horreur ou une fascination malsaine.

« Je vis comme une personne âgée, ai-je répliqué. C'est depuis que Pascal est revenu que tout est…

— Pas de ça, Alexandre, est-elle intervenue avec un demi-sourire, trop facile de reporter la faute sur les autres. »

J'ai compris qu'elle ne me croirait jamais si je lui détaillais mon emploi du temps hebdomadaire habituel. Les chiens écrasés, les inaugurations de salles des fêtes et les matchs de rugby. Alors j'ai laissé passer. Je lui ai raconté que j'avais retrouvé la piste d'un serrurier spécialisé dans les coffres et que j'allais essayer de le voir le lendemain.

Le choc de mon triste récit s'est peu à peu atténué et Aude a fini par reprendre quelques couleurs, par s'animer de nouveau. Je n'avais pas cherché à l'épouvanter, mais j'avais sans doute sous-évalué l'horreur du récit. Elle s'attendait à une soirée de détente et je venais de lui asséner le compte-rendu d'un des pires week-ends de ma vie. En y repensant, le fait qu'il ne s'agissait même pas *du* pire week-end de ma vie me fait froid dans le dos.

Après avoir monopolisé l'attention et la parole avec mes « aventures », je lui ai proposé de me parler de son travail, de ses passions, de ce qui l'exaltait dans la vie. Il a beaucoup été question de littérature, du monde tantôt fascinant tantôt pathétique de l'édition, et de sa quête perpétuelle de livres rares pour lesquelles elle n'hésitait pas à partir écumer libraires d'occasion, brocantes et même vieux greniers. Elle s'exprimait avec une diction lente qui s'emballait parfois lorsqu'elle voulait finir une phrase plus vite, comme si elle craignait de perdre l'idée qu'elle avait eu pour enchaîner. Je la regardais parler autant que je l'écoutais. Elle remuait les mains lorsqu'elle partageait son enthousiasme pour un texte ou un auteur génial et fermait les paupières une ou deux secondes pour souligner à quel point tel éditeur ou tel libraire était un escroc. Elle avait une voix plutôt grave qui ne montait jamais dans les aigus, une voix de chanteuse ou d'animatrice de FIP.

Tout, chez elle, me plaisait. Ou disons que je ne voyais encore rien qui aurait pu me déplaire dans sa façon d'être et de vivre.

Et surtout, elle ne ressemblait en rien à Samira.

Après avoir fait l'impasse sur les desserts, nous nous sommes retrouvés devant deux cafés serrés. Elle m'a donné le nom et le numéro de téléphone de Martin, le libraire parisien qui pourrait m'aider à estimer, voire à vendre, le manuscrit de Céline s'il s'agissait d'un vrai, et surtout si, par miracle, nous remettions la main dessus. Je lui ai promis de la tenir au courant.

Au moment de l'addition, j'ai essayé de payer, mais j'ai vite senti que je la vexerais en refusant de partager.

« Merci d'avoir accepté de venir dîner avec moi, Alexandre, a-t-elle dit pendant que je la raccompagnais à sa voiture. Je n'ai pas beaucoup l'occasion de sortir et peu d'amis à Castelnau. Si tu veux prendre un café à l'occasion, ou qu'on mange ensemble, ce sera avec plaisir. »

J'ai souri en songeant que j'avais rarement été éconduit avec autant de classe. Pour me rassurer, je me suis dit qu'elle n'avait jamais envisagé ce dîner comme le rendez-vous que j'espérais. Elle n'aimait probablement pas les hommes plus jeunes qu'elle, ou les bouseux nés à Castelnau. Ou peut-être que le récit de mes récentes mésaventures l'avait refroidie.

Je me suis retrouvé seul sur le parking désert de ce restaurant qui ne valait que pour sa vue. J'ai marché lentement jusqu'à ma voiture.

Dessaoulé.

C'est un Monk – le pianiste, pas le chien, en solo à Londres – qui m'a accompagné sur le trajet de retour jusqu'à chez moi. Une fois sorti de Castelnau, sur la départementale qui menait à

Pont-Canal, la lune pleine est apparue entre deux nuages effilochés. Je n'ai croisé aucun loup-garou.

Pascal avait réussi à conduire et à rentrer malgré son attelle. Son camion était garé et une faible lumière clignotait dans la maison. J'ai trouvé mon cousin et son amie serveuse sur le canapé, enlacés, en train de s'embrasser devant la télévision allumée sur un concours de jeunes talents. Monk – le chien, pas le pianiste – a levé la tête depuis sa place près du sofa et a poussé un grand soupir avant de reposer la gueule sur ses pattes. Il pouvait se rendormir tranquille, ce n'était que moi.

J'ai salué les deux ados attardés et demandé à Pascal qu'il me rappelle le prénom du père de son ami Bertrand Grandpierre. Occupé comme il l'était, il n'a pas cherché à savoir pourquoi et m'a simplement répondu :

« Jean, je crois, d'après les papiers que j'ai mis de côté. »

Je l'ai remercié et suis parti directement me coucher avec le roman de Connolly sur lequel je peinais. Je n'ai pas lu longtemps avant de m'endormir.

Sept heures plus tard, j'ai ouvert les volets de ma chambre sur un grand ciel bleu qui m'a semblé irréel. On en perd vite l'habitude.

Installé avec un café devant l'ordinateur du bureau, j'ai tapé « Jean Grandpierre » dans la barre du moteur de recherche et obtenu des résultats pertinents. Un Jean Grandpierre était vétérinaire dans les Vosges, un autre avait écrit des livres au XIX^e^ siècle et un troisième avait longtemps été journaliste au *Nouvel Observateur* avant de se retirer dans le Sud-Ouest pour y passer sa retraite, m'apprenait une maigre fiche Wikipédia. Après quelques années comme correspondant à New York et des participations à des recueils sur le théâtre et la littérature, il avait rédigé une petite étude sur Faulkner et une autre sur Giono, mais apparemment rien sur Céline. L'homme en question était décédé six mois plus tôt, comme le père de l'ami de Pascal. Cela collait. Mais cela ne m'avançait pas beaucoup. Pas du tout, même. S'il avait mis la main sur un manuscrit de l'auteur du *Voyage au bout de la nuit*, il avait décidé de ne pas en parler – son fils l'ignorait, visiblement – et de ne pas le vendre. Ou alors ce n'était qu'un faux et ces feuillets qui, il fallait bien que je me l'avoue, avaient fini par m'obséder, n'avait aucune valeur pécuniaire ou littéraire. Je courais peut-être après du vent.

Peu importait, je n'avais rien de mieux à faire.

Une fois douché et habillé, j'ai décroché mon téléphone fixe. La voisine de Frédéric Sauser, l'ancien serrurier, m'avait dit qu'il se trouvait dans une maison de retraite, sans paraître vraiment prête à le jurer sur la tête de son caniche.

Pourtant, lors de mon premier appel, quand j'ai demandé à quelle heure je pouvais rendre visite à monsieur Sauser à la standardiste de l'EHPAD public de la ville, elle m'a répondu :

« À partir de 10 heures. »

Coup de chance. Ou futur coup dans l'eau. J'ignorais ce que j'allais vraiment pouvoir demander à ce vieux monsieur. Connaissait-il les perceurs de coffre qui écumaient la région ? S'échappait-il de la maison de retraite, la nuit, pour aller lui-même voler des bijoux ?

Pascal s'est levé vers 9 h 30 et a préparé un petit-déjeuner pour Virginie : œufs brouillés, toasts, jus d'orange. Quand je me suis étonné de la présence de toutes ces provisions, il m'a avoué avoir profité de la venue de son amie pour se faire conduire au supermarché et aider pour les courses.

« Ma blessure a dû réveiller des instincts chez elle, m'a-t-il expliqué, assis à la table de la cuisine. Elle a envie de s'occuper de moi depuis que je lui ai raconté notre samedi. Je croyais m'être lassé d'elle, mais elle a regagné des points. »

J'ai posé mon mug de café dans l'évier pour ne pas m'attarder sur son sourire salace et il a poursuivi :

« Je n'ose pas lui dire que je vais partir bientôt.

— Je te répète que tu peux rester autant que tu veux…

— Je sais, merci, mon p'tit Alex. Mais tu me connais… Dès que je serai débarrassé de l'attelle et que je pourrai finir le boulot dans la maison, je me taillerai. »

En sortant de la cuisine, je lui ai posé une main sur l'épaule sans rien dire.

Quand je suis parti, vingt minutes plus tard, son amie n'était toujours pas levée.

La dame à l'accueil de l'EHPAD, tout près de l'âge légal de la retraite m'a demandé si j'étais de la famille de M. Sauser.

« Oui, son neveu », ai-je répondu sans me démonter, en me disant que j'inventerais un autre bobard quand je me retrouverais face à l'intéressé.

Elle m'a conduit dans une vaste salle où des vieillards jouaient aux cartes, papotaient ou lisaient le journal. Certains d'entre eux regardaient la télé, d'autres le vide ; ce qui, à cette heure-ci, revenait au même. Elle a observé la pièce quelques secondes et a déclaré :

« Je ne le vois pas. Et vous ? »

J'ai fait semblant de chercher puis j'ai secoué la tête.

« Il doit être dans sa chambre, alors. Vous êtes déjà venu ?

— Non », ai-je affirmé.

Elle m'a indiqué un ascenseur et un numéro de chambre au deuxième étage et m'a abandonné pour repartir d'un pas traînant. Vers son poste de travail ou pour faire la quatrième d'une partie de belote, peut-être.

J'ai pris l'ascenseur et en suis sorti au deuxième étage sans encore savoir ce que j'allais pouvoir dire au serrurier à la retraite. Le couloir ressemblait à un corridor d'hôpital : aseptisé, décoré de croûtes représentant des paysages de bord de mer et de vieilles maisons campagnardes. J'avais du mal à m'imaginer les pensionnaires de cet endroit dans leurs jeunes années. La plupart avaient pourtant eu vingt ans dans les années 1960. Les hommes et femmes abîmés que je voyais dans l'établissement avaient l'âge des Beatles. Mais une adolescence à Castelnau n'équivalait pas à une jeunesse dans le *Swingin' London*. Et un compte en banque bien rempli permettait sans doute de mieux vieillir. Tout au moins tant qu'on ne croisait pas la route d'un fan déséquilibré.

Une femme est sortie de la chambre 131 au moment où j'allais y entrer ; une employée à en juger par la blouse bleue qu'elle portait.

« Oh, pardon, a-t-elle dit en m'évitant. Vous allez voir M. Sauser ?

— Oui. Je suis son neveu. »

J'avais l'impression de mentir de mieux en mieux, de me transformer peu à peu en un super espion ou en escroc de génie. Sauf que la femme, plus jeune que la précédente, n'avait rien d'une James Bond girl.

« Il n'est pas très réactif, aujourd'hui, m'a-t-elle confié. Mais peut-être que vous voir lui fera du bien. Il se souvient de vous en général ? »

Pris au dépourvu, j'ai bredouillé :

« Ça fait... longtemps qu'on ne s'est pas croisés...

— Ne vous vexez pas s'il ne vous reconnaît pas, hein. Sa fille vient souvent, mais il ne sait pas toujours de qui il s'agit. »

J'ai dû pâlir un peu en comprenant que je ne tirerais sans doute rien de cet homme qui devait souffrir d'Alzheimer ou d'une autre dégénérescence, car l'aide-soignante m'a posé une main sur l'avant-bras dans une geste de compassion que j'imaginais mille fois répété et a conclu :

« Ça va aller... »

J'ai hoché la tête en essayant de prendre un air triste – lèvres plissées et paupières fermées – puis je suis entré dans la chambre.

Je n'ai pas eu le temps d'hésiter, ou de me dégonfler. L'ancien serrurier ne me serait sans doute d'aucune aide, mais il était trop tard pour reculer. Les circonstances m'avaient emmené ici, face à lui, et je ne pouvais pas faire demi-tour devant cette aide-soignante en apprenant que mon interlocuteur souffrait de démence.

Frédéric Sauser, assis dans un fauteuil marron clair – monolithe simili-cuir d'hôpital – observait le mur blanc devant lui. Il portait un survêtement bleu foncé et avait les doigts entrelacés, bras sur les accoudoirs. Un petit radio-réveil posé sur la table de nuit près d'un lit de quatre-vingt-dix jouait une des innombrables chansons de Jean-Jacques Goldman construites sur la même suite d'accords. Je me suis demandé si c'était la femme que je venais de croiser qui lui avait laissé cette musique. Si oui, elle possédait une dose de sadisme que je n'avais pourtant pas discernée. Mais le diable prenait de multiples formes.

Sauser ne faisait pas si vieux ; je lui aurais donné entre soixante-cinq et soixante-dix ans. Cheveux blancs coupés très courts, barbe de trois jours de la même couleur, nez épaté et front dépourvu de rides. Seules ses lèvres fines, emportées dans une agitation perpétuelle – comme s'il s'apprêtait à parler sans jamais le faire – dénotaient un problème.

Je me suis approché doucement et il ne m'a remarqué que lorsque je me suis accroupi près de lui. Il a tourné la tête vers moi sans cesser de remuer la bouche.

« Bonjour », ai-je dit.

Il m'a semblé qu'il me répondait en acquiesçant très légèrement. Il me regardait en tout cas. Je mourais d'envie d'éteindre la radio et de faire taire l'autre endive, mais n'osais perturber le vieux monsieur.

Au point où j'en étais – et vu son état – j'ai décidé de jouer franc jeu.

« Je m'appelle Alexandre et je travaille pour le journal.

— Le journal… », a-t-il répété sans que ses traits ne trahissent la moindre réaction.

Au moins, il parlait.

« J'ai lu un article sur vous, sur votre travail de serrurier spécialisé dans les coffres-forts. »

Cette fois il a ouvert la bouche et a légèrement haussé le menton en poussant un petit « Aah ».

Avait-il vraiment saisi de quoi je parlais ?

« Je travaille sur des articles à propos de perceurs de coffres qui sévissent dans la région de Castelnau. »

De nouveau ce « Aah ». J'ai commencé à m'inquiéter. Ce n'était peut-être qu'un réflexe chez lui. Je me retrouvais pris au dépourvu. Je n'avais jamais imaginé rencontrer un malade d'Alzheimer, mais plutôt discuter avec un homme d'expérience capable de me confier quelques pistes pour poursuivre l'enquête, m'aider à préciser le mode opératoire des cambrioleurs et en déduire d'où ils tenaient leur savoir-faire. Mais je faisais face à un vieillard souffrant qui ne comprenait probablement rien de ce que je lui racontais et que j'emmerdais plus qu'autre chose.

« Des perceurs de coffre, a-t-il dit en plissant légèrement les yeux, comme s'il avait réalisé que c'était moi qui lui avais parlé et à qui il répondait. Je faisais ça, autrefois. Le boulot.

— Oui, ai-je lancé avec un peu trop d'enthousiasme avant de me reprendre et de continuer plus doucement : Je sais. C'est pour ça que je viens vous voir. Je cherche de l'aide à propos des coffres. »

Il a levé l'index de la main droite, en a collé le bout à sa tempe puis m'a dit d'une voix lente :

« Les coffres. Vous voulez que j'en perce un ? »

Je n'ai pas eu le temps de secouer la tête. Il a baissé la main et a poursuivi.

« Je ne sais pas si je saurais encore. »

Il a tourné le regard vers l'endroit du mur qu'il observait à mon arrivée et j'ai cru que c'en était terminé, que mon audience s'achevait ainsi et que je n'obtiendrais rien de plus. Mais il est revenu vers moi et a dit :

« Il faut voir ça avec ma fille. Elle sait faire. Je lui ai tout appris. Elle m'assistait dans le temps.

— Elle vous assistait ?

— Elle m'accompagnait, oui, souvent. »

Dans son regard, j'ai clairement vu que, pendant un instant, il se rappelait. Pendant quelques secondes, il est redevenu l'homme qu'il était autrefois, avant de se faire ronger la mémoire par la maladie.

« Elle sait faire ? Elle est serrurière comme vous ? Elle perce les coffres ?

— Elle travaille à la bibliothèque », m'a-t-il répondu avec une expression de nouveau neutre.

J'ai tout de suite compris que je l'avais perdu. J'ai tout de même tenté :

« Ici ? À la bibliothèque de Castelnau ? »

Il a gardé le regard sur moi, mais n'a pas bougé. Ses lèvres avaient repris leur éternel et presque imperceptible mouvement.

J'ai attendu quelques dizaines de secondes et essayé de l'interroger encore, mais sans jamais obtenir de réponse ni de réaction.

J'ai fini par me relever et par lui dire au revoir.

Dans le couloir de l'EHPAD, vide, j'ai pris bien soin de ne pas poser les yeux sur les tableaux accrochés au mur. Au moins, Goldman ne chantait plus.

J'ai laissé ma voiture garée sur le petit parking de la maison de retraite et j'ai traversé le centre-ville à pied. Le soleil brillait dans un beau ciel bleu, comme si le directeur de la photo s'était enfin réveillé. J'ignorais si la médiathèque était ouverte le mardi matin. Probablement pas. J'ai alors renoncé à mon idée première. Qu'est-ce que j'allais pouvoir dire, en arrivant à l'accueil ? Demander quelle employée avait un père en maison de retraite ? Et ensuite ? Que ferais-je si je trouvais la fille de Sauser ? Allais-je lui avouer que j'étais allé emmerder son aïeul en me faisant passer pour son neveu ?

D'ailleurs, le vieux serrurier m'avait peut-être raconté n'importe quoi. Pour le découvrir, j'avais un autre atout dans la manche.

Trop pressé de monter dans mon bureau, j'ai à peine salué Carine, la standardiste. L'ordinateur de Claire, absente, n'était pas allumé. Elle n'était pas venue de la matinée. J'ai démarré le mien, cherché le numéro de la médiathèque et décroché le téléphone. Quand une voix de femme m'a répondu, j'ai demandé si je pouvais parler à Adeline, flash-back sur mes années lycée, pré-portables, où appeler chez ses potes consistait à passer l'obstacle des parents le plus rapidement possible.

« C'est moi. »

Je ne l'avais pas reconnue.

« Ah salut, c'est Alexandre.

— Salut. Tout va bien ? m'a-t-elle demandé sur un ton inquiet.

— Oui, oui. Ne t'en fais pas. J'ai simplement une question à te poser. Mais… c'est bizarre.

— Vas-y…

— Est-ce que ton père est à l'EHPAD de Castelnau ?

— Mon père est mort il y a dix ans.

— Désolé. Ça doit te paraître étrange et je ne peux pas encore t'expliquer…

— Qu'est-ce qu'il y a ? C'est encore une de tes histoires ? Il faut que tu arrêtes de te mettre dans des situations dangereuses, là, Alexandre.

— Oui. Mais non, ce n'est pas dangereux. Je t'assure que, dès que je pourrais te raconter, je le ferai. Et tu vas te marrer.

— Je n'en suis pas persuadée. »

Sans la voir, j'avais du mal à juger de sa réaction, mais à sa voix, je l'estimais à la fois perturbée et un poil en colère.

« Est-ce qu'une de tes collègues a son père en maison de retraite ? »

Le silence a duré trois longues secondes.

« Qu'est-ce que c'est que ce délire ? Pourquoi tu veux savoir ça ?

— Adeline, je te jure que ce n'est pas grand-chose, mais je préfère être sûr de mon coup avant de tout te détailler. »

Elle ne répondait toujours pas. J'ai décidé de jouer mon va-tout. De passer en mode connard.

« Tu me fais confiance ? lui ai-je demandé.

— Non, putain ! s'est-elle exclamée. On se connaît à peine. Tu m'as l'air réglo, mais pourquoi je te ferais confiance ?

— Rho, merde, tu fais chier, Adeline. »

J'avais compris qu'elle n'en démordrait pas. Elle ne m'aiderait pas tant qu'elle ne saurait pas de quoi il retournait. Alors je lui ai narré ma discussion avec le patron de *L'Esplanade*, ma recherche dans les archives et ma visite dans la chambre de Frédéric Sauser. Quand j'ai eu terminé, elle m'a demandé :

« Et tu lui veux quoi, à la fille de ce vieux monsieur ?

— Lui parler. Quand je saurai quoi lui dire… »

Un long et profond soupir est sorti de l'écouteur combiné.

« Elle bosse ici, oui, a avoué Adeline. C'est Mélissa. La jeune qui bosse à l'étage, à la section documentation. C'est elle qui t'a aidé avec ton manuscrit de Céline, non ?

— Putain…, ai-je soufflé.

— Quoi ?

— Je ne lui ai rien dit, mais elle a dû se douter que j'avais ce manuscrit et pas simplement l'extrait que j'avais recopié et que je lui ai montré. »

Silence à l'autre bout du fil.

« Adeline ?

— Ce n'est pas vraiment qu'elle s'en est doutée…

— Comment ça ?

— Je lui ai parlé de toi, le lendemain de la soirée chez Marie et Vincent. Et comme elle t'avait renseigné, j'ai cru qu'elle était au courant…

— Tu lui as dit que Pascal et moi avions le manuscrit ?

— Je pensais qu'elle le savait déjà », s'est défendu Adeline en changeant de ton.

Elle était désormais sur la défensive. Ignorant si j'exagérais ou si elle avait vraiment fait une connerie.

« Ce n'est pas grave, ai-je menti. Ne t'en fais pas.

— Je ne vois pas pourquoi ça serait grave, a-t-elle rétorqué.

— Oui, pardon. »

Je voulais la ménager. Il fallait qu'elle tienne encore sa langue.

« Est-ce que tu pourrais ne rien lui dire de cette conversation, s'il te plaît ? Je vais peut-être avoir besoin de son aide et je préfère qu'elle ne soit au courant de rien avant que je la voie.

— Je ne lui dirai pas que tu es allé rendre visite à son père, m'a promis Adeline.

— Merci. Ce n'est que pour un jour ou deux, d'accord ?

— D'accord. Je la ferme. Mais Alexandre…

— Oui ?

— Non, rien… »

J'ai pensé qu'elle allait verbaliser la conclusion à laquelle elle avait dû arriver et qui me paraissait encore complètement dingue.

Mais elle n'a pas osé. J'avais moi-même du mal à vraiment y croire.

Nous nous sommes dit au revoir et j'ai raccroché.

Je suis resté assis dans mon fauteuil, immobile, les yeux dans le vague.

Non, ce n'était pas possible.

Et pourtant…

Le notaire et son clerc n'avaient rien à voir dans la disparition du manuscrit. Bordesoulles, affligé de remords, avait avoué avoir tué son employé, mais avait juré que le vol des feuillets, simple peccadille à côté d'un assassinat, n'était pas de son fait ni de celui du cadavre. Je l'avais cru.

Qui aurait pu emporter le manuscrit, alors ? La femme de Bordesoulles ? Possible. S'il lui avait parlé de la liasse apportée par Pascal. Et pourquoi aurait-elle fait ça ? Se venger du notaire ? Mais c'était à Pascal qu'elle s'en prenait en agissant ainsi.

Non, quelque chose clochait dans cette hypothèse.

Mon coup de fil avec la bibliothécaire venait toutefois de m'offrir une autre piste. Sans doute plus dingue, mais une fois tous les éléments mis bout à bout, peut-être plus logique.

Adeline avait confié à sa collègue, la fille de Frédéric Sauser, que Pascal et moi étions en possession d'un manuscrit qui pouvait être de la main de Céline. D'après ce que m'avait dit son père, il lui avait tout appris. Une information moyennement fiable, de la part d'un retraité atteint d'Alzheimer, mais tout de même crédible. Une seule personne, à ma connaissance, savait donc ouvrir un coffre et avait eu vent de l'endroit où se trouvaient les feuillets.

Car Adeline avait dû lui parler du notaire.

Il me fallait tester ma théorie, aussi fragile soit-elle pour le moment. Je devais jouer au ping-pong avec quelqu'un qui ne réfléchirait pas comme moi.

Pas question d'appeler Pascal. Je préférais éviter de le faire repenser à toute cette histoire. Il me restait Vincent.

Après cinq sonneries, sa messagerie vocale s'est déclenchée. Il devait être en cours. Ce n'était donc pas un mythe. Il lui arrivait bien de travailler.

Désœuvré, ne pouvant partager mon hypothèse, j'ai essayé de googler Mélissa Sauser, mais n'ai obtenu que des résultats concernant des Anglo-Saxonnes, dont une Américaine passionnée d'arts martiaux qui, sur les photos publiées en ligne, dégageait la même impression de stabilité psychique que Brigitte Fontaine.

Alors je suis sorti marcher dans Castelnau. Comme je le faisais souvent. Mais sans direction précise, cette fois. Il faisait beau et la ville me paraissait presque agréable. Elle l'était sans doute. Je ne me l'avouais simplement jamais. Calme et lente, certes, mais aussi paisible. Pendant quelques minutes, ce qui était arrivé à Mimiche m'a semblé un mirage, un bug de la matrice. Ce genre d'horreurs ne pouvait se produire ici. Impossible.

En dépassant *L'Esplanade*, j'ai compris pourquoi Frédéric Sauser était un habitué. Sa maison se situait à quelques centaines de mètres, au-delà de la grande allée de platanes entre lesquels les boulistes jouaient tous les jours, là où se trouvait une partie de l'âme de Castelnau. Mon grand-père y avait passé sa retraite, qui n'avait pas duré longtemps, à viser un cochonnet avec de vieux amis ou des camarades d'occasion. On ne tuait pas le temps, ici, près de l'ancien kiosque à musique, on lui maravait la gueule façon Inspecteur Harry.

J'ai poussé jusqu'à la rue que j'avais arpentée hier en pensant rendre visite au serrurier. Sa fille vivait désormais dans la maison, à en croire la voisine. Devant la villa qui se rêvait basque, j'ai tourné la tête des deux côtés : la voie était déserte. Pas de vieille dame, pas la queue d'un caniche ou de lycéens sortant de cours. J'ai poussé le portillon et me suis avancé jusqu'à l'entrée. J'ai appuyé sur la sonnette et entendu un carillon s'étranglant à l'intérieur.

Personne n'est venu m'ouvrir.

J'ai regardé vers la rue. Rien ne bougeait. Puis j'ai jeté un coup d'œil, à travers une fenêtre du rez-de-chaussée, sur un salon banal : canapé, table basse, télé. J'ai contourné la maison. Sur le côté, une autre ouverture vitrée. Les mains en œillères pour éviter les reflets, j'ai observé de nouveau l'intérieur. Une pièce plus petite : étagère couverte de livres et un bureau bien rangé. Écran d'ordinateur gris et épais (un vieux modèle), une imprimante de la même couleur.

J'allais m'écarter quand un éclat a attiré mon attention. Une montre. Elle était posée près du clavier du PC et je la voyais bien de l'endroit où je me trouvais : gros cadran au fond noir avec un bracelet métallique. Pour homme. Plus imposante que le joli modèle que Samira m'avait offert dix ans plus tôt et que je portais encore au poignet. Une montre de marque, probablement. Ou une copie.

Emmanuel Corbin, le mystérieux millionnaire, s'en était fait voler trois. J'étais incapable d'en voir plus de là où j'étais, de discerner une marque.

Il aurait fallu que je puisse entrer.

J'ai poursuivi mon tour de la villa. Une porte en bois, à l'arrière, devait donner sur une buanderie ou un garage, si je me fiais aux maisons du même style que j'avais fréquentées dans la région. Par acquit de conscience, j'ai appuyé sur la poignée. Verrouillée évidemment.

J'ai retiré ma main. Impossible d'entrer.

Puis j'ai remarqué qu'il n'y avait pas de trou de serrure. J'ai de nouveau baissé la clenche. J'ai poussé et senti que ce qui retenait la porte ne se trouvait pas au niveau de la poignée. Mais plus haut. À peu près à hauteur de ma tête.

J'imaginais très bien un petit verrou, une simple targette. Une fermeture qu'un coup d'épaule ferait céder sans trop d'effort.

C'était facile. Je pourrais entrer.

Je serais alors en mesure d'aller vérifier si la montre était un modèle de luxe, une de celles qu'Emmanuel Corbin s'était fait voler dans son coffre. Alors tout s'expliquerait. Enfin, tout ne s'expliquerait pas, mais je remettrais tout de même un peu d'ordre dans ce chaos. J'écarterais au moins une énigme de l'immense bordel qu'était devenue ma vie ces derniers jours.

Mais si je me trompais et qu'il s'agissait d'une montre appartenant à un ami de Mélissa Sauser, à son mari – si elle en avait un – ou à son père, pourquoi pas… Dans ce cas, j'aurais commis une effraction pour rien.

Qu'est-ce qui pouvait m'arriver de pire ? La dernière fois que j'étais entré, en cachette, dans une autre maison que la mienne, j'avais manqué d'être surpris par le propriétaire des lieux, un homme qui s'était avéré être un tueur en série. Dans le cas présent, si la fille du serrurier me découvrait, je ne risquais probablement pas de me faire assassiner. Ce serait sans doute même elle qui aurait le plus peur. Mais j'ignorais avec qui elle vivait. Et si elle avait un chien un peu plus efficace que Monk pour protéger son foyer ?

Je n'ai tout de même pas réfléchi longtemps.

Au moment où j'ai appuyé sur la poignée et que j'ai donné un coup d'épaule dans la porte, j'ai songé que je ne valais pas mieux que Vincent. Il y avait en moi, bien caché mais présent, une part du même caractère impulsif et aventureux. Sans quoi je ne l'aurais jamais suivi dans ses folies. Il faisait un bel alibi.

La porte s'est ouverte dans un petit craquement et je suis entré dans une pièce minuscule où s'amassaient un évier et un lave-linge. En refermant derrière moi, j'ai constaté que la targette était exactement comme je l'avais imaginée. Insignifiante et datant visiblement de la construction de la maison dans les années 1970 ou 1980.

Une fois à l'intérieur, la réalité de ce que j'étais en train de faire m'a frappé façon « coup de la corde à linge », et deux instructions sont venues clignoter au néon dans mon cerveau : *pas un bruit* et *vite*.

Je suis sorti de la pièce pour me retrouver dans un couloir que j'ai longé avant de tourner à gauche, là où j'estimais que devait être situé le bureau aperçu depuis l'extérieur. Mon cœur tambourinait au rythme d'un morceau punk de Samiam ou Knapsack, ces groupes que j'écoutais adolescent. Trop vite. Je préférais désormais les syncopes d'Art Blakey.

Je ne me suis pas attardé dans la pièce où se trouvait l'ordinateur. Jusqu'ici, je n'avais rien touché à part la poignée de la porte dehors ; pas question de laisser des empreintes. En arrivant à la montre posée sur le bureau, je me suis penché pour lire les caractéristiques.

Omega. Speedmaster.

Corbin m'avait parlé de la montre des astronautes. C'était bien ça.

Mais pourquoi, s'il s'agissait bien du bijou volé, ne l'avait-elle pas caché ? Négligence ? Ou était-elle sûre d'elle à ce point ?

Moi, j'étais loin de l'être. La gorge serrée, je sentais la sueur me couler dans le dos, mes aisselles humides. Mon corps tentait de me transmettre un message, de me faire comprendre que les effractions n'étaient pas mon truc. Au point où j'en étais, j'aurais sans doute dû chercher s'il y avait d'autres objets volés dans la maison, mais je ne souhaitais qu'une chose : sortir de là.

J'ai tout de même balayé la pièce du regard. Peut-être que quelque chose d'évident allait m'apparaître. Mais il n'y avait que des livres, quelques dossiers, rien qui ressemblait à des bijoux ou qui me semblait posséder une quelconque valeur.

J'ai pris la montre et l'ai mise dans la poche de mon manteau. Puis je suis sorti de la maison. Avec ma manche, j'ai essuyé la poignée de la porte extérieure que j'avais défoncée et j'ai refait le tour de la villa.

Une voiture est passée tandis que je quittais le jardinet par le portillon, mais j'ai continué à agir comme si tout était normal. Comme si je venais de rendre visite à une amie. Une amie que je ne connaissais pas et qui m'avait tout l'air de cambrioler les coffres de la région.

Une nouvelle amie qui avait probablement aussi volé le manuscrit de Céline.

Sur le trajet à pied jusqu'à ma voiture, j'ai réfléchi aux prochains coups à jouer dans la partie qui s'engageait. Au volant, j'ai repris la direction de la sortie de la ville. Mon cerveau turbinait à la même allure endiablée que la flûte du morceau *Return to forever* de Chick Corea dont je venais d'enfiler le disque dans le lecteur CD.

Il m'a fallu un quart d'heure pour arriver à destination. Pire qu'un fléau biblique, une catastrophe s'était abattue sur

Castelnau : un embouteillage. Une de ces calamités légendaires dont certaines malheureuses victimes, bloquées pendant plusieurs minutes, évoquent l'horreur, du courroux dans la voix, avant d'expliquer que tout part à vau-l'eau, que plus personne ne travaille puisque tout le monde est sur les routes, et de prophétiser qu'il n'est pas loin le temps où la ville tout entière deviendra aussi congestionnée que, atrocité suprême, la *rocade bordelaise*.

Du tunnel sous la voie ferrée, complètement bouché, débordaient des véhicules jusqu'au boulevard. J'ai repensé aux embouteillages monstres de Melbourne, lorsque nous allions à la plage. Puis la file de voitures a avancé. Apparemment, un gamin d'une quinzaine d'années avait chuté de vélo. Il était assis sur le trottoir, entouré d'un couple, lui accroupi, elle debout au téléphone, et se tenait un genou. Ça irait.

J'avais hésité à passer à l'agence pour appeler Emmanuel Corbin, voir s'il était chez lui et, le cas échéant, le prévenir de ma visite, mais j'étais trop impatient. J'avais pris le risque de trouver porte close, mais une femme en jean et t-shirt arborant le logo de la série *Friends* est venue m'ouvrir. Blonde décolorée, léger surpoids et sourire plein de dents, elle se frottait les mains sur un torchon comme si je l'avais surprise en train de cuisiner ou de faire la vaisselle. Elle m'a demandé ce que je voulais et, lorsque j'ai répondu que j'aimerais voir monsieur Corbin, m'a aussitôt fait entrer.

« Emmanuel est dans son bureau. »

Je me suis présenté.

« Ah oui, il m'a raconté pour l'article », a-t-elle répondu avant de m'entraîner à travers la maison jusqu'à la pièce que j'avais déjà visitée la veille avec son mari, ainsi que je l'ai compris à la façon dont elle en parlait.

Puis elle nous a laissés sans plus poser de questions. Polie, avenante, non-intrusive. Les Corbin me paraissaient aller bien ensemble.

Devant la mine surprise, mais ravie, de son époux, j'ai tout de suite expliqué :

« Désolé de vous embêter de nouveau, mais j'avais besoin d'une petite précision. »

Mon hôte était assis derrière son grand bureau, le visage éclairé par la lumière de l'écran de son ordinateur.

« Non, pas de problème, a-t-il dit en se levant et en me tendant la main. Je... » Il a hésité puis finalement terminé sa phrase : « Je m'amuse un peu à jouer en Bourse.

— Si je pouvais...

— Je n'aime pas le golf. De toute façon, tous mes vieux potes travaillent. Les journées sont longues, parfois. »

Corbin ne paraissait pas se justifier. Il m'avouait, avec le franc-parler dont il avait déjà fait preuve plus tôt et qui me semblait inhérent au personnage, qu'il se sentait seul.

« Vous avez peut-être pris votre retraite trop tôt, ai-je tenté.

— Exactement, a-t-il dit en me faisant signe de m'asseoir sur le petit canapé adossé à une des cloisons de la pièce. Mais si j'avais continué à travailler, je ne serais sans doute plus là. Marilou a insisté, et elle a probablement eu raison. »

Face à mon air interrogateur, il a poursuivi :

« Le stress, le cœur, tout le bordel. Je travaillais trop.

— Vous n'avez pas bossé pour rien, on dirait, ai-je remarqué en regardant autour de moi.

— C'est du vent, tout ça. Je pète peut-être dans la soie, mais ça ne sent pas la rose pour autant. »

J'ai souri et ma main s'est enfoncée dans la poche de mon manteau jusqu'à la montre. Je ne savais pas comment aborder le sujet. Impossible de lui révéler ce que j'avais découvert sans déclencher toute une série de conséquences que je n'étais pas prêt à affronter. Et même si son côté millionnaire malgré lui me le rendait sympathique, je ne le connaissais pas assez pour lui faire confiance. On ne devenait pas riche à ce point sans quelques coups fourrés et trahisons, sans quelques victimes dans son sillage.

« Une petite précision, donc, ai-je dit en décidant de mentir. J'ai un ami brocanteur qui garde un peu un œil sur tout dans son domaine. Il pourrait peut-être me prévenir s'il voyait quelque chose de louche dans une vente ou autre... »

Corbin a hoché la tête. Il mordait.

« Je me suis dit que votre assurance avait peut-être exigé des photos de vos montres et de vos bijoux…

— Rien n'était assuré, a-t-il avoué. Je n'ai jamais pris le temps de m'occuper de ça.

— Vous auriez alors peut-être des précisions sur le modèle des montres…

— Attendez un peu. »

Il s'est assis et a posé sa paume sur la souris de son ordinateur, a tapé quelques mots au clavier et, quinze secondes plus tard, m'a demandé de le rejoindre de son côté du bureau.

« Je ne me souviens plus des modèles exacts des Rolex, il y en a beaucoup, mais l'Omega, c'était une Moonwatch Professionnal. Je l'ai portée quelques fois.

— Pas les Rolex ?

— Non, je sais pas, pas trop mon style. J'en ai mis une une fois, et je me suis senti con. Là, voilà, c'était celle-ci. »

Je me suis penché vers son écran sur lequel s'affichait le site officiel de la marque Omega. La page était ouverte sur l'image, en gros plan, d'une montre au fond noir et au bracelet argenté avec trois petits cadrans ronds - Sainte Trinité apportant la vérité - disposés sous les pâles aiguilles phosphorescentes. J'ai sorti la main de ma poche, comme si le modèle que je touchais était soudain devenu brûlant. Dangereux.

« Vous ne notez pas ? m'a demandé Corbin.

— Omega Speedmaster Moonwatch Professional, je retiendrai, lui ai-je répondu d'une voix blanche en me redressant. C'est tout ce dont j'avais besoin.

— Ah bon ? s'est-il étonné.

— Oui, la précision suffira à mon ami, Denis. Il ne doit pas voir passer beaucoup de ce genre de montres. Bon, entre nous, je ne suis pas sûr que ça serve à grand-chose, mais comme j'ai discuté hier avec lui, je me suis dit qu'au pire ça ne pouvait pas faire de mal.

— On ne sait jamais », a-t-il conclu en haussant les épaules.

Je me suis dirigé vers la porte et Emmanuel Corbin s'est levé pour me raccompagner jusqu'à la sortie de la demeure. J'ai repris ma Punto et j'ai laissé le retraité solitaire dans son palais, prisonnier de sa richesse. J'avais un de ses bracelets électroniques dans la poche.

Je ne me rappelle plus très bien le trajet jusqu'à l'agence. Tout allait trop vite dans ma tête. Ou, au contraire, pas assez. La fille de Frédéric Sauser, la collègue d'Adeline à qui j'avais parlé du manuscrit à la médiathèque, était la perceuse de coffre. C'était elle qui avait volé les montres de Corbin, les bijoux d'Aude et, très probablement, le manuscrit de Céline.

Quelques détails restaient flous, mais une seule question demeurait : qu'allais-je faire maintenant ?

Plusieurs routes s'ouvraient à moi. Mais l'avenue principale s'étirait dans deux directions opposées. L'une consistait à prévenir les gendarmes, l'autre non.

Quand je suis arrivé au journal, ma décision était prise.

# 14

Les jours se suivent, se ressemblent, dans un rythme banal, jusqu'à ce que tout s'accélère. Il ne se passe rien d'extraordinaire pendant un mois ou deux puis soudain, dans la même journée, plusieurs événements s'entrechoquent pour bouleverser le quotidien. Après des semaines à se traîner sur l'autoroute de la routine, l'on se retrouve à devoir prendre une sortie vers un chemin caillouteux. Le plus souvent, il ne s'agit pas de bonnes nouvelles. Une panne de voiture le jour où le petit tombe malade et qu'il faut aller le chercher à l'école. Un rappel d'huissier déposé dans la boîte aux lettres pendant que l'on est aux urgences pour une chute à moto. Ou même, pour les plus originaux, un passage à tabac, suivi d'un enlèvement et de la mort d'une vieille connaissance près d'une voie ferrée dans la morne campagne pluvieuse de Castelnau.

En retournant à l'agence, j'ignorais encore que cette journée serait de cette eau. J'aurais pourtant dû m'en douter : depuis l'arrivée de Pascal, il fallait s'attendre à tout. Rien n'était vraiment de sa faute, mais sa seule présence agissait dans l'univers au niveau moléculaire pour influer sur son environnement. Mon cousin, depuis qu'il avait débarqué, jouait le rôle de perturbateur quantique. Les événements s'étaient cristallisés autour de lui dans une absurde danse du mal. Lui était demeuré là, comme un magicien au milieu d'un pentacle, sans bien se rendre compte des puissances qu'il déchaînait.

Et autour, tout le monde morflait.

Il a fallu laisser défiler l'après-midi.

Mélissa Sauser travaillait. La médiathèque n'était pas le lieu idéal pour l'aborder.

J'ai mangé un sandwich dégueulasse en relisant deux articles que Claire, « débordée », m'avait demandé de poster sur le site. Puis j'ai remonté la rue semi-piétonne jusqu'à la mairie pour rejoindre le directeur des services, un entretien prévu depuis quelques jours auquel ma collègue ne pouvait plus se rendre. Un jeune skater d'un village environnant venait de remporter une compétition prestigieuse en Allemagne et Claire avait préféré aller interroger ses parents. Je la soupçonnais de ne pas apprécier beaucoup plus les planches à roulettes que l'administration, mais de ne pas vouloir se retrouver en tête à tête avec le fonctionnaire. Raisons personnelles. Traduisons : histoire de cul. Me revenait donc la tâche de rédiger un papier sur les travaux prévus à la gare et dont le démarrage, imminent, interviendrait avec neuf mois de retard. Claire m'avait aussi laissé le numéro de téléphone d'un responsable de la SNCF pour discuter « impact sur le trafic ». Passionnant.

Après le rendez-vous à la mairie et le coup de fil avec le cheminot, j'ai torché un article sur ce Pôle d'échange multimodal en pilotage automatique, grâce aux phrases toutes faites que je possédais dans mon arsenal.

Rien de ceci n'avait plus d'importance pour moi.

Vers 17 h 40, j'ai quitté le journal et j'ai traversé le centre-ville pour me rendre aux Arcades, le bar près de la place du marché. Installé en terrasse, à côté de deux cinquantenaires fumeurs qui, vu leur air hagard et leurs tickets de PMU posés sur la table, semblaient être des habitués, j'ai commandé un café et j'ai attendu. Les mains dans les poches de mon manteau, aussi peinard que Bernie Sanders à l'investiture de Joe Biden, j'ai regardé l'intérieur de l'établissement où j'avais, quelques jours plus tôt, recroisé le chemin de Mimiche.

La médiathèque fermait à 18 heures. Ses employés sortaient alors par la porte principale qui donnait sur un petit parc aux allées de gravier et à la pelouse rase. De là où j'étais assis, sur le côté de la terrasse, j'avais une vue dégagée sur cet espace vert deux cents mètres plus loin.

Sans téléphone portable pour faire semblant d'être occupé, je regardais trop ma montre. Les minutes s'écoulaient lentement.

Enfin, trois minutes après l'horaire de la fermeture, j'ai vu paraître Adeline et quelques-uns de ses collègues. Une dizaine en tout. Certains se sont éloignés par groupes de deux ou trois, sans doute pour rejoindre le parking où ils avaient garé leur véhicule ; un barbu immense, casque de vélo sur la tête, est allé décrocher sa bicyclette d'un arceau, et quelques-uns se sont dispersés, seuls.

Ma cible, elle, a salué de la main une petite rousse qui boitait, puis elle l'a quittée et s'est mise à cheminer vers la place du Marché. Vers moi.

Je l'ai regardée passer devant ma table, lui ai laissé plusieurs mètres d'avance et me suis levé. Elle ne m'avait pas remarqué, n'avait pas jeté le moindre coup d'œil dans ma direction. Cheveux courts teints en rouge, visage sec et fermé, elle marchait avec détermination vers un objectif invisible. Son manteau noir et son jean bleu foncé lui donnaient l'allure austère d'une Dana Scully franchouillarde, trop jeune pour avoir vu *X-Files* lors de sa première diffusion.

Elle a pris à gauche après la place du Marché pour descendre vers la plaine de la Gravière, une vaste étendue boisée près des méandres de la Garonne, puis a bifurqué de nouveau pour suivre le chemin des remparts. Nous étions seuls dans cette rue peu fréquentée.

« Excusez-moi, mademoiselle », ai-je lancé en accélérant le pas.

Elle s'est arrêtée et retournée, sans paraître se méfier le moins du monde. Il m'a même semblé la voir esquisser un sourire. Elle m'avait peut-être reconnu.

« Vous avez laissé tomber ça », ai-je poursuivi en sortant la montre Omega de ma poche.

De l'incompréhension sur le visage, elle s'est avancée pour observer ce que je lui montrais. Puis elle a brusquement relevé la tête vers moi.

« Non, désolé, ce n'est pas à moi.

— Oui, pardon, ai-je dit en m'efforçant de ne pas avoir l'air trop menaçant, en effet, cette montre appartient à Emmanuel Corbin. Elle était encore dans son coffre il y a quelques jours. »

Elle s'est retournée et a fait quelques pas pour s'éloigner.

Sans un regard noir. Sans prononcer un mot. Comme si notre « conversation » était terminée et qu'elle reprenait ses activités prévues avant mon interruption.

Je me suis dit que son sort était scellé, que j'allais devoir changer mes plans et la dénoncer aux gendarmes. Que si elle ne voulait pas m'écouter, elle devrait en subir les conséquences.

Puis, comme si elle avait lu dans mes pensées, elle a fait demi-tour et m'a observé sans bouger.

« Comment vous avez fait ? a-t-elle demandé.

— J'ai dû casser un petit verrou. Désolé.

— Pour me retrouver...

— Un coup de chance. »

Je lui ai résumé l'histoire depuis la conversation avec Michel, le patron de *L'Esplanade*. Son visage s'est encore fermé davantage quand j'ai détaillé la visite à son père, mais elle n'a fait aucune remarque. À la fin de mon récit, je lui ai tendu la montre.

« Je vous ai dit qu'elle n'était pas à moi, a-t-elle affirmé.

— Je sais. Mais je vous la donne. Pour que vous puissiez la rendre à son propriétaire. »

Elle a légèrement avancé la tête et écarquillé les yeux.

« Vous allez rendre les montres et les bijoux volés à Emmanuel Corbin, à Aude Virtanen et à tous les gens dont vous avez pillé les coffres ces derniers mois.

— Pourquoi je ferais ça ? a-t-elle demandé avec un air de défi.

— Parce que ça vaut mieux que quelques années de prison.

— Et il se passera quoi si les gens retrouvent leurs objets ?

— Ils seront satisfaits. Les gendarmes classeront le dossier. »

Elle a observé ses chaussures - des tennis Puma - un instant puis a relevé la tête.

« Certaines choses ont déjà été vendues, a-t-elle dit.

— Beaucoup ?

— Non.

— Rachetez-les si possible. Sinon, rendez l'argent.

— Je ne l'ai plus. »

Cette fois, c'est moi qui ai écarquillé les yeux en mode « mais putain, mets-y du tien, un peu ».

« Il fallait que je paie la maison de retraite pour mon père », s'est-elle expliqué.

J'ai avancé encore mon bras pour qu'elle prenne la montre.

« Faites ce que vous pouvez, d'accord ? Ah, et n'oubliez pas de nous rendre le manuscrit, aussi. »

Elle s'est emparée de l'Omega et l'a rangée dans la poche de son pantalon.

« Vous ne l'avez pas vendu, au moins ? ai-je demandé.

— Non. Je ne sais même pas pourquoi je l'ai pris.

— Comment ça ?

— Il n'est pas authentifié. Et ça doit être une galère à revendre. Mais…

— Mais quoi ?

— Je ne sais pas. C'était une occasion. Je n'ai pas pu résister. Vous m'en avez parlé et…

— … et Adeline vous a dit où il se trouvait.

— Elle n'y est pour rien. Elle ne pouvait pas imaginer que…

— Je sais.

— C'était nul, a-t-elle dit d'une voix qui avait perdu toute tension. De voler ce manuscrit, je veux dire. Et ce qu'il s'est passé ensuite…

— Vous avez vu quoi, là-bas ? »

Nous étions toujours au milieu de la petite rue près des anciens remparts. J'ai fait quelques pas en direction d'un square sans âme, cerné de bancs verts et s'achevant sur une aire de jeu où des enfants se balançaient et grimpaient sur des structures en corde.

Elle m'a emboîté le pas et a répondu :

« Je croyais qu'il n'y avait plus personne quand je me suis rendue à l'office du notaire. J'avais guetté la sortie des derniers employés. Il n'y avait pas un chat sur le parking et tout était éteint. »

Je lui ai proposé, d'un geste, de s'asseoir sur un banc, mais elle a secoué la tête. Je me suis installé sur le métal froid.

« Je suis entrée en crochetant une serrure », a-t-elle poursuivi, et j'ai compris qu'elle avait besoin de parler, de confier ce dont elle avait été témoin. « Je m'attendais à une alarme, mais elle n'était pas mise en route. Dans le bureau du notaire, j'ai trouvé la clé sur le coffre. La combinaison, franchement… Sur ces vieux modèles, et avec la clé… C'était trop facile. Puis j'ai entendu des bruits. Qui venaient d'un bureau tout au fond de la demeure.

— Quels genre de bruits ?

— Des gens qui baisaient. »

Elle a insisté sur ce dernier mot. Ceux dont elle parlait ne faisaient pas l'amour. Ils baisaient.

« Deux hommes », a-t-elle repris.

Adeline avait raison. Le clerc et son notaire.

« Vous n'avez rien vu de plus ?

— Je suis partie avec le manuscrit. Ce n'était même pas marrant. Je n'avais pas eu à percer de coffre.

— C'est ça qui vous plaît ?

— C'est ce qui est… » Elle a cherché ses mots pendant plusieurs secondes avant de lâcher : « Je ne sais pas… enivrant.

— Comment vous saviez que ceux chez qui vous alliez avaient des coffres et des objets précieux ?

— J'écoute… J'observe. Les gens parlent trop, a-t-elle dit.

— Je vois. Comme ceux qui viennent à la bibliothèque poser des questions sur des extraits de Céline. »

Elle a esquissé un sourire. Je me suis levé. Elle était presque aussi grande que moi. Elle m'a regardé dans les yeux.

« Pourquoi vous faites ça ? a-t-elle demandé.

— Pourquoi je fais quoi ?

— Pourquoi vous ne me dénoncez pas ?

— Je ne sais pas », ai-je dit avant de songer que ce n'était pas une réponse satisfaisante.

Et surtout qu'elle était fausse. Je n'ai pas osé lui avouer que j'avais croisé dernièrement un autre genre de voleurs qui n'auraient pas mérité la même clémence, et qu'elle n'avait, au final, pas fait beaucoup de mal. Aude ne m'avait pas semblé véritablement traumatisée, et Corbin pouvait s'acheter dix nouvelles Rolex sur-le-champ s'il le souhaitait.

Mais, aussi inoffensive qu'elle me paraisse, elle allait devoir arrêter. Pour son bien. Pour celui de son père.

« Disons que ce n'est pas mon boulot, ai-je repris. Moi, j'écris sur les vols. Je ne m'occupe pas du reste. »

Pour la première fois depuis le début de notre échange, j'ai cru percevoir un sourire essayer un instant d'exister sur ce visage fermé.

« Ouais, c'est ça, a-t-elle soufflé avant de partir vers la sortie du square.

— Et pour le manuscrit ? » ai-je lancé.

Elle s'est contentée de lever un bras comme pour m'assurer qu'il n'y avait pas de problème. Ou me dire au revoir. Puis elle s'est éloignée façon *poor lonesome cow-girl.*

J'ai rejoint ma voiture avec l'étrange sensation d'avoir remis un peu d'ordre dans le chaos du monde, même si, au fond, j'avais simplement fait la nique à Robin des Bois. J'avais récupéré le manuscrit. Ou tout comme. Et Mélissa Sauser allait devoir changer de hobby. Mais je n'avais rien arrangé. Mimiche ne ressusciterait pas, et le ciel dégagé au-dessus de Castelnau n'était qu'une illusion. Il y aurait d'autres inondations, l'année prochaine, ou la suivante. D'autres vols, d'autres meurtres passionnels, d'autres lâches assassinats. J'en entendrais parler, comme toujours. Et je les consignerais, encre baveuse et papier dégueulasse, dans le journal. Comme toujours. Barde sans héros.

J'ai quitté la ville au son d'un vieil album de Kenny Garrett. En chemin, j'ai tenté de me projeter sur ce que je ferais en arrivant chez moi. J'espérais avoir reçu ma carte SIM. Il me faudrait l'activer et envoyer mon nouveau numéro à ceux dont j'avais les coordonnées. Pour les autres, un mail groupé suffirait. Une partie de plaisir en perspective. J'avais promis à Pascal de lui faire écouter les bonus de l'album de Steel Pulse *True Democracy*. Il en trimballait une vieille copie cassette dans son camion, mais n'avait jamais entendu les remix et les *extended versions* disponibles sur le CD. Des versions dub qui l'inciteraient peut-être, s'il avait de quoi, à rouler un de ces gros joints d'herbe dont il avait le secret.

Voilà comment j'envisageais ma soirée. À configurer mon nouveau téléphone dans les brumes cannabiques de Pascal.

Il faisait nuit noire et une lumière était allumée à l'intérieur quand j'ai tourné dans l'allée qui menait à la maison. J'ai éteint le moteur, les phares, pris mon sac à dos sur le siège passager et suis descendu de voiture. La terre avait un peu séché devant la galerie. Monk n'était pas dehors. Il s'était sans doute mis au chaud avec mon cousin.

En ouvrant la porte, je n'ai pas toute de suite reconnu la voix de l'homme qui parlait. J'ai fait un pas à l'intérieur en retirant le sac de mon épaule et j'ai tourné la tête vers l'origine de la phrase que je n'avais pas comprise.

Tous mes pronostics de pétard et de carte SIM se sont évanouies lorsque j'ai découvert Fabrice Quintana debout dans mon salon. Il tenait un pistolet contre la tempe de Pascal, assis sur le canapé et visiblement terrorisé. En un instant, j'étais passé d'un l'album de reggae à *Number of the Beast* d'Iron Maiden.

« Doucement, fils de pute, ou je bute ton cousin. »

J'avais oublié son drôle d'accent méditerranéen dont je n'arrivais pas réellement à déterminer l'origine. Lorsque cette pensée m'a traversé l'esprit, j'ai songé qu'il n'était pas normal que je m'interroge ainsi sur les racines de celui qui menaçait Pascal de la sorte. J'étais trop calme.

J'ai laissé mon sac tomber par terre et j'ai levé les bras. Réflexe idiot. Il ne m'avait rien demandé.

« Avance », a-t-il dit.

J'ai fait trois pas dans sa direction.

« Stop. »

Je me suis arrêté et, en baissant les mains, j'ai demandé :

« Qu'est-ce que tu veux ?

— Vous faire ce que vous m'avez fait… »

J'ai manqué éclater de rire.

« Parce qu'on t'a fait quelque chose, nous ?

— Mon frère est toujours à l'hôpital. Il ne marchera plus jamais. »

J'ai envisagé de lui répondre que c'était bien fait pour sa gueule. Et aussitôt estimé que ce n'était peut-être pas le meilleur moment. Mais je ne me suis pas excusé non plus. Voir cette gueule de con avec sa moustache m'avait ramené au moment où il avait retenu son cadet d'intervenir pour aider Mimiche. Je n'allais pas m'aplatir devant cette ordure. Même pour sauver ma peau.

« Tu vas retourner en taule pour un sacré bail, lui ai-je prédit.

— J'en suis loin, là », a-t-il répliqué d'une voix égale.

Il ne fanfaronnait pas, ne paraissait pas non plus être sous l'emprise de drogue ou d'alcool. Il était simplement venu nous faire payer ce qu'il estimait être une injustice. Froidement. Selon son plan. Comme une machine. Cela aurait dû m'effrayer, mais je ne ressentais pas grand-chose sous la haine qui menaçait de déborder.

« Et comme mon frère ne parlera pas, ils n'auront aucun témoin. »

J'ai regardé Pascal qui, le bout du canon contre la tempe, se mordait frénétiquement les lèvres et dont les sourcils froncés n'en formaient plus qu'un. Sa terreur m'a fait comprendre que, malgré toute ma rage, nous ne pourrions rien faire, à cette distance, face au flingue de l'intrus. Nous allions y passer. Il le savait. Et moi aussi. Mais j'en avais sans doute beaucoup moins à foutre que lui.

Quintana a fait un pas en arrière et a tendu le bras sans le décoller du crâne de Pascal.

Il s'apprêtait à tirer.

J'ai repensé à mon cousin qui s'était élancé dans le séchoir à tabac, avait poussé l'échelle et fait tomber le frère de l'ordure sur le point de le tuer. Il nous avait alors sauvé la vie.

Il ne me restait qu'à lui renvoyer la balle.

Tenter le tout pour le tout. Bondir sur Quintana et le désarmer.

J'étais trop loin. C'était évident. Mais je n'avais pas d'autre option. Peut-être qu'en me voyant arriver, c'est sur moi qu'il tirerait, laissant à Pascal une chance de s'en sortir.

Mais je n'ai pas eu l'occasion de m'élancer.

J'ai tout de suite reconnu les petits bruits qui résonnaient dans mon dos. Un rapide cliquetis qui approchait à toute vitesse. Le son des griffes de Monk sur les tommettes.

Quintana ne s'est aperçu de rien avant que mon chien ne saute sur le canapé pour y rebondir et aller heurter celui qu'il avait perçu comme un ennemi.

Le moustachu est parti en arrière en essayant de parer les crocs du labrador qui tentait de lui arracher le cou. Tous les deux ont chuté au sol. Avant qu'ils l'atteignent, j'étais déjà lancé.

Quand je suis arrivé au-dessus d'eux, une ou deux secondes plus tard, Quintana avait dégagé le bras qui tenait le pistolet et le braquait sur Monk.

Par-dessus le bruit du tir, assourdissant, j'ai entendu mon chien pousser un gémissement de mort, un glapissement suraigu qui m'a instantanément noué le ventre.

Puis ça a été comme si je me réveillais après une explosion, les oreilles bouchées par du coton. Monk était déjà retombé par terre et convulsait. Et j'ai plongé sur Quintana, toujours étendu sur le dos et choqué par l'assaut canin salvateur.

C'est ma tête qui est partie la première. J'ai pris de l'élan en la penchant un peu en arrière et je lui ai asséné un coup de boule d'avant-centre anglais.

Malgré la baisse momentanée d'audition due au tir, j'ai tout de même perçu un léger craquement. Son nez.

Je me suis redressé sur les genoux et j'ai envoyé un premier crochet du poing droit. Puis un autre. Et encore une autre. Au quatrième, la douleur dans ma main a dû atteindre mon cerveau, car je suis passé à la gauche. J'ai alterné ainsi pendant de longues secondes. Jusqu'à avoir les articulations couvertes de nos sangs mêlés.

Quintana ressemblait déjà à un Néandertalien de *La Guerre du feu* que l'on aurait badigeonné de ketchup. Mais ça ne m'a pas arrêté. J'ai alors songé que je ne cesserais que lorsque je n'aurais plus la moindre force dans les bras.

Ou quand il serait mort.

Mais je ne l'ai pas tué.

Parce que je n'étais pas lui. Et que quelqu'un est venu bloquer le train lancé à pleine vitesse que j'étais devenu.

Pascal a d'abord ramassé l'arme – il me l'a raconté ensuite, car je n'avais rien vu – pour le tenir en joue. Mais il a vite compris que cela ne servait à rien et s'est approché de moi. Il a posé une main sur mon épaule et a dit :

« Alex. Arrête. »

Sa paume et ses mots m'ont ramené au présent, à la réalité de la situation, comme si je remontais à la surface après une plongée sanglante.

J'ai cessé de frapper. La tête de Quintana, défigurée, est retombée sur un côté.

« C'est bon, a ajouté Pascal. Il a son compte. »

Sous moi, l'homme à qui appartenait ce souffle rauque ne représentait plus aucune menace. Il n'était plus en état de bouger et ne le serait pas avant longtemps. Juste à côté, Pascal tenait fermement son arme.

Je me suis levé, trop lentement. Puis j'ai vu Monk étendu sur le flanc par terre, une tache de sang ovale s'élargissant au niveau de ses pattes arrière. La gueule ouverte, la respiration sifflante, il paraissait souffrir.

Je l'ai retourné pour voir d'où coulait le liquide et j'ai pris une veste à capuche qui traînait sur le canapé. Je m'en suis servi pour appuyer sur la plaie, énorme, à l'endroit où était ressortie la balle et tenter de stopper l'hémorragie.

J'ai levé les yeux vers Pascal qui avait l'air tout aussi terrifié qu'une minute auparavant, et je lui ai hurlé d'aller me chercher le rouleau de ruban adhésif dans un tiroir du vieux buffet. Il lui a fallu une seconde pour sortir de sa torpeur. Quand il m'a ramené ce que je lui avais demandé, j'ai entouré la vêtement autour du train arrière de Monk et l'ai serré avec l'adhésif. Puis j'ai soulevé mon chien et me suis mis à courir vers ma voiture.

Quand j'ai démarré le moteur, Monk, couché sur le siège passager – la place du mort – respirait encore.

J'ai rarement conduit aussi vite que ce soir-là.

# 15

Je connaissais plusieurs vétérinaires à Castelnau. Le plus proche de chez moi se trouvait être celui que je fréquentais, où j'achetais les vermifuges tous les trois mois et où j'emmenais Monk en cas de soucis. Mon chien s'était un jour entaillé le coussinet d'une patte. Une autre fois, pour des raisons de territoire qui m'échappaient, il s'était battu contre le beagle d'un promeneur et s'était récolté une belle estafilade sur la truffe puis, après un passage chez ledit vétérinaire, quelques points de suture et une énorme collerette qui le faisait ressembler à un extraterrestre de série Z des années soixante.

Il était 18 h 50 quand j'ai traversé le pont sur la Garonne pour pénétrer en ville. J'ignorais si la clinique clôturait ses portes à 18 heures comme je le pensais ou si, par miracle, elle restait ouverte une heure plus tard.

Tout fermait tôt à Castelnau. Je le savais très bien.

J'ai pris à gauche en grillant un feu rouge pour foncer jusque derrière le lycée, vers le petit bâtiment aux murs en granulat de cailloux où j'étais déjà venu à plusieurs reprises. Je me suis arrêté devant sans me soucier de bien me garer et je suis sorti de ma voiture. J'en a fait le tour, j'ai ouvert la portière passager et j'ai soulevé les trente kilos de Monk. Le siège sous lui était couvert de sang. Mon bandage n'avait pas été aussi efficace que j'aurais pu l'espérer. J'ai calé le chien contre mon torse et l'ai porté jusqu'à l'entrée de la clinique.

Avant que je l'atteigne, un homme en est sorti, un vétérinaire que j'avais déjà croisé ici. Pas celui que je fréquentais – une dame qui zozotait et que mon labrador adorait – mais un des deux autres docteurs de l'endroit. En me voyant, il a écarquillé les yeux et m'a demandé :

« Qu'est-ce qu'il se passe ?

— Il s'est pris une balle », ai-je répondu.

Une explication suffisante.

L'homme, un petit bonhomme chauve à lunettes, a rangé dans sa poche les clés avec lesquelles il s'apprêtait à fermer derrière lui, et m'a ouvert la porte. Il m'a doublé dans le hall d'entrée et est parti à grands pas vers une salle au bout d'un long couloir. Je lui ai emboîté le pas sans oser regarder mon chien.

Quand je l'ai rejoint, il était en train de relever sa table d'examen.

« Mettez-le là ! » m'a-t-il lancé.

J'ai déposé Monk le plus doucement possible et j'ai reculé de deux pas, mon pull gris devenu brun.

J'ai laissé le professionnel agir, mais j'avais déjà compris.

Il a retiré le ruban adhésif sans ménagement, a soulevé la veste trempée de sang et a jeté un œil à la plaie.

J'ai entendu un bruit étrange sortir de sa bouche, un de ces souffles où se mêlent la stupeur et l'effroi et qui ne surgissent qu'en réaction à ce genre d'horreurs du quotidien.

Puis je l'ai regardé, résigné, s'emparer d'un stéthoscope sur le bureau derrière lui et en appliquer le bout rond sur les poils beiges de Monk.

J'ai encore reculé d'un pas avant de me retrouver dos au mur. Je me suis laissé glisser jusqu'au sol où je n'ai même pas essayé de retenir mes larmes.

J'ai pleuré comme l'on pleure lorsqu'on prend conscience du morceau de douleur en soi, trou noir de la taille d'un boule de bowling. Des sanglots qui m'empêchaient de respirer, de penser, d'exister. Des larmes qui ne représentaient rien, à cet instant, que ma peine égoïste et ne disaient rien de tout ce que j'avais pu ressentir pour l'être incroyable, éteint, à deux mètres de moi.

Je n'avais pas pleuré ainsi depuis la mort de Samira.

Quelques secondes ou dizaines de secondes plus tard, j'ai vu les deux chaussures du vétérinaire qui s'approchaient de moi. J'ai levé la tête. Il tenait son stéthoscope à deux mains et avait l'air de vivre la pire journée de sa vie.

« Je suis vraiment désolé », m'a-t-il dit d'une voix tremblotante. Puis, d'un ton plus professionnel : « Il a dû mourir en chemin. »

Il s'est agenouillé et a demandé :

« Que s'est-il passé ? »

Je me suis tourné vers lui et c'était comme si le calme avant que je réponde s'était adressé à moi. J'ai compris que cet œil du cyclone reconnaissait un des siens et ce que cela impliquait.

Le silence vit seul.

## 16

Dehors, le monde m'a paru changé, médiocre : pavillons merdiques, lampadaires ronds jaunâtres qui perdaient le combat face à l'obscurité, bâtiments HLM et terrains de sport inondés. Fade et insignifiant.

Une phrase de Céline lue quelques jours plus tôt m'est revenue en tête comme un éclat reçu par accident.

*La nuit était chez elle.*

Le trajet du retour a duré une éternité, isolé dans ma bulle automobile avec le seul bruit du moteur. Je tentais le néant. Et le savais inaccessible. Je ne pensais qu'à une chose : Pascal, un flingue à la main, près d'un Quintana inconscient.

Quand je suis arrivé, vingt ou vingt-cinq minutes plus tard, les gyrophares d'une camionnette et d'une voiture de gendarmes garées devant la maison clignotaient en silence.

Le poids dans mon estomac s'est évanoui.

Mon cousin est sorti de la longère pendant que je coupais le contact.

« Comment il va ? » m'a-t-il demandé en fonçant dans ma direction.

J'ai retenu mes larmes, mais il a compris sans que je lui explique.

Pascal m'a pris dans ses bras sans se soucier du sang sur mes vêtements. Il m'a serré comme l'on serre quelqu'un qui fait partie de sa vie depuis le début. Un cousin. Un frère.

Puis nous sommes rentrés dans le salon où plusieurs gendarmes m'attendaient, et il m'a raconté ce qu'il s'était passé en mon absence. Les forces de l'ordre étaient arrivées pile au moment où Quintana commençait à se réveiller. L'ambulance que Pascal avait appelée avait suivi peu après. Notre agresseur était parti à l'hôpital conscient, surveillé par deux brigadiers qui, d'après mon cousin, ne semblaient pas mécontents de le retrouver dans un tel état.

Les gendarmes avaient ensuite interrogé mon cousin. Il leur avait raconté que Quintana était entré par la porte de la maison qui n'était pas verrouillée, et qu'il l'avait menacé avec son arme. J'avais débarqué quinze minutes plus tard. Un quart d'heure pendant lequel l'aîné des Quintana avait ressassé son envie de nous faire souffrir à un Pascal terrorisé. Quand est venu mon tour, j'ai livré ma version des événements à l'adjudant-chef Costello, arrivé entretemps, et à une jeune femme en uniforme que je n'avais pas encore rencontrée. Les gendarmes nous ont demandé de passer le lendemain dans leurs bureaux pour signer nos dépositions et ont tenté de nous rassurer de leur mieux. Selon eux, avec nos témoignages, Fabrice Quintana resterait au moins vingt ans à l'ombre pour le meurtre de Mimiche et cette agression. Déjà pas mal.

Une fois les forces de l'ordre parties, Pascal et moi nous sommes attaqués, à coup de brosse et de serpillière, à la tâche de sang qui commençait à sécher sur les tommettes du salon. Au bout de quelques minutes, mon cousin, qui frottait de sa seule main valide, a rompu le silence pesant :

« Au fait, tu as reçu ta carte SIM. »

Après une nuit difficile, où malgré le whisky ingurgité avec Pascal je n'ai pas réussi à dormir, j'ai emmené mon cousin – assis à la place où Monk était mort – à la gendarmerie pour répondre à de nouvelles questions et préciser le déroulé des événements de la veille. Un fonctionnaire, qui contrairement au cliché ne tapait pas sur son clavier avec deux doigts, a inscrit notre témoignage dans un rapport qu'il nous a fallu relire et signer.

Avant que nous partions, l'adjudant-chef Costello nous a rejoints dans le bureau où nous venions de passer une heure et demie et il a rempli quelques blancs. Ses collègues interrogeaient Fabrice Quintana. Ils cherchaient à lui faire avouer le meurtre de

Mimiche et à expliquer sa présence à Castelnau les jours précédents le drame.

Il nous a promis de nous tenir au courant dès qu'il aurait d'autres détails. Il nous a assurés que nous n'avions plus rien à craindre des frères Quintana. L'un resterait paraplégique et l'autre allait croupir en prison pendant des décennies. Si nous témoignions, évidemment.

Il n'y avait pas à s'en faire pour ça.

Une fois sorti de la gendarmerie, j'ai entraîné mon cousin jusqu'au journal où je l'ai laissé se charger de résumer la situation à ma collègue Claire, pendant que j'inscrivais noms et numéros piochés dans les contacts de ma boîte mail sur mon nouveau téléphone. J'en avais perdu pas mal, mais les plus cruciaux étaient là. Les autres reviendraient tôt ou tard hanter le rectangle de plastique qui me suivait partout. Et s'ils n'arrivaient jamais, peu m'importait. Cela signifierait que les personnes auxquelles ils étaient reliés n'avaient guère d'intérêt à mes yeux.

Nous avons déjeuné à *L'Esplanade* avec Vincent. Je l'avais appelé pour lui donner mon nouveau numéro, et il avait profité de ne pas travailler le mercredi pour nous rejoindre. L'effroi sur son visage lorsque je lui ai raconté comment Monk était mort m'a ramené à ma peine insondable de la veille. À la fin de mon récit, il a baissé les yeux sur son assiette avant les relever pour nous regarder l'un après l'autre, Pascal et moi.

« Ce chien, quand même... », a-t-il dit à voix basse, comme pour ne pas que les clients de la brasserie l'entendent, « ce chien... Il vous a sauvé la vie. »

Ce n'est qu'à ce moment-là que je me suis demandé comment il avait fait. Où était-il quand Quintana avait débarqué ? Peut-être en train de suivre un écureuil dans un sous-bois proche ? Ou vers l'ancienne maison de Huguette où il aimait encore aller traîner de temps en temps ? Il ne devait pas être très loin, puisqu'il m'avait vraisemblablement entendu arriver et s'était pointé juste après. Quant à savoir comment il avait compris que le moustachu menaçait de nous tuer, Pascal et moi... J'imagine que nous devions exhaler une odeur de peur, de colère. Mon chien qui, à huit ans, commençait à vieillir, s'était comporté comme un jeune guerrier protégeant sa famille.

J'ai avalé, avec difficulté, une bouchée du morceau de bœuf que j'avais commandé et je n'ai presque plus parlé du repas, en attendant que mes deux compagnons finissent de manger.

Le lendemain, Pascal et moi nous sommes rendus à l'enterrement de Mimiche. Contrairement à ce que je craignais, son frère Ahmed et ses parents m'ont remercié de ma présence, sans me reprocher la mort de leur fils, sans même évoquer les circonstances de son décès et mon lien avec ces événements. Ils ne m'en voulaient pas. Ou en tout cas pas autant que je m'en voulais.

Sur le chemin du retour, Pascal m'a demandé ce que j'avais fait du cadavre de Monk. Je lui ai répondu que je l'avais laissé chez le vétérinaire qui s'occuperait de le faire incinérer. Je ne désirais pas faire de manières, l'enterrer au fond du jardin après avoir dit quelques mots. Ce n'était qu'un chien, après tout.

« D'accord », a dit mon cousin sur un ton qui semblait contredire son propos.

Il n'a toutefois rien ajouté. Je ne voulais plus en parler.

Pascal est parti le lendemain. Il a passé sa dernière soirée à Castelnau avec Virginie, après s'être assuré que je pouvais rester seul chez moi. Il m'a juré qu'elle n'était pas triste de le voir s'en aller, que leur relation était arrivée à son terme. Faute d'un autre point de vue, j'ai fait comme s'il me disait la vérité. Puis je l'ai aidé à réinstaller, à l'arrière de son camion, la structure qui soutenait son lit et son matelas. Les objets récupérés chez le père de son ami Bertrand resteraient encore quelque temps dans le garde-meubles pour lequel il avait négocié un bon prix. Les grosses commodes étaient en sécurité à l'étage de la maison. Pascal reviendrait s'en occuper quand sa main serait guérie. Son pote Bertrand n'était pas pressé.

Quand nous sommes retournés chez moi pour qu'il prenne ses affaires, une surprise nous attendait sur le banc près de la porte d'entrée.

En voyant le manuscrit, j'ai souri intérieurement. Mélissa Sauser s'était retenue de pénétrer dans la maison.

Pascal n'en croyait pas ses yeux. J'ai nié être au courant de quoi que ce soit et l'ai regardé s'emparer de la liasse comme si un miracle venait de se produire.

« Tu vas en faire quoi ? je lui ai demandé. Tu le gardes, finalement, ou tu vas le rendre à ton pote ?

— Bertrand n'en connaît pas l'existence…

— Alors tu vas le garder. »

Il ne m'a pas répondu et est retourné fouiller dans la boîte à gants de son camion. Il en est ressorti quelques secondes plus tard avec un briquet dont il s'est servi pour enflammer un coin du manuscrit.

Son geste ne m'a pas surpris outre mesure. Parce qu'il était comme ça, Pascal. Il se moquait que ces bouts de papier puissent représenter une fortune ou qu'ils aient une valeur culturelle. Lui, tout ce qu'il voyait - et que désormais, je comprenais parfaitement moi aussi - c'est que ce manuscrit, écrit par un antisémite notoire, ne nous avait apporté que des emmerdes depuis que nous l'avions trouvé.

Il a fini par lâcher la liasse et nous l'avons regardée se consumer, le papier se rabougrir dans les flammes, par terre devant ma maison. Avec ce rituel, Pascal, en Fukuyama du pauvre et sans le vouloir, avait mis fin à l'histoire.

Quand il n'est plus resté qu'un tas de cendres en voie de dispersion par le vent, il m'a embrassé sur les deux joues et m'a dit :

« T'en fais pas, mon p'tit Alex, je reviendrai bientôt. En attendant, si tu n'arrives pas à prendre la vie côté Brad Pitt, essaie au moins de penser « Ryan Gosling ».

— T'as pas l'impression qu'on est plutôt comme les vieux de *La Soupe aux choux* ? » lui ai-je rétorqué en lui montrant les environs.

Il est parti vers son fourgon en produisant de drôles de bruits avec sa langue, levant et baissant la main devant sa bouche : son imitation de la Denrée. J'ai regardé le camion s'éloigner en l'entendant siffloter la bande originale de Raymond Lefèvre, et je suis rentré dans ma maison vide.

J'ai repris le travail au journal le lendemain, enchaînant les articles pour m'occuper l'esprit : un bilan des inondations avec des sinistrés dont les habitations s'étaient retrouvées sous l'eau, un entretien avec un député agressé et menacé de mort et un petit papier sur l'ouverture de cours de krav maga dans le dojo que je fréquentais. Le soir, j'ai fini ma session de Yosekan Budo épuisé et ravi. Dans un tel état de fatigue physique, j'espérais réussir à dormir rapidement. J'y suis parvenu à trois heures du matin. Je progressais.

Le lendemain, j'ai reçu un appel de l'adjudant-chef Costello. Comme promis, il tenait à m'informer de ce qu'il avait appris. Fabrice Quintana était passé à table.

« La perspective de décennies à l'ombre… », a-t-il avancé en laissant sa phrase en suspens, comme si cela suffisait à expliquer que l'assassin de Mimiche puisse craquer.

Celui que je considérais encore comme une figure du mal était sans doute beaucoup plus humain que je l'imaginais.

« Il a été engagé par une châtelaine qui vivait dans les environs de Toulouse, a poursuivi le gendarme en précisant : vous n'avez pas à connaître son nom. Elle voulait qu'il vole la lampe Tiffany qui appartenait à Jean Grandpierre et qui se trouvait dans sa maison depuis son décès. Une maison qui, il me semble, devait être débarrassée par votre cousin.

— Il l'a fait. Je lui ai donné un coup de main.

— Ce qui vous a valu de récupérer la lampe avant Quintana et l'a obligé à venir vous la reprendre. La châtelaine lui avait proposé une forte somme.

— Mais pourquoi elle ne s'est pas réveillée avant, la Toulousaine ? j'ai demandé. Le père Grandpierre était mort depuis quelque temps déjà. Pourquoi s'y prendre à ce moment-là, en même temps que nous ?

— À cause des inondations, a répondu le gendarme. Nos collègues de la brigade de Verfeil l'ont interrogée hier après une perquisition où ils ont retrouvé la lampe. Elle avait déjà engagé les frères – ou simplement l'aîné, ce n'est pas très clair – pour qu'ils s'occupent de ça, mais sans leur donner de délais. Elle n'était pas à quelques semaines près, en gros. Mais elle a expliqué avoir précipité les choses quand elle a vu que la Garonne montait et que sa précieuse lampe risquait d'être endommagée.

— *Sa* lampe ?

— D'après ce que m'ont expliqué les collègues, cette dame, âgée, connaissait le père de votre ami depuis longtemps et savait qu'il avait hérité de cette lampe. Or, pour elle, cette lampe appartenait à sa famille avant d'être volée par les parents de Jean Grandpierre. Une histoire d'appartement abandonné à Paris par des collaborateurs pendant la guerre. »

J'ai pensé au manuscrit de Céline, que celui-ci avait peut-être laissé derrière lui lorsqu'il avait fui l'arrivée des alliés et qui avait été « récupéré » par ceux qui s'étaient ensuite installés dans son appartement. Les deux objets provenaient peut-être du même foyer. Ou pas. À ce stade, cela ne m'importait plus. Les feuillets avaient été rendus à Hadès.

« Et cette "châtelaine", ai-je dit avec une pointe d'ironie, elle risque quelque chose ?

— Association de malfaiteurs. Même avec de bons avocats, elle ne s'en tirera pas sans rien.

— Bien, ai-je conclu. Merci. »

J'ai dit au revoir au gendarme en me retenant de lui révéler quel sort j'aurais recommandé à Quintana et à sa commanditaire, sans quoi c'est moi qu'il aurait fallu enfermer.

Le coup de fil que j'ai reçu ensuite a contrasté agréablement avec celui-ci. Aude Virtanen, à qui j'avais donné mon nouveau numéro de portable, me proposait de nous retrouver en début d'après-midi dans un salon de thé de la rue piétonne.

Quand je l'ai rejointe après un sandwich avalé à l'agence, elle m'attendait à l'une des trois petites tables de fer forgé installées en terrasse, emmitouflée dans son manteau noir et une écharpe violette. Elle souriait, paraissait heureuse de me voir.

« Comment tu as fait ? m'a-t-elle demandé avant même que j'aie fini de m'asseoir sur la chaise froide.

— Fait quoi ?

— Les boucles d'oreille de ma grand-mère. Et mes autres bijoux… Je les ai retrouvés dans une enveloppe devant ma porte ce matin.

— Non ? »

J'ai dû feindre la surprise. Je me doutais bien que Mélissa Sauser préférerait rendre son butin plutôt que de risquer d'être dénoncée – elle ne pouvait pas savoir que je bluffais –, mais la découverte du manuscrit chez moi m'avait déjà informé de sa décision.

« Je sais que tu y es pour quelque chose…, a-t-elle déclaré sans se départir de son sourire. Tu peux nier autant que tu veux, je… je le sens.

— Tu as des pouvoirs paranormaux, maintenant ? Tu *sens* les choses ? »

Par-delà la boutade, je me demandais tout de même si j'étais aussi transparent que je le craignais ou si, ce qui ne m'aurait pas étonné, elle était très douée pour lire derrière les apparences.

« Tu ne vas sans doute pas me raconter comment tu as fait, mais je voulais tout de même te remercier.

— Attends, attends, ai-je fait en continuant dans mon rôle. On t'a rendu ce qu'on t'avait volé dans ton coffre ? Tout ? »

Au moment où elle a ouvert la bouche pour répondre, c'est une autre voix féminine que j'ai entendue.

« Salut Alex. »

J'ai tourné la tête pour découvrir Adeline, debout près de moi, qui m'observait avec un air de commisération sur le visage.

« Je retournais au boulot et je t'ai vu…, a-t-elle dit comme si elle avait besoin de se justifier.

— Ça va ? » ai-je demandé, réflexe permettant de gagner quelques secondes lors d'une rencontre impromptue.

Elle m'a répondu par l'affirmative, puis elle a regardé Aude. Je les ai présentées et Aude a proposé à Adeline de s'asseoir avec nous. La bibliothécaire a regardé sa montre et s'est installée en disant :

« Merci, d'accord, mais pas trop longtemps. Je suis censée être au prêt dans cinq minutes.

— Au prêt ? a demandé Aude.

— Je travaille à la médiathèque, un peu plus loin. »

Aude a hoché la tête tandis qu'Adeline se penchait vers moi.

« Comment ça va, alors, toi ? J'ai vu Marie, hier soir, et elle m'a dit ce qu'il t'était arrivé. J'allais t'appeler. »

Aude m'a lancé un regard interrogatif. Je n'étais peut-être pas aussi doué qu'elle pour lire les émotions d'autrui, mais il m'a alors semblé qu'elle n'était pas simplement surprise de ne pas être au courant, mais aussi un peu vexée.

« Oui, ça va, merci. Je... Ce n'est pas quelque chose qu'on raconte dès qu'on retrouve quelqu'un », ai-je déclaré, sans vraiment chercher à me justifier.

Même si ça y ressemblait beaucoup.

J'ai alors repris l'histoire au moment où j'étais arrivé chez moi, quelques soirs plus tôt. Quand mon chien était encore vivant.

J'ai fait tout ce que je pouvais pour retenir mes larmes. Je pense n'avoir pas trop salopé le boulot. Peut-être que ma voix a un peu tremblé, par moments, mais les deux femmes ne m'en ont pas tenu rigueur.

Elles n'ont eu que des mots banals à m'offrir, une fois mon récit terminé. Exactement ce qu'il me fallait. Des mots banals. Sincères. Des regards compatissants. La sensation fugace de ne pas être seul pour l'éternité.

Adeline est arrivée très en retard au travail.

« C'est bon, a-t-elle dit en partant, ce n'est pas comme si je bossais dans une centrale nucléaire. »

J'ai repris un café et écouté Aude me parler de littérature. Nous sommes restés longtemps en terrasse. Jusqu'à ce qu'il fasse trop froid.

Durant la semaine qui a suivi, Vincent m'a appelé tous les jours. Afin de me proposer d'aller boire un verre, par exemple, ou me parler d'un financement participatif pour un coffret Blu-ray. Jamais il n'a avoué passer ses coups de fil simplement pour voir comment j'allais.

Pascal, lui, m'a envoyé un mail avec une photo de son camion devant un paysage de falaise déchiquetée de Bretagne. Le texte qui l'accompagnait disait : « J'espère que tu vas bien, mon p'tit

Alex. Moi, j'ai rejoint une amie dans un coin très sympa. Il me tarde d'être au printemps. »

Nous continuerions sans doute à nous donner quelques nouvelles ainsi, de loin en loin au fil des mois, puis les messages et les appels s'espaceraient jusqu'à se résumer à des « Bonne Année » et « Joyeux Anniversaire ». Un jour, il débarquerait de nouveau, content de me voir, et je ne pourrais que m'avouer qu'il m'avait manqué.

Le samedi suivant, en début d'après-midi, on a frappé à ma porte. En allant ouvrir, j'ai vu, par la fenêtre du salon, une voiture hybride que je connaissais bien. Celle de Marie et Vincent.

« Salut camarade, m'a lancé mon ami. Visite surprise. On veut te montrer quelque chose. »

Marie m'a embrassé et j'ai vu derrière elle Stella, la fille du couple, qui descendait avec précaution de voiture. Elle portait une masse de chair et de poils marron dans les bras.

J'ai fait entrer les adultes puis j'ai tenu la porte à Stella. Elle s'est arrêtée devant moi et m'a montré un petit chien, de quelques semaines à peine, qui flairait son environnement, truffe en avant.

« C'est un boxer, m'a-t-elle dit. La chienne de ma copine Emmanuelle a eu des petits. »

J'ai refermé la porte derrière elle et j'ai regardé Vincent et Marie, étonné qu'ils aient craqué et accepté de prendre un animal de compagnie pour leur fille.

Stella s'est accroupie pour poser le chien par terre. Elle l'a observé faire quelques pas en direction du canapé. J'ai souri sans m'en rendre compte.

« Vous allez en chier, avec un boxer, dans votre tout petit jardin », ai-je dit, décidé à ne pas les ménager.

Cela faisait des années qu'ils hésitaient à « éventuellement » prendre un chat et qu'ils renonçaient devant l'ampleur d'une tâche qui leur semblait insurmontable. Stella n'avait jamais réussi à les faire plier. Et là…

« Houla, a dit Marie en levant les bras, il n'est pas pour nous, le toutou.

— Non, a renchéri son mari. Mais la copine de Stella cherche à confier les petits de la portée à des gens responsables. Alors, on s'est dit qu'on pourrait peut-être te présenter ce spécimen.

— On pensait que s'il te plaisait, tu pourrais le garder..., a expliqué à son tour Stella. Bon, pas tout de suite, hein, il n'a pas encore deux mois. Mais si jamais tu as envie... »

Je les ai considérés tous les trois, l'air incrédule. Et j'ai soigneusement évité de poser les yeux sur le chien pour ne pas montrer mon émotion.

« C'est l'année des T, il paraît, pour les clebs, a dit Vincent. Faut leur trouver un nom qui commence par T. Genre Toby ou, je sais pas...

— Le chien de mon parrain, un boxer, s'appelait Titus, a proposé Marie.

— Tyson ! » s'est exclamée Stella.

Nous avons tous souri et j'ai enfin tourné le regard vers l'animal qui continuait à avancer, en flairant les odeurs sur le sol. Il était beau. Jeune et fragile. Mais l'on voyait bien qu'il deviendrait fort et musclé. Avec un peu d'aide pour se guider dans ce monde d'hommes et assez d'amour pour croire que sa vie valait la peine, il pourrait même être heureux.

Après quelques secondes à l'observer, j'ai suggéré :

« Thelonious. »

J'ai entendu un grand soupir amusé de Vincent. Si Stella ignorait qui était Thelonious Monk, son père ne manquerait pas de lui faire un cours de rattrapage plus tard. Mais elle n'a rien demandé.

Je n'avais pas encore eu le cœur d'enlever les gamelles d'eau et de nourriture de Monk. Elles étaient là, par terre, dans la cuisine, des objets neutres qui me rappelaient qu'il n'était plus ici et dont il me faudrait me débarrasser bientôt. Je suis allé en chercher une et je l'ai remplie au robinet.

Je l'ai rapportée au salon et l'ai posée au sol.

Le chien, curieux, s'en est approché. Après l'avoir reniflé quelques instants, il s'est mis à boire.

Il avait soif.

RÉALISATION : NORD COMPO À VILLENEUVE-D'ASCQ
IMPRESSION : CPI FRANCE
DÉPÔT LÉGAL : OCTOBRE 2022. N° ALI238491 (170887)
*Imprimé en France*